세상사는
연기와
같다

世事如煙

Copyright ⓒ Yu Hua (余華), 1988
Korean translation Copyright ⓒ2007 by Prunsoop Publishing Co., Ltd.
This translation is published by arrangement with Yu Hua, China
through Carrot Korea Agency, Seoul.
All rights reserved.

이 책의 한국어판 저작권은 캐럿코리아 에이전시를 통해 저자와의 독점 계약으로
(주)도서출판 푸른숲에 있습니다. 저작권법에 의해 한국 내에서 보호를 받는
저작물이므로 무단 전재와 무단 복제를 금합니다.

세상사는 연기와 같다

위화 중편소설집

박자영 옮김

푸른숲

| 한국어판 개정판 서문 |

십 년 만의 만남

 만약 작가가 자신의 작품에 어떤 권위를 갖는다면, 아마도 그 권위는 작품이 완성되기 전까지만 유효할 것이다. 작품이 완성되면 작가의 권위는 점차 사라진다. 이제 더 이상 그는 작가가 아니라 한 사람의 독자이기 때문이다. 이것이 바로 지난 몇 년간 나의 옛 작품들을 읽으며 내가 느낀 감회다. 시간이 흐를수록, 이미 완성한 내 작품을 읽을 때 내 안에서는 종종 낯설다는 느낌이 솟아오른다.
 모든 독자는 자신의 일상적인 경험과 상상력에 기초해 문학작품을 읽는다. 만약 이 작품이 누군가의 마음을 움직였다면, 분명 그의 마음속 깊은 곳에 숨어 있던 어떤 생각과 감정을 일깨웠기 때문일 것이다. 또한 이 작품에 대한 그의 이해와 감상은 다른 독자는 물론, 작가의 그것과도 전혀 다를 것이다.
 나는, 작가로서, 동일한 내 작품이라도 읽을 때마다 다른 느낌을 받는다. 생활이 변했고, 감정도 변했기 때문이다. 그래서 나는 작가가 자기 작품의 서문에 쓰는 내용은 사실 한 사람의 독자로서 느낀 바라고 말하고 싶다.

모든 독자는 문학작품에서 자기가 일상에서 느껴온 것들을 찾고 싶어 한다. 작가나 다른 누군가가 아니라 바로 자기가 느껴온 것 말이다. 문학의 신비로운 힘은 여기서 나온다. 모든 작품은 누군가가 읽기 전까지는 단지 하나의 작품일 뿐이지만, 천 명이 읽으면 천 개의 작품이 된다. 만 명이 읽으면 만 개의 작품이 되고, 백만 명 혹은 그 이상이 읽는다면 백만 개 혹은 그 이상의 작품이 된다.

내 작품들이 한국에 소개된 지 십 주년이 되는 올해, 푸른숲에서 장편소설 《인생》, 《허삼관 매혈기》, 《가랑비 속의 외침》과 중편소설집 《세상사는 연기와 같다》, 단편소설집 《내게는 이름이 없다》의 개정판을 출간하기로 했다고 한다. 이를 위해 올 사월 푸른숲의 김혜경 사장님이 특별히 항저우를 방문해 나와 개정판에 대한 이야기를 나누었다.

김혜경 사장님은 내가 개정판을 위한 서문을 써줬으면 하셨다. 이 다섯 권이 한국에 처음 소개될 때, 나는 이미 다섯 권 각각에 서문을 썼다. 한국 독자에게 하고 싶은 말은 그때 이미 다 했다고 생각한다. 지금은 감사의 말을 전해야 할 때다.

지난 십 년간 나를 존중하고 지지해준 김혜경 사장님과 푸른숲에 감사의 말씀을 전한다. 그분들의 노력과 열정 덕분에 내 옛 작품들이 한국에서 매년 쇄를 거듭할 수 있었다. 또한 이미 푸른숲을 떠났지만, 내 작품들이 출간될 때 정성과 심혈을 기울여준 김학원 선생과 지평님 선생께도 감사드린다. 그리고 네 분의 번역자 선생님들, 즉 백원담 교수, 최용만 선생, 박자영 선생, 이보경 선생께도 감사의 말씀 올린다. 그분들의 훌륭한 번역 덕분에 내 작품이 한국에 뿌리내리고 꽃을 피울 수 있었다. 내 작품이 출간되기 전에 남모를 도움을 주었던, 나와 같은 일을 하는 한국 친구 공지영 선생께도 감사드린다. 또 내가 존경하는 한국의 선배 작가 이문구 선생이 대단히 적극적으로 내 작품을 추천해준 일도 빼놓을 수 없다. 그 밖에 김정환, 김민기, 전인권, 최원식, 안동규 선생 등등 내가 아는, 혹은 아직 알지 못하는 모든 한국 친구들에게 이 말을 꼭 전하고 싶다. 내 감사의 마음은 유유히 흐르는 한강처럼 그렇게 언제까지나 변함없을 거라고.

2007년 5월 5일
위화

| 한국어판 서문 |

죽음이 이야기하는 것들

  이 책에 실린 네 편의 소설은 십여 년 전 장마 때문에 온통 축축한 습기로 가득했던 남방 지역에서 쓴 것들이다. 그때 원고지가 습기로 눅눅해져 옷감처럼 부들부들해졌던 게 기억난다. 폭력과 공포, 죽음과 피에 관한 이야기를 나는 한결 얄팍하고 부드러워진 그 종이 위에 써내려갔다.
  이렇게 소설을 쓰는 것이 당시 내 생활의 거의 전부를 차지했던 것 같다. 하천에 면한 작은 집에서 혼자 외롭게 글을 쓰는 게 일과였다. 글을 쓸수록 생명이 활기를 얻어 파도가 밀려오는 것처럼 격정이 가득 차올랐다.
  당시 나는 작품 속의 폭력과 죽음을 의식하지 못했다. 오히려 사람들이 나에게 그것을 일러주었다. 그들은 귀찮아하지도 않고 끊임없이 이 작품들이 자신에게 괴로움과 공포감을 불러일으켰다는 걸 내게 납득시키려고 했다. 나는 처음에는 반신반의하다가 나중에는 차츰 수긍하기 시작했다. 그 당시 사람들은 툭하면 내게 이렇게 물었다. "왜 이런 작품을 쓰는가?" 그들은 이해할 수 없다는 눈길로 내게 질문을 해왔다. "왜 이렇게 죽음과 폭력에 대해서 쓰는가?"

나는 어떻게 대답해야 할지 몰랐다. 이 문제에 관한 한 나는 그들보다 아는 게 결코 많지 않다. 이는 작가가 속 시원히 해명하기 어려운 일이다. 다만 그들에게 우리가 사는 곳에 그런 것들이 있는지 없는지 한번 찾아보라고 이야기한 적은 있다. 우리 삶에 왜 이렇게 많은 죽음과 폭력이 존재하는지에 대해서 말이다. 이 문제에 관해서라면 삶은 아무 말 없이 대답해줄 거라고 생각했다.

'푸른숲'에서 이 네 편의 소설에 서문을 써달라고 부탁해왔을 때, 오래된 기억의 갈피를 하나 이야기해도 되겠구나 싶었다. 그것은 나무 이파리처럼 일찌감치 땅에 사뿐히 떨어졌으나 늘 생기를 잃지 않는 기억이다. 그리고 아마 내 창작의 어떤 부분에 대해 우회적으로 이야기해주는 바가 있을 것이다. 가끔은 이런 생명에서 나온 은밀하고도 소소한 인상이 작가의 글쓰기 행로를 결정하기도 한다.

지금 이야기하려는 기억은 어린 시절로 거슬러 올라간다. 나에게 공포라는 감정이 언제 처음 찾아들었는지는 기억나지 않는다. 그러나 영원히 잊을 수 없는 장면이 있다. 나무 우듬지가 달빛 아래서 흔들거리는 풍경이 바로 그것이다. 이 풍경은 어린 나에게 공포감을 불러일으켰다.

깊은 밤 인적이 드물 때, 나는 침대에 누워 창문 밖에서 달빛을 받으며 흔들거리는 나무 우듬지를 본다. 밤하늘도 끝을 알 수 없을 만큼 넓고 깊어서, 괜한 추위에 금방이라도 소름이 오소소 돋을 것 같다. 생각건대, 이는 내가 제일 처음으로 느낀 공포이자 가장 오랫동안 지속된 공포이다. 이 두려움은 지금까지도 여전히 나를 따라다닌다.

죽음과 피에 대해서라면 나는 오히려 마음이 편해지는데, 이는 나의 어린 시절의 환경과 관련이 있다. 나는 어린 시절을 주로 병원에서 보냈다. 늘 병원 수술실 입구에 앉아 외과 의사인 아버지가 안에서 나오기를 기다렸다. 수술실에서 나오는 아버지의 옷에는 늘 얼룩덜룩 핏자국이 나 있고, 마스크와 수술 모자도 피에 물들어 있기 일쑤였다. 어떤 때는 간호사가 피로 범벅이 된 살점 같은 게 들어 있는 통을 들고 아버지를 따라 나오기도 했다.

그때 우리 집은 병원 안에 있었는데 내 방 창문의 맞은편이 바로 영안실이었다. 병사한 시체는 화장하기 전 새벽녘까지 창문 맞은편의 작은 건물에 눕혀놓곤 했다. 캄캄한 밤, 문틈으로 천천히 새어 나오던 죽은 이의 가족과 친척의 울음소리는 동틀 무렵까지 이어졌다.

어린 나는 그 소리에 잠에서 깨어나 친척과 가족을 잃은 슬픈 울음에 귀를 기울인 일이 한두 번이 아니었다. 그건 울음소리가 아니었다. 느리고 오래 끄는, 사람의 마음을 감동시키는 소리였다. 거기에는 다정함이, 비할 데 없이 구슬픈 다정함이 묻어 있었다. 나중에 이때를 기억할 때마다 왜인지는 모르겠지만 이 소리는 세상에서 사람의 마음을 가장 강렬하게 움직이는 노래라는 느낌이 들었다.

그때 발견한 사실이 하나 있다. 사람들은 대개 캄캄한 밤중에 세상을 떠난다는 것이다. 그래서 나는 대낮에 입구에 서서 맞은편의 신비한 건물을 자세히 쳐다봤다. 이파리가 무성한 몇 그루의 나무 아래 건물은 외롭고 조용하게 서 있었다. 건물에는 문이 없었다. 그래서 최대한 건물 가까이로 걸어가 몇 차례 살짝 안을 엿보기도 했다. 그러나 안에는 시멘트 침대만 달랑 있고 그 밖에 아무것도 없었다.

한번은 안으로 걸어 들어가 봤다. 어느 여름날 오후였을 것이다. 안으로 들어가서는 죽은 자가 저승으로 가기 전에 머무는 여관인 그곳이 쓰레기 하나 없이 깨끗하다는 걸 확인했다. 시멘트 침대 곁에 서서 조심스럽게 손을 뻗어 시멘트를 만져보았다. 무척이나 서늘한 감촉이 느껴졌다. 찌는 듯이 더운 한낮, 그것은 내게 죽음이 아니라 삶이었다.

이후 폭염이 기승을 부릴 때마다 나는 이 작은 건물로 가서 수많은 죽은 이들이 누웠을 서늘하고 시원한 시멘트 침대에 누워 낮잠의 달콤함을 만끽했다. 그때 나는 아직 어렸고 아무것도 몰랐다. 죽는다는 게 뭔지도 몰랐고 피도 무섭지 않았다. 다만 한밤의 달빛을 받아 흔들거리는 나무 우듬지가 두려웠다.

물론, 세월이 한참 흐른 뒤에 글쓰기를 업으로 삼아 살아가게 될

지도 몰랐고, 내용이 죽음과 피에 관한 것일지도, 그것도 습기를 머금어 부드러워진 원고지에 쓰게 될지는 더더욱 몰랐을 때의 이 야기다.

2000년 5월
베이징에서
위화

차례

서문　5

세상사는 연기와 같다　15
강가에서 일어난 일　87
옛사랑 이야기　175
어떤 현실　245

옮긴이의 말　328
작가 인터뷰　336

세상사는 연기와 같다

世事如煙

| **일러두기** |

1. 이 책의 외래어 표기는 국립국어원의 외래어 표기법 및 표기 용례를 따랐다.
2. 괄호 안의 보충설명은 모두 옮긴이가 덧붙인 것이다.

1-1

 창밖에는 올해의 첫 봄비가 내리고 있다. 7은 벌써 며칠째 침대에서 일어나지 못했다. 그는 아들의 다섯 살 생일에 쓰러져, 처음에는 걸어서 한의원에 갈 정도였다가 곧 아내의 부축을 받게 되더니 나중에는 종일 침대에 누워 있는 신세가 되었다. 7은 하루가 다르게 수척해져갔다. 아내는 그를 생각할 때면 백지장 같은 얼굴과 분필처럼 하얗고 가느다란 손가락 다섯 개가 제일 먼저 떠올랐다.
 점집은 몇 개의 길을 지나친 후에 나오는 길모퉁이에 있다. 그늘이 짙게 드리운 집에 앉은 점쟁이의 머리카락에서 푸르스름한 빛이 뿜어져 나왔다. 그 짧은 순간에 그녀는 처음으로 남편을 원기왕성한 한의사들에게서 데려와, 이 파리한 낯빛의 점쟁이에게 보여줘야겠다고 생각했다. 그녀는 유리창에 부딪혀 산산이 터지듯 흘러가는 빗방울을 바라보고 있었다. 빗방울을 보고 있으니 유리창이 금방이라도 산산조각이 날 것만 같았다. 이 불길한 풍경이 7의 운명을 암시하는 듯했다. 그래서인지 창 아래 서 있는 아들의 머리가 먹구름 조각처럼 보였다.
 몸져누운 바로 그날 밤, 7은 옆방의 4가 잠꼬대하는 소리를 똑똑히 들었다. 4는 열여섯 살짜리 여자아이인데, 그 아이가 잠꼬대하는 소리는 강에서 솔솔 불어오는 바람소리 같았다. 7의 병세가 악화되는 만큼 4의 잠꼬대도 점점 심해졌다. 덕분에 어둠이 내린 뒤에 들려오는 4의 잠꼬대 소리는 7의 마음을 따뜻하게 했다. 반면에 예순 살이 넘은 3은 7을 불안하게 했다. 쓰러진 다음날부터 7은 내내 잠 못 드는 밤을 보내고 있다. 그는 바람이 수면을 스치고 가는 듯한 4의 잠꼬대와 함께, 3이 손자와 같은 침대에 누워 내는 기괴한 소리를 들어야 했다. 3의 손자는 열일곱 살이나 된 건장한 청년인데도, 여태껏 할머니와 같이 잔다. 그는 할머니와 손자가 침대에 누워 있는 모습을 상상할 수 있었다. 그와 아내가 누워 있는 모습과 별반 다르지 않을 것이다. 이러한 상상은 그 기괴한 소리에서 비롯한 것이다.

 새 한 마리가 비를 뚫고 날아들었다. 7은 새가 우는 소리를 들었다. 그 소리에 7은 마음이 텅 비는 느낌이었다. 잠시 후 새는 훌쩍 날아가 버렸다. 환영을 보는 듯한 7의 눈앞에 축축하게 젖은 길이 나타났다. 마치 다섯 살 난 아들의 옷소매에 반질반질하게 묻어 있는 콧물 자국 같았다. 장님 하나가 커다란 바위 위에 앉아 있었다. 그의 잘생긴 얼굴에는 드문드문 주근깨가 보였다. 그는 옛날에 일어났던 일, 그리고 지금 일어나고 있는 수많은 일들을 알고 있다. 그래서 그의 침묵은 사실 대단히 풍부한 의미를 지닌다. 점집 아들이 그 거리를 지나갔다. 그는 길쭉한 대나무처럼 휘청대며 장님 곁을 지나갔다. 회색 옷을 입은 여자의 그림자가 언뜻언뜻 유리창에 나타났다. 운전기사가 파란색 트럭을 몰고 빠른 속도로 돌진해 와 유리창과 그 안에 서 있는 회색 옷 입은 여자에게 흙탕물이 튀었다. 6은 벼룩이 뛰는 듯한 걸음으로 지금 바로 이 골목에 나타났다. 그는 오리 떼를 쫓듯이 소녀들의 뒤를 쫓고 있다. 2는 입에 담배를 물고 걷다가 방심하던 차에 발이 미끄러졌다. 그러나 완전히 넘어지지는 않았다. 한 소녀가 죽었다. 그 시체가 진흙 위에 놓여 있다. 또 한 소녀는 미쳐서 몸이 붕붕 떠다니는 듯하다. 점쟁이는 하루 종일 어두컴컴한 방에 앉아 있다. 손바닥 보듯 모든 일을 환하게 알고 있다는 얼굴이다. 폭이 좁은 강이 안개 속에서 콸콸 소리를 내며 흐르고, 강가에 서 있는 복숭아나무는 이제 막 선명한 분홍빛을 내며 꽃을 피우고 있다. 7은 바싹 마른 이파리 하나가 강물 위를 떠가듯, 작은 배에 앉아 물속에서 나는 현악기 소리를 들었다.

그 시각 7의 아내는 산파와 4의 아버지가 나누는 대화를 듣고 있다. 대화 중간에 똑똑 빗소리가 끼어든다. 몸을 돌려 7을 바라보던 그녀는 그의 눈동자가 꼭 진흙을 이겨 넣은 것처럼 광채라고는 전혀 없다는 것을 발견했다. 그러나 두 귀는 아직 멀쩡한 듯 제자리에 쫑긋 서 있다. 그녀는 7의 귀가 보일 듯 말 듯 움직이고 있는 것을 보았다.

귀신이 붙은 것 같아. 산파가 말했다.

저도 그게 걱정입니다. 4의 아버지는 딸애의 잠꼬대 때문에 걱정이 이만저만이 아닌 듯했다.

점집을 한번 찾아가 보게나. 산파가 제안했다.

1-2

운전기사는 이날 아침 잠에서 깼을 때 심한 피로를 느꼈다. 피로감에 온몸이 흥건하게 젖은 것 같았다. 간밤에 그의 머리맡에 나타났던 꿈이 아직도 그를 사로잡고 있었다. 그는 침대에 누워 어머니와 4의 아버지의 대화를 듣고 있다. 대화가 빗속에서 오가는 탓에 운전기사의 귀에는 그 말소리가 후드득후드득 하는 빗소리가 따라오는 것처럼 들렸다. 그들은 이미 아흔 살 가까이 먹은 점쟁이가 어떻게 그렇게 오래 살 수 있었는가에 관해 이야기하고 있다. 점쟁이의 다섯 자식 가운데 이미 넷이 죽었다. 자식이 일찍 죽으면 부모는 오래 살게 마련이다. 그들의 대화에 운전기사는 가슴에 흙 한 무더기를 얹은 듯 답답한 느낌을 받았다. 그의 눈에 점쟁이의 다섯째 아들의 모습이 보이는 듯했다. 쉰 살이 넘어서도 여전히 혼자 사는 그 마르고 키 큰 남자가 수심이 가득한 얼굴로 길을 가고, 대나무처럼 기다란 그림자가 그 뒤를 따랐다. 어머니가 방으로 들어와 문 옆에 서서 그를 잠시 바라보았다. 산파인 어머니는 가끔 해몽도 한다. 그러나 운전기사는 간밤의 꿈을 곧바로 이야기하지 않았다. 침대에서 일어나 아침을 먹고 난 다음에야 진지한 표정으로 어머니에게 꿈 이야기를 했다.

그때 어머니는 창가에서 조금 떨어져 있는 의자에 조용히 앉아 있었다. 어머니에게는 차분한 기운이 어려 있었다. 아들이 다가가자 어머니의 얼굴에 이미 다 알고 있다는 듯한 미소가 떠올랐다.

나한테 할 말이 있는 게로구나. 어머니가 말했다.

꿈에서 회색 옷을 입은 여자를 봤어요. 그가 꿈 이야기를 털어놓기 시작했다. 트럭을 몰고 산굽이를 돌다가 그 여자를 본 거예요. 그 여자는 차를 피하지 않았어요. 저도 브레이크를 밟지 않았고요. 잠시 후 트럭이 그 여자의 몸 위로 지나갔어요.

산파는 꿈이 너무 복잡하다며 아들에게 알려주었다.

네가 꿈에 개를 봤다면 아마 너에게 돈을 잃게 될 거라고 이야기했을 거다. 불을 봤다면 재물을 얻을 테고, 관을 봤다면 승진할 꿈이라고 말해줬을 테지.

그러나 이 꿈은 산파를 난감하게 했다. 그 꿈에는 해몽에 필요한, 명확한 암시를 주는 풍경이나 물건이 없었기 때문이다. 산파가 아들에게 그런 것들을 얘기해달라고 몇 번이나 말했지만, 운전기사는 이미 말한 것 이외에는 별다를 게 없다고 했다. 그래서 산파는 자기한테는 그 꿈을 풀 만한 능력이 없다고 솔직하게 털어놓을 수밖에 없었다. 그러나 그 꿈이 어떤 징조를 담고 있다는 것만큼은 분명히 알 수 있었다. 그래서 산파는 아들에게 말했다.

점집에 가서 물어보자.

1-3

운전기사는 어머니를 따라 집을 나섰다. 까만 우산 두 개가 빗속에서 활짝 펼쳐졌다. 작고 깡마른 어머니가 앞서 가자, 아들의 마음속에서 문득 연민의 감정이 일었다. 그때 4가 문 앞에 나타났다. 그녀는 이미 자기가 매일 밤 잠꼬대를 한다는 걸, 그리고 그 잠꼬대가 주변에 사는 모든 사람들에게 무엇엔가 씐 듯한 기분을 안긴다는 걸 알고 있는 듯했다. 그래서인지 표정이 지금 입고 있는 검은색 긴 바지만큼이나 어두워 보였다. 그러나 등에 메고 있는 건 뜻밖에도 새빨간 가방이었다. 운전기사는 오늘 그녀가 특별히 아름답다고 느꼈다. 그러나 3의 손자의 눈빛이 그녀를 눈여겨보던 그의 시선을 방해했다. 운전기사는 그의 눈초리에 별다른 의미가 없다는 걸 알고 있었지만, 그가 자기를 샅샅이 살피듯 쳐다보는 건 참을 수 없었다. 불현듯 그와 그의 할머니가 다소 불가사의한 관계라는 게 떠올랐다. 그러자 운전기사의 눈길이 황급히 4의 얼굴에서 떠나 7의 창문으로 날아 들어갔다. 그는 7의 아내가 침대 가장자리에 앉아 드리운 검은 그림자를 어렴풋이 보았다. 잠시 후 운전기사는 집 바깥으로 걸어 나갔다. 뒤따라오는 4의 발자국 소리가 들렸다. 그 경쾌한 소리를 듣고 있으니, 앞에서 걸어가는 어머니의 걸음이 한층 느리게 느껴졌다.

장님은 그 습기 찬 거리에 앉아 있다. 끊임없이 내리는 장맛비에 그도 거리처럼 축축하게 젖었다. 이십여 년 전에 그는 반러우라고 불리는 곳에 버려졌다. 그리고 이십여 년이 지난 지금은 이곳에 앉아 있다. 바로 그 옆에 여자중학교가 있다. 장님이 여기 와서 앉아 있는 건 마음을 흔드는 여학생의 목소리를 들을 수 있기 때문이다.

그들의 목소리는 그의 마음속에 한줄기 샘물이 솟아나게 한다. 장님은 성 남쪽에 있는 양로원에 산다. 바보 하나, 술주정뱅이 하나와 함께 산다. 술주정뱅이는 젊은 날의 방탕했던 삶을 장님에게 전부 이야기해줬는데, 여자의 피부를 만질 때면 밀가루 속에 손을 넣었을 때와 같은 느낌이라고 했다. 그 후로 장님은 이곳에 앉아 있게 되었다. 처음부터 매일 나온 건 아니었다. 어느 날 4의 목소리를 들은 다음부터 매일 나와 앉아 있게 되었다. 이는 아주 오래전의 일이다. 그날 많은 여학생의 목소리가 그의 곁을 지나갔는데, 그 속에서 처음으로 4의 목소리를 들었다. 4는 아주 평범하고 짧게 한마디 했을 뿐이지만, 그 목소리는 바람처럼 장님의 마음속에 불어 들어왔다. 또한 과일처럼 달콤했고 장님에게로 날아들 때는 물방울 몇 개가 똑똑 떨어지는 것만 같았다. 4의 독특한 목소리는 장님의 마음속에 지워지지 않는 흔적을 남겼다. 그 후로 매일 이곳에 앉아 4의 목소리를 들을 때마다 그는 전율을 느꼈다. 그러나 요 며칠간은 4의 목소리를 들을 수 없었다. 운전기사와 산파가 곁을 스쳐갈 때, 그는 장화가 첨벙첨벙 빗물을 밟고 지나가면서 사방으로 물방울이 튀는 소리를 들었다. 장화 소리만 듣고도 그는 두 사람이 어느 방향으로 가는지 분명하게 알아맞출 수 있었다. 그러나 뒤이어 4가 곁을 지나가는데도 그 사람이 자기가 밤낮으로 기다리던 바로 그 목소리의 주인공이라는 걸 깨닫지 못했다.

운전기사는 점집이 처음이었다. 그는 어머니가 하는 대로 우산을 접어 땅에 내려놓았다. 그런 다음 기다란 복도를 지나 점쟁이가 사는 작은 방에 이르렀다. 운전기사의 시선이 처음으로 닿은 것은 사납게 생긴 수탉 다섯 마리였다. 그다음으로 그는 회색 옷을 입은 여자의 뒷모습을 보았다. 그 여자가 갑자기 자리에서 일어나 자기 쪽으로 다가오는 바람에, 생각할 겨를도 없이 그 자리에 얼어붙고 말았다. 회색 옷을 입은 여자가 순식간에 곁을 스쳐가자, 간밤에 꾸었던 꿈이 선명하게 되살아났다. 어머니가 방금 일어난 일을 전혀 눈치 채지 못하는 게 좀 이상했다. 그는 어머니가 점쟁이에게 그 꿈에 대해 이야기하는 소리를 들었다. 점쟁이는 즉시 대답하지 않고, 산파에게 운전기사의 사주팔자를 물었다. 그러고는 잠시 낮은 소리로 뭔가를 웅얼웅얼하더니 산파에게 말했다.

당신 아들은 한쪽 발은 이승에 있는데 다른 쪽 발은 저승에 있어.

운전기사는 어머니가 점쟁이에게 묻는 소리를 들었다.

어떻게 해야 그 발을 빼낼 수 있습니까?

빼낼 수 없네. 점쟁이가 대답했다. 하지만 나머지 한 발마저 저승 땅을 밟는 건 막을 수 있지.

점쟁이가 말했다. 길에서 회색 옷을 입은 여자를 만나면 바로 트럭을 세우게나.

운전기사는 어머니의 오른손이 주머니에 들어갔다가 일 위안을 꺼내 점쟁이의 손에 쥐어주는 것을 보았다. 그리고 근육과 거죽은 없어지고 하얀 뼈만 남은 듯한 점쟁이의 손을 보았다.

1-4

 운전기사의 꿈속에 나타났던 회색 옷 입은 여자는 이틀 후에 다시 모습을 드러냈다. 그때 운전기사는 파란색 트럭을 몰고 산을 돌아가는 도로를 달리고 있었다. 황혼이 질 무렵이었다. 그는 활짝 열린 차창으로 산 아래 있는 작은 도시를 내려다보았다. 그 도시는 꼭 깨진 기와 한 무더기가 쌓여 있는 것처럼 보였다.
 그때 회색 옷을 입은 여자가 나타났다. 그녀는 도로를 따라 내려오고 있었는데, 바람이 그녀의 옷맵시를 흐트러뜨렸다. 흐린 날씨 때문에 운전기사는 그녀가 입고 있는 옷 색깔을 한눈에 알아보지 못했다. 멀리서부터 그녀를 발견하긴 했지만 군청색 옷으로 보여 특별히 경계하지 않았다. 트럭이 그 곁으로 가까이 다가갔을 때에야 그는 그 옷이 회색이라는 걸 깨달았다. 브레이크를 밟았을 때는 트럭이 이미 그녀를 지나친 뒤였다.
 그러나 운전기사가 트럭에서 내리자 회색 옷을 입은 여자가 트럭의 오른쪽에서 스르륵 나타났다. 그는 걱정했던 일들이 아직 일어나지 않았다는 걸 알았다. 동시에 눈앞에 있는 회색 옷을 입은 여자가 이틀 전에 점쟁이 집에서 마주친 바로 그 여자라는 걸 알아보았다. 바람이 그녀의 머리카락을 흐트러뜨리긴 했지만 우울한 표정까지 흐트러뜨리지는 못했다. 그녀가 자기 쪽으로 걸어오자, 운전기사는 마치 점쟁이 집에 들어가 있는 듯한 느낌이 들었다.
 운전기사는 두 팔로 그녀를 막아서며 이십 위안에 그녀의 회색 외투를 사고 싶다고 말했다.

  그녀는 운전기사의 행동이 이상하다고 여기며 한참을 멍하니 바라보았다. 그러나 운전기사가 이십 위안을 건네자 비싸봐야 오 위안밖에 안 될 회색 외투를 벗어주었다. 그녀가 회색 외투를 벗자, 안에 입고 있던 검정 스웨터가 밖으로 드러났다.

  운전기사는 옷을 받아들면서 얼음처럼 차갑다는 느낌을 받았다. 마치 죽은 사람 몸에서 막 벗겨낸 옷 같았다. 이런 느낌은 그의 예감이 적중했다는 걸 증명해주었다. 그는 그 옷을 오른쪽 앞바퀴 아래에 깔고 차에 올라타 시동을 걸었다. 그러고는 길가에 서 있는 여자를 힐끔 쳐다보았다. 그녀는 여전히 의심스러운 눈초리로 그를 바라보고 있었다. 트럭의 바퀴가 옷을 밟고 지나가자, 여자가 잠깐 나타났다가 사라져버렸다. 운전기사는 그 순간 백미러를 통해 그녀의 모습을 찾아보았다. 백미러에 비친 그녀의 모습은 실제보다 뚱뚱해 보였는데 점점 더 작아지더니 결국 사라져버렸다. 운전기사는 작은 도시에 들어설 때까지도 그녀에 대한 생각에서 벗어나지 못했다. 그녀는 그 회색 외투를 입고 도로 위를 사뿐히 걷고 있었다. 그러나 그는 이미 마음에 안정을 찾았다. 그 옷이 자기를 대신해 재난을 당했기 때문이다.

2-1

6은 비가 내리는 그날 아침에도 평소와 다름없이 일찍 일어났다. 강변으로 낚시를 하러 갈 생각이었다. 첫째 딸을 낳을 때부터 생긴 습관이다. 아내는 일곱째 딸을 낳다가 저 세상으로 갔다. 그는 아내가 죽기 직전에 떠올렸던 표정을 잊을 수가 없다. 그를 질투하는 기색이 역력했다. 수년 뒤 일곱 명의 딸은 제 할 일을 알아서 할 만큼 자라 그의 재산이 되어 있었다. 그 무렵 그는 아내가 죽기 직전에 보였던 표정을 다시 떠올리며 뭔가를 깨달았다. 그러고는 한 명당 삼천 위안의 돈을 받고 앞의 여섯 딸을 여기저기에 팔아넘겼다. 팔아넘긴 딸 중에서 오로지 셋째 딸만 편지를 보내왔다. 사는 것이 너무 힘들고 옛날이 그립다는 내용이었다. 편지 끝에는 이런 말이 적혀 있었다.

저는 오래 못 살 것 같아요.

6은 어렵사리 다 읽은 뒤 편지를 책상 위에 아무렇게나 던져버렸다. 나중에 그 편지는 어디로 갔는지 사라져버렸다. 6도 굳이 찾으려 하지 않았다. 사실 그는 편지를 다 읽자마자 그 내용을 머릿속에서 깨끗이 지워버린 터였다. 그런데 그 편지는 6의 일곱째 딸이 줄곧 보관하고 있었다.

 6이 일어났을 때 딸도 잠에서 깼다. 이제 막 열여섯 살이 된 이 소녀는 요즘 밤마다 악몽에 시달린다. 양가죽 재킷을 입은 남자가 자꾸만 꿈속에 나타났다. 그 남자는 늘 잡아먹을 듯이 소녀를 따라오는데, 그의 손에 잡히면 반항할 힘이 사라지는 것 같았다. 소녀는 양가죽 재킷을 입은 그 남자를 실제로 여섯 번이나 보았다. 그가 떠나갈 때마다 언니 한 명이 집에서 사라졌다. 오늘처럼 그 남자가 자꾸 꿈에 나타나니 불길한 예감이 덮쳐왔다. 그녀는 셋째 언니의 편지에서 자신의 미래를 읽었다. 그리고 그 미래는 점점 가까이 다가오고 있었다. 언젠가 자기도 그 양가죽 재킷을 입은 남자에게 붙들려 알 수 없는 어딘가로 끌려갈 게 불 보듯 뻔했다.

 그녀는 아버지가 일어나면서 의자를 넘어뜨리고, 곧이어 탁탁 고무 슬리퍼를 끌며 침실에서 나오는 소리를 들었다. 문으로 가는 것일 게다. 문의 한쪽 귀퉁이에는 아버지의 낚싯대가 서 있다. 아버지는 콜록콜록 기침을 하며 집을 나섰는데, 마치 소나기가 쏟아지는 소리 같았다. 기침 소리는 점점 멀어졌지만, 그녀의 귓전에서는 계속 맴돌고 있었다.

 6이 집 밖으로 나왔을 때도 날은 아직 칠흑같이 어두웠다. 거리에는 어슴푸레한 가로등 몇 개가 서 있을 뿐이었고, 그 푸르스름한 불빛 속에서 부슬부슬 가랑비가 흩뿌렸다. 마치 반딧불 수백 마리가 공중에서 흘러내리는 것 같았다. 강변에 이르니 강물이 어둠 속에서 점점이 빛나며 흐르고 있었고, 가랑비 때문에 주위가 온통 안개에 휩싸인 느낌이었다. 거리의 희미한 불빛 속에서 그는 이미 두 사람이 강기슭에 나와 앉아 낚싯대를 드리우고 있는 걸 발견했다. 두 사람은 하도 가까이 있어서 마치 하나로 연결되어 있는 것처럼 보였다. 그는 자기보다 먼저 나온 사람들이 있다는 게 좀 의아했다. 잠시 후 늘 앉던 바위에 자리를 잡고 앉았는데, 문득 온몸에 한기가 돌았다. 그 두 사람 몸에서 얼음같이 차가운 바람이 솟아 나와 자기 쪽으로 불어오는 게 아닌가 싶은 기분이었다. 그래서 낚싯바늘을 강에 던져놓고 고개를 돌려 두 사람을 가만히 살펴보았다. 그들은 매번 거의 동시에 두 마리 고기를 낚아 올렸는데 이상하게도 아무 소리도 나지 않았다. 물고기가 몸부림치는 소리도, 강물이 부서지는 소리도 들리지 않았다. 곧이어 그들은 동시에 잡아 올린 물고기를 먹어치웠다. 그는 그 두 사람이 손을 뻗어 물고기를 움켜쥔 뒤 곧장 입으로 가져가는 걸 보았다. 물고기의 비늘이 어둠 속에서 희미하게 반짝였다. 그는 그들이 얼마나 빨리 그 빛을 먹어치우는지를 지켜보았다. 역시나 아무런 소리도 들리지 않았다. 그런 상황은 제법 오랫동안 계속되었다. 동이 틀 무렵 그는 두 사람이 들고 있는 낚싯대에는 낚싯바늘도, 부표도, 심지어 낚싯줄도 없다는 것을 알아차렸다. 단지 대나무처럼 기다란 막대기 두 개가 있을 뿐이었다. 조금 더 지켜보니 그 두 사람은 다리가 없었다. 그러니 그들은 강기슭에 앉아 있었던 게 아니라 서 있었던 것이다. 얼굴도 뚜렷하게 보이지 않았다. 얼굴과 뒤통수에 별다른 차이가 없는 것 같았다. 그때 저 멀리서 수탉이 우는 소리가 들려왔다. 그때 6은 두 사람이 동시에 물속으로 뛰어드는 걸 보았다. 물보라가 사방으로 튀는데도 소리는 별로 나지 않았다. 이후의 모든 것은 평소와 다름없었다.

2-2

회색 옷을 입은 여자가 이날 새벽같이 점쟁이를 찾아간 건 딸이 결혼한 지 오 년이 됐는데도 아직 아이가 없기 때문이었다. 그녀는 딸의 사주가 사위와 안 맞는 게 아닌가 의심스러웠다. 사실 그런 생각은 이미 오래전부터 해왔지만, 그날에야 점쟁이를 찾아가봐야겠다고 결심한 것이다. 그녀는 날이 밝자마자 집을 나섰다. 골목 어귀에서 6을 만났는데, 6은 강변에서 돌아오는 길이었다. 그녀는 6의 눈동자에 분홍빛이 어른거리는 걸 보았다. 6이 곁을 지나가자 옷이 약간 펄럭거렸다. 그녀는 거의 반사적으로 고개를 돌려 그를 쳐다보았다. 6의 뒷모습은 그녀에게 무겁고 침울한 기분을 안겼다. 그런 기분은 길을 걸어가는 동안 점점 심해졌다. 비 오는 음침한 날씨 속에서 그녀는 처마에서 떨어지는 물처럼 천천히 숨을 쉬었다. 잠시 후 그녀의 눈앞에 장님이 나타났다. 장님은 점쟁이가 사는 골목 입구에 앉아 있었다. 때마침 등교하는 여학생들 무리가 참새처럼 재잘거리며 그곳을 지나갔는데, 빗속이라 소리가 더욱 또렷하게 들렸다. 회색 옷을 입은 여자는 그때 장님의 얼굴에 알수 없는 긴장감이 감도는 것을 보았다. 그녀의 기억 속 깊은 곳에서부터 장님은 그곳에 앉아 있었다. 그러나 그가 얼마 동안이나 그렇게 앉아 있었는지는 알 길이 없었다. 다만 아주 오래되었다는 걸 어렴풋이 느낄 뿐이었다.

점집에 들어서는데 마르고 키가 큰 남자가 맞은편에서 걸어 나왔다. 그녀가 몸을 비켜줄 필요도 없이 남자는 수월하게 그 좁은 문을 빠져나갔다. 그녀는 쉰 살쯤 되어 보이는 그 남자가 바로 점쟁이의 막내아들이라는 걸 한눈에 알아보았다. 뒤를 돌아보니, 그 남자의 길쭉하고 삐쩍 마른 몸이 걸어가는 모습이 꼭 그림자가 걸어가는 것 같았다.

마침내 점쟁이의 작은 방에 들어가니, 아흔 살 가까이 된 점쟁이는 그녀가 온 까닭을 미리 알고 있었다는 듯한 표정으로 앉아 있었다. 그녀는 그의 창백한 얼굴에 떠오른 미소에서 그런 느낌을 받았다. 그때 수탉 다섯 마리가 돌연 맹렬하게 울기 시작했다. 수탉의 울음소리는 대단히 날카로웠다. 수탉과 방금 전에 입구에서 만난 깡마른 남자가 머릿속에서 하나로 이어지면서, 그녀는 점쟁이를 둘러싼 무성한 소문을 떠올렸다.

회색 옷을 입은 여자는 점쟁이에게 자기가 찾아온 이유를 솔직하게 털어놓았다. 그녀는 자신의 목소리가 작은 방 안에서 무겁게 가라앉으며 메아리치는 걸 들었다.

점쟁이는 회색 옷을 입은 여자의 딸과 사위의 사주팔자를 따져보더니 그 두 사람은 천생연분이라고, 둘의 운명에는 맞지 않는 부분이 전혀 없다고 알려주었다.

그렇지만 벌써 오 년이나 지났는데요. 회색 옷을 입은 여자는 점쟁이에게 그 사실을 상기시켰다.

점쟁이는 도와주고 싶지만 힘이 미치지 않는다고 했다. 그러면서 성 밖에 있는 절에 가서, 아이를 점지해주는 관음보살에게 빌어보라고 일러주었다. 그렇게 하면 관음보살이 꿈에 나타나 그 이유를 알려줄 거라고 했다.

회색 옷을 입은 여자가 점을 다 보고 일어설 때 운전기사와 그의 어머니가 들어왔다. 그녀는 그들에게 주의를 기울이지 않았기 때문에, 운전기사가 자신을 눈여겨보는 걸 알아차리지 못했다.

회색 옷을 입은 여자는 점쟁이가 일러준 대로 점집에서 나와 집으로 돌아가지 않고, 곧장 성 밖 산 중턱에 있는 절을 찾아갔다. 그곳에서 황금빛의 거대한 관음보살에 절을 하고, 향도 몇 개 사른 다음 집으로 돌아왔다. 하루 종일 마음이 불안했던 그녀는 날이 저물어 마침내 잠자리에 들 수 있었다. 다음날 새벽잠에서 깼을 때, 짐작대로 기억나는 꿈이 하나 있었다. 매우 모호한 꿈이었는데, 아마도 그 절에서 일어난 일 같았다. 꿈속에서 본 관음보살은 황금빛이 아니라 어두침침한 회색이었다. 절은 텅 비어 있는 듯했고, 관음보살의 미소 띤 입은 전혀 움직이지 않았다. 그러나 곧 어디선가 큰 목소리가 들려왔다. 아이를 낳을 수 있는지 없는지는 길 가는 사람에게 물어보라. 회색 옷을 입은 여자는 그 순간 꿈에서 깨어났다. 그 꿈이 또렷하게 기억났던 그녀는 바로 자리에서 일어나 화장도 하지 않고 골목 밖의 거리로 나갔다.

아직 날이 밝지 않아 동녘의 산꼭대기에 붉은 해가 살짝 걸려 있을 뿐이었다. 그 모습이 꼭 사람 입술 같았다. 거리에는 들릴 듯 말 듯 발자국 소리가 울려 퍼졌지만, 지나다니는 사람은 보이지 않았다. 한참 후에 짐을 짊어진 남자 셋이 어둠 속에서 그녀 쪽으로 걸어왔다. 그녀도 그쪽으로 걸어갔다. 짐이 무거운지 멀리서도 멜대가 타닥타닥 하는 소리가 들렸다. 가까이 다가가 보니 첫째 짐 보따리에는 사과가 들어 있었고, 둘째는 바나나, 셋째는 귤이었다. 그녀는 귤에만 씨가 있다는 데 생각이 미처 셋째 남자 앞에 가서 섰다. 서른 살 정도 된 건장한 사내였다. 그의 넙데데한 얼굴에는 땀방울이 흘러내리고 있었다. 잠시 후 그들은 대화를 나눴다.

회색 옷을 입은 여자가 물었다. 이거 파는 건가요?

남자가 대답했다. 그렇습니다.

씨가 있는 거죠? 그녀가 물었다.

없습니다. 남자가 대답했다.

그 말에 그녀는 한동안 멍하니 서 있다가 한참 후에 마음속으로 '하늘의 뜻이 아니구나'라고 중얼거렸다. 이렇게 해서 딸아이가 결혼한 지 오 년이 되도록 아이를 갖지 못하는 이유를 알게 된 셈이다.

2-3

　회색 옷을 입은 여자는 씨 없는 귤이라는 이야기를 듣고 이틀 동안 기운을 차리지 못했다. 그러나 이틀째 되는 날 해질 무렵, 그녀의 마음속에서 사그라졌던 불씨가 다시 타올랐다. 그래서 그녀는 성 밖의 절을 다시 찾아갔다. 그녀는 절에서 나와 산을 내려가다가 운전기사와 마주쳤다. 운전기사의 괴상한 행동이 아무래도 수상했다. 그래도 어쨌거나 그에게 외투를 벗어주었다. 이십 위안을 받아들 때는 불현듯 그 돈이 가짜일지도 모른다는 생각이 들긴 했다. 그러나 꼼꼼히 살펴본 결과 그 돈은 틀림없는 진짜였다. 잠시 후 그녀는 운전기사가 자기 외투를 차바퀴 아래 깔고 시동을 거는 것을 보았다. 그러고는 그녀를 힐끗 쳐다보았는데, 꽤나 거슬리는 눈초리였다. 트럭은 무겁고 답답한 소리를 내더니 쌩하니 떠나갔다. 먼지가 일지 않아 지나간 자리가 매우 깨끗해 보였다. 차가 떠나간 뒤에 그녀는 고개를 숙여 자기 외투를 바라보았다. 바닥에 펼쳐져 있는 외투에는 차바퀴가 지나간 흔적이 뚜렷하게 남았다. 외투의 모양을 보고 있으니 측은한 생각이 들었다. 꼭 죽은 사람을 보는 것 같았다. 그녀는 몇 걸음 걸어가 외투를 집어 들었다. 조금 전의 외투와 다를 게 없었다. 방금 일어난 일들은 아예 일어나지도 않았던 것처럼, 방금 잠에서 깨어나 침대에 앉아서 의자에 걸려 있는 외투를 집어든 게 아닌가 싶을 정도였다. 그래서 그 외투를 다시 입고 가던 길을 계속 걸어갔다. 그 무렵 트럭은 이미 산굽이를 다

돌아 내려와 소도시로 접어들고 있었다. 그녀는 산에서 트럭을 바라보면서 그 모습이 어제 자기 다리를 기어오르던 갈색 벌레와 닮았다고 생각했다.

얼마 후에 그녀도 소도시에 이르렀다. 거리에는 인적이 드물었고, 그녀의 마음도 쓸쓸하고 적적했다. 첫 번째 거리에 들어서며, 그녀는 나지막한 지붕 위로 올라온 굴뚝에서 연기가 솔솔 피어오르는 걸 보았다. 문득 자기 몸이 어딘가 모르게 연기처럼 가물가물하고 희미하게 느껴졌다. 비는 어제 그쳤지만, 여전히 어두침침하고 낮게 가라앉은 하늘은 언제든 빗방울을 떨어뜨릴 것만 같았다.

그녀가 집에 들어가기 전에 마지막으로 본 사람은 6의 딸이었다. 집으로 향하는 골목에 접어들어 6의 집 창문 아래를 지나던 길이었다. 6의 딸은 창가에 서서 창밖 골목의 담장을 멍하니 바라보고 있었다. 담벼락의 벽돌 틈에서 자라난 풀 몇 포기가 바람에 흔들거리고 있었다. 회색 옷을 입은 여자는 유리를 통해 그 소녀를 바라보다가 자기도 모르게 몸을 부르르 떨었다. 그녀는 아무 근거도 없이 그 소녀의 얼굴에 죽음의 기운이 어려 있다고 느꼈다. 순간 기분이 섬뜩해졌다. 그런 생각은 저주나 다름없었다. 방금 관음보살에게 소원을 빌고 온 사람에게 그런 저주는 대단히 위험한 것이었다. 방금 전까지 했던 모든 노력을 물거품으로 만들 수도 있기 때문이다. 어느새 집 앞에 이른 그녀는 딸이 집 안에서 사탕수수를 깨물어 먹는 소리를 들었다. 사각사각 매우 경쾌하고 달콤한 소리였다.

2-4

그날 새벽 6이 겪은 이상한 일은 다음날, 그 다음날 아침에도 계속되었다. 그러나 그는 별일 아니라는 듯 여전히 늘 같은 자리에, 다리가 없는 두 사람과 가까운 자리에 앉았다. 몇 번씩이나 말을 걸어봤지만, 그들이 침묵으로 일관하는 탓에 어찌 해야 할지 알 수가 없었다. 그들의 행동도 처음 봤던 날과 조금도 다른 구석이 없었다. 게다가 그날 이후로 그는 고기를 한 마리도 잡지 못했다. 어느 날 아침 그는 시험 삼아 두 사람에게 다가가 보았는데, 그가 채 가까이 가기도 전에 두 사람은 나란히 물속으로 뛰어들었다. 그가 정말 이상한 일이라 생각하며 사방을 둘러보는데, 놀랍게도 그들은 저쪽 다른 곳에 여전히 그와 가까운 거리에 앉아 있었다. 그래서 그는 다시 원래의 자리로 돌아와 앉았다. 곧 피로가 몰려왔다. 눈앞의 모든 것이 강물이 흐르는 대로 반짝반짝 빛이 났다. 이어서 몸이 옆으로 기울더니 잠시 후 그는 완전히 고꾸라졌다. 그다음에는 무슨 일이 일어났는지 아무것도 기억나지 않았다.

같은 날 아침, 아직 날이 밝지 않았을 때 침대에 누워 있던 6의 딸은 밖에서 누가 자기 이름을 부르는 소리를 들었다. 소리가 너무 작아서 꼭 문틈을 뚫고 들어오는 바람소리 같았다. 그녀가 침대에서 내려가 옷을 입고 문 앞으로 가자 소리가 뚝 끊겼다. 문을 열어 보니 바깥에 아버지가 누워 있었고, 주위에는 아무도 없었다. 코고는 소리에 그녀는 아버지가 죽지 않았다는 걸 알았다. 단지 잠이

든 것뿐이었다. 그래서 아버지를 집 안으로 끌고 들어왔는데, 침대에 눕히기도 전에 아버지가 눈을 떴다.

6은 정신을 차리더니 자기가 집에 와 있다는 사실에 깜짝 놀랐다. 강변에 갔던 걸 분명히 기억하는데 뜻밖에도 집에 와 있었기 때문이다. 딸에게 묻자 딸도 그가 강변에 갔다는 걸 증명해주었다. 하지만 조금 전에 집 앞에서 일어난 일에 관한 딸의 이야기에는 이상한 구석이 있었다. 그래서 날이 훤히 밝은 뒤에 점쟁이를 찾아갔다.

점쟁이는 6의 말이 끝나기도 전에 얼굴색이 싹 변했다. 그러한 기미는 6도 눈치 챌 수 있었다. 6은 점쟁이의 창백한 얼굴이 푸르스름한 색을 띠어가는 걸 보고는 뭔가를 예감했다.

점쟁이는 6에게 두 사람이 다리가 없는 게 확실하냐고 거듭 묻더니 먼지투성이 탁자 위에 손으로 글자 하나를 썼다가 곧바로 지워버렸다. 순식간에 일어난 일이었지만 6은 그 글자를 두 눈으로 똑똑히 보았다. 그는 깜짝 놀라 얼굴이 새파랗게 질렸다. 점쟁이는 앞으로 다시는 어두울 때 강변에 가지 말라고 경고했다.

두려움에 벌벌 떨며 집으로 돌아와 보니 딸이 창가에 서 있었다. 얼굴 표정은 보이지 않았고, 가냘픈 뒷모습만 보일 뿐이었다. 그러나 그 뒷모습만으로는 방금 이곳에서 무슨 일이 일어났는지 알 길이 없었다. 그래서 그는 양가죽 재킷을 입은 사람이 다녀갔다는 사실을 알지 못했다. 양가죽 재킷을 입은 사람은 손가락 여러 개로 문을 두드린 게 틀림없었다. 그 바람에 6의 딸의 귀에는 그 소리가 매우 복잡하게 들렸다. 문을 여는 순간 그녀는 자기한테 닥쳐온 재난을 목격했다. 양가죽 재킷을 입은 사람이 그녀를 뚫어져라 쳐다보는데, 그 시선이 자기 눈을 후벼 파는 것만 같았다. 그 사람에게 6이 집에 없다고 말하고는 쾅 문을 닫았다. 문을 잠그는 소리가 크게 울려 퍼졌다. 그러나 그 소리도 그녀 마음속의 공포를 잠재울 수는 없었다. 그녀는 그가 잠시 후 다시 나타날 것을 알고 있었다.

한참 후에 양가죽 재킷을 입은 사람과 아버지가 옆방에서 뭔가 비밀스러운 이야기를 끝낼 무렵, 그녀는 회색 옷을 입은 여자가 죽었다는 소식을 들었다. 그때 양가죽 재킷을 입은 사람은 이미 가버렸고, 아버지는 다시 방으로 돌아갔다.

회색 옷을 입은 여자는 죽기 전에 아무런 기미도 보이지 않았다. 단지 어젯밤 집에 돌아왔을 때 피곤해 보였고, 저녁으로 생선탕만 조금 먹고 일찌감치 잠자리에 들었을 뿐이다. 자식들은 밤새 이상한 소리는 듣지 못했고, 그녀가 계속 몸을 뒤척이는 것 같았다고 했다. 회색 옷을 입은 여자는 평소에 아침 일찍 일어났는데, 그날따라 늦게까지 일어나지 않기에 여덟 시쯤 딸이 침대로 가보았더니 입을 벌린 채 누워 있었다고 했다. 입 안이 유독 텅 비어 있는 것같이 보였다. 딸은 처음에는 대수롭지 않게 생각했으나, 삼십 분 후에 다시 갔을 때도 여전히 그 자세인 걸 보고는 그 벌어진 입속에 숨결이 남아 있지 않다는 것을 깨달았다. 회색 옷을 입은 여자의 죽음은 이렇게 해서 사실로 확인되었다. 나중에 자식들은 의자에 걸려 있던 회색 옷을 집어 들다가 커다란 차바퀴 자국을 발견했다. 그들은 혹시 어머니가 차에 깔려 돌아가신 건 아닐까 의심해보왔다. 정말 그렇다면, 회색 옷을 입은 여자가 아무 일도 없었다는 듯이 태연히 집에 돌아온 것은 불가사의한 일이 아닐 수 없다.

3-1

회색 옷을 입은 여자가 비명횡사하자 아들의 결혼식이 예정보다 두 달 앞당겨 치러졌다. 액땜을 하기 위해 장례를 마치자마자 혼사를 치르는 옛 풍속을 따른 것이다.

회색 옷을 입은 여자의 시신은 그녀의 침대 위에 놓여 있었다. 방 안에 있던 화려한 물건들만 모두 치웠을 뿐이다. 침대 시트도 무명천으로 바꿨는데, 회색 옷을 입은 여자는 까만색 무명옷을 입고 그 위에 누워 있었다. 그녀를 덮고 있는 것도 무명천이었다. 그녀의 발 옆에는 아무런 무늬도 없는 그릇이 놓여 있었는데, 그 안에 든 석유가 심지를 따라 타고 있었다. 그것은 장명등(대문밖이나 처마 끝에 달아 두고 밤에 불을 켜는 등)이었다. 저승으로 가는 길이 어둡고 춥기 때문에 사자는 무명옷을 입고 장명등으로 길을 밝혀야 한다는 이야기가 있기 때문이었다. 영정을 모시는 방도 그곳에 꾸몄다. 방 안에서는 영구가 나갈 때 함께 나가는 깃발이 펄럭이고 있었다. 영정은 증명사진을 확대한 것이라 사자의 얼굴이 오래된 담벼락처럼 얼룩덜룩했다.

회색 옷을 입은 여자는 같은 자세로 이틀 밤낮을 보낸 뒤, 날이 밝자마자 아들 손에 화장터로 옮겨졌다. 얼마 안 되는 친척들도 이

날 새벽에 그곳으로 갔다. 3은 곡을 해달라는 부탁을 받았다. 덕분에 그날 오전 내내 3의 찢어지는 듯한 곡소리가 안개처럼 온 도시를 휘감았다.

회색 옷을 입은 여자는 오전 여덟 시에 유골함에 들어갔다. 곧이어 장례식이 시작되었다. 장례 행렬은 비도 내리지 않고, 해도 나지 않는 아침에 좁은 골목길을 따라 천천히 걸어갔다.

장님은 그때 이미 길에 나와 있었다. 며칠 동안 사라졌던 4의 목소리가 그날 다시 홀연히 들려왔다. 중학교에서 여러 종류의 단정한 목소리가 흘러 나왔는데, 그 소리들이 커졌다 잦아들었다 하는 게 마치 열을 맞춰 다가오는 것처럼 들렸다. 장님은 그 속에 4의 목소리가 있다는 걸 알았지만 그것을 딱 찾아낼 수가 없었다. 잠시 후 그 목소리들이 차차 잦아들더니 어른 몇 사람이 말하는 소리가 끼어들었다. 곧이어 그는 4의 목소리를 들었다. 4는 자리에서 일어나 교과서를 읽고 있었다. 4의 목소리가 한 줄기 바람처럼 그의 얼굴을 스쳐가자, 향긋한 풀냄새가 났다. 그러나 4의 목소리는 들리다 말다 했다. 어른들의 말소리가 중간에서 끼어드는 바람에 장님의 귀에까지 오기 위해서는 소리가 한 번 꺾여야 했기 때문이다.

그러나 짧은 순간 정적이 감돌더니, 4의 목소리가 홀로 장님의 귓속으로 들어왔다. 그 소리는 물방울이 떨어지듯 그의 청각 속으로 똑똑 흘러들었다. 4의 목소리만을 듣게 되자, 장님은 그 안에 스며든 우울함을 감지했다. 끝없이 펼쳐진 황야에 홀로 남은 것처럼 4의 목소리에서는 외로움이 묻어났다. 그 뒤로 몇몇 단정한 목소리가 들려와 4의 목소리가 묻혀버렸다. 광풍이 몰아쳐 한 소녀가 황야의 쓸쓸한 무덤가에 앉아 나지막이 말하는 소리를 삼켜버린 것이나 마찬가지였다. 얼마 후 3의 곡소리가 기세등등하게 들려왔다. 장님과 장례 행렬이 아직 두 블록이나 떨어져 있을 때였다. 3의 곡소리가 수많은 집들 사이를 통과해 장님의 귀에까지 왔을 때는 꼭 발정 난 고양이의 울음소리 같았다. 그 소리가 가까이 다가왔을 때에야 장님은 그 속에 잡다한 소리들이 무수히 많이 섞여 있다는 걸 깨달았다. 3의 곡소리에는 오싹 소름이 돋게 하는 모든 종류의 소리가 다 들어 있는 듯했다. 아이가 건물에서 떨어질 때 지르는 공포에 찬 소리부터 수많은 유리창이 동시에 와장창 깨지는 소리, 깊은 밤 갑작스레 광풍이 불어와 문을 흔들어대는 소리, 임종할 때 내는 신음에 가까운 숨소리까지 모든 소리가 다 들어 있었다.

　회색 옷을 입은 여자의 유골은 성안의 주요 도로를 죽 한 번씩 돌았다. 그녀를 아는 사람들은 그녀가 마지막으로 성안을 걸어보는구나 하고 생각했다. 이어서 장례 행렬은 그녀의 집으로 돌아왔다. 집에 들어서자마자 아들과 딸, 친척들은 상복을 벗고 새 옷으로 갈아입었다. 장례는 오전에 끝이 났다. 결혼식은 저녁에 시작될 것이다.

3-2

　운전기사도 그 결혼식에 참가했다. 그는 오전에 그 집에서 장례를 치렀다는 것을 전혀 알아차리지 못했다. 신부의 붉은색 긴치마가 오전에 있었던 모든 일을 이미 덮어버린 뒤였다.

운전기사는 계속 신부를 쳐다보고 있었는데, 등불 때문에 반대편 구석에 앉아 있는 신부의 얼굴이 반쪽은 화사하고 반쪽은 우울해 보였다. 같은 이유로 연지처럼 발라놓은 듯한 미소도 반쯤은 사람을 잡아끄는 매력이 있었지만, 나머지 반은 춥지도 않은데 온몸이 덜덜 떨리게 할 만큼 두려웠다. 그렇게 신부만 쳐다보고 있느라, 그는 주위에서 무슨 일이 일어나는지 전혀 알지 못했다. 주변에서 들려오는 소리는 가끔씩 그에게 복잡한 거리에 나앉아 있다는 느낌을 줄 뿐이었다. 그는 아는 사람 하나 없이 홀로 있는 기분이었다. 간혹 그의 시선이 신부의 얼굴을 떠나 주위를 둘러볼 때면, 다양한 사람들의 다양한 표정이 수시로 변하는 게 보였다. 그러나 한곳으로 모여드는 여러 가지 소리는 그에게 여전히 낯선 곳에 와 있는 듯한 느낌을 주었다.

실제로 그는 이 결혼식 전체에 화사함과 침울함이 뒤섞여 있다는 걸 발견했다. 그 화사함과 침울함은 이 집 안 곳곳을 돌아다니고 있었다. 그 순간 그는 탁자에 있던 술병이 넘어지는 걸 보았다. 안에서 흘러나온 자줏빛 액체는 등불 아래서 역시나 반은 밝고 반은 어둡게 보였다. 운전기사 옆에 앉아 있던 2가 자리에서 일어나자 액체에 드리웠던 그늘이 사라지고 순간적으로 밝은 부분이 커졌다. 그러나 운전기사의 가슴께에 있던 그늘은 여전히 그 자리에서 어두운 빛을 띠고 있었다. 2가 자리에서 일어난 건 걸레를 찾기 위해서였다. 그는 어디선가 낡은 옷을 한 벌 찾아왔다. 운전기사는 그 낡은 옷이 자줏빛 액체를 덮고 움직이는 걸 지켜보았다. 옷에는 2의 손이 올라가 있었는데, 그 손도 반은 밝고 반은 어두웠다. 잠시 후 운전기사는 그것이 회색 외투라는 걸 알아차렸다. 그리고 아직까지 희미하게 남아 있는 바퀴 자국도 보고 말았다.

그날 운전기사는 일하러 나가지는 않았지만 평소 일어나던 시각에 눈을 떴다. 그때 어머니는 세수를 하고 있었다. 그는 세숫물이 주름 하나 없는 백지 같다고 생각했다. 어머니는 그 백지를 얼굴에 문지르고 있는 중이었다. 잠시 후 그는 밖으로 나가는 어머니의 발소리를 들었다. 이어서 세숫대야에 담겨 있던 물이 마당에 버려지는 소리가 들렸다. 물과 진흙이 부딪혀 사방으로 튀는 모습에서 운전기사는 도로가 쭉 뻗어나가는 풍경을 떠올렸다. 그때 이웃에 사는 3이 마당에 나타났다. 그녀는 물 한 모금을 머금고 나와 한참을 우물거리다가 마당에 퉤하고 뱉었다. 운전기사는 어머니가 말하는 소리를 들었는데, 3에게 뭘 하는 거냐고 묻고 있었다.

목을 씻고 있잖아. 3이 대답했다.

누구네 집이 상을 당했는데? 어머니가 물었다.

그때 3은 또다시 입 안 가득 물을 머금고 있었기 때문에, 그녀의 대답은 운전기사의 귀에 차바퀴가 굴러가는 소리처럼 들렸다. 운전기사는 분명히 듣지는 못했지만, 누군가가 죽어서 3에게 곡을 해달라고 부탁했다는 걸 알 수 있었다. 목구멍을 씻고 나니 3의 목소리는 조금 전보다 훨씬 듣기 좋아졌다. 어머니가 그 목청에 감탄을 하자, 3은 체력이 예전만 못하다고 대답했다.

  운전기사는 침대에 한참을 누워 있다가 몸을 일으켰다. 마당으로 나가봤더니 7이 문 앞의 대나무 의자에 앉아 있었다. 7은 침울한 눈으로 그를 바라보았다. 7의 숨소리에 운전기사는 이 세상에 공기가 얼마 남지 않은 것 같다는 생각이 들었다. 7의 다섯 살 난 아들은 바닥에 쪼그리고 앉아 흙장난을 하고 있었다. 아이의 머리카락은 보기 드문 노란색이었다. 그때 누군가 들어와 청첩장을 전해주었다. 수년 전에 알았던 한 아가씨가 결혼한다는 소식이었다. 그 청첩장이 너무나 갑작스레 전달되어 운전기사는 마구 뒤엉켜 있는 수많은 기억들을 떠올려야 했다.

3-3

  결혼식 분위기는 운전기사와 2 사이에서 최고조에 이르렀다. 그때는 이미 요리사도 주방에서 나와 실컷 먹고 마실 무렵이었다. 몇몇 술 취한 사람들이 비틀거리며 계단 쪽으로 걸어가더니, 내려가지도 못하고 그 자리에서 잠이 들었다. 2가 큰 소리로 신부가 와서 자기 얼굴을 좀 씻어달라고 외치자, 모든 사람이 그 주위에 모여들었다. 운전기사는 무슨 일이 일어날지 짐작조차 하지 못했다. 그의 눈에는 회색 외투만 어른거릴 뿐이었다. 그러나 신부가 세숫대야에 물을 떠 오는 순간, 회색 외투가 돌연 눈앞에서 사라졌다. 그제야 그는 무슨 일이 일어나리라는 걸, 그것도 자기와 관련된 일이 일어나리라는 걸 알아차렸다. 그때 그곳에 앉아 있는 사람은 그와 2뿐이었기 때문이다. 신부는 세숫대야를 탁자에 올려놓고, 양쪽의 붉은 소매를 사뿐히 걷어 올렸다. 가느다란 두 팔이 등불 아래서 보드랍고 매끄럽게 빛났다. 곧이어 가늘고 긴 손가락 열 개가 수건을 짰다. 운전기사의 눈에 수건은 보이지 않았다. 그에게는 열 개의 손가락이 매혹적인 춤을 완성하는 것만 눈에 들어왔다. 그에 따라 물이 아름답게 떨어져 내렸는데, 물도 그 춤의 일부분이었다.

저 사람 먼저 닦아주시죠. 운전기사는 2가 그렇게 말하는 소리를 들었다. 2가 둘째 손가락으로 자신을 가리키고 있는 게 보였다. 2의 손가락은 불빛 아래서 찌를 듯이 날카로워 보였다.

신부의 수건이 앞으로 다가와 2의 손가락을 닦았다. 운전기사는 수건이 아직 얼굴에 닿기 전에 신부의 한쪽 손이 그의 뒤통수를 가볍게 받치는 걸 느꼈다. 손가락 다섯 개가 매혹적으로 침입해 들어왔다. 이어서 얼굴 전체가 수건으로 덮이고, 수건이 얼굴을 부드럽게 문지르기 시작했다. 그러나 운전기사는 수건의 움직임은 전혀 느끼지 못했다. 그는 여러 개의 손가락이 얼굴을 부드럽게 어루만지는 것만 느꼈을 뿐이다. 그 손길에 정신이 다 혼미해질 지경이었다. 그러나 이 모든 것이 순식간에 지나가고, 그의 눈 속에 다시 2의 모습이 나타났다. 2는 미소 띤 얼굴로 그를 바라보고 있었다. 운전기사는 주머니에서 이십 위안을 꺼내 신부에게 주었고, 신부는 그것을 받아 주머니에 넣었다. 그 과정에서 그의 손은 신부의 손을 만지지 못했다.

　잠시 후 운전기사는 신부가 2의 얼굴을 닦아주는 것을 보며, 왜 마찬가지로 동작이 그렇게 부드러운지 도저히 이해할 수가 없었다. 얼굴을 다 닦자 2는 사십 위안을 꺼내 신부의 손에 쥐어주었다. 이어서 2가 말했다. 저 사람을 한 번 더 닦아주세요.

　이 말에 운전기사는 자기가 마주한 현실을 깨달았다. 그래서 다시 수건을 짜는 신부의 손가락을 바라볼 때는 조금 전에 보았던 아름다운 광경이 떠오르지 않았다. 또 수건이 얼굴 위에서 움직일 때도 아까와 같은 흥분은 없었다. 다 닦고 난 후에 사십 위안을 꺼냈다. 그러면서 그는 이제 자기 주머니가 텅 비었다는 걸 알았다. 2가 또다시 자기를 괴롭히지는 않을 거라 생각했지만, 실은 그렇게 확신할 근거도 없었다.

　2는 이번에는 신부에게 팔십 위안을 주었다. 여기에서 끝난 게 아니었다. 그는 신부에게 다시 운전기사의 얼굴을 닦아달라고 했다. 운전기사는 그제야 주위에 사람들이 잔뜩 몰려와 있다는 걸 깨달았다. 그들은 모두 2에게 환호를 보냈다. 신부의 수건이 다시 그의 얼굴 위에서 움직이자, 그는 손목에 차고 있던 시계를 조용히 풀었다. 그리고 얼굴을 다 닦은 뒤 신부에게 그것을 건넸다. 떠들썩하게 웃는 소리가 들려왔다. 그러나 2는 웃지 않았고, 그에게 이렇게 말했다. 당신의 시계는 백 위안 정도 된다고 칩시다. 2는 말을 마치고 이백 위안을 꺼내 탁자에 놓았다. 신부가 그의 얼굴을 닦아주자, 그는 그 이백 위안을 집어 신부 치마에 있는 주머니에 넣으며 신부의 엉덩이를 한 번 툭 쳤다. 그러고는 운전기사를 가리키며 신부에게 말했다. 한 번 더 닦아요.

　신부의 수건이 또다시 운전기사의 얼굴에 올라왔을 때, 그는 참기 힘든 통증을 느꼈다. 마치 딱딱한 솔로 얼굴을 문질러대는 것 같았다. 뒤통수를 받치고 있는 다섯 손가락도 녹슨 쇠못처럼 느껴졌다. 그러나 진짜 고통은 수건과 손가락이 얼굴에서 사라진 뒤에 시작되었다. 그는 자기가 곤경에 처했다는 걸 분명하게 인식했다. 주위에서는 전쟁이라도 난 것처럼 시끌벅적한 소리가 들려왔다. 그는 마주 앉은 2의 얼굴에서 우쭐대는 기색이 넘쳐흐르는 것을 보았다. 2의 얼굴은 반은 화사했고, 반은 침울했다. 2는 돈을 한 뭉치 꺼내더니 운전기사에게 말했다. 이 사백 위안으로 당신이 입고 있는 반바지를 사겠소.

　운전기사의 귀에 획획 바람 소리가 들렸다. 그는 한참을 앉아 있다가 자리에서 일어나 주방으로 걸어갔다. 주방에 들어가 문을 단단히 걸어 잠그자, 미친 듯이 불어대던 바람소리가 잦아들었다. 그래서 그는 그 주방이 마음에 들었다. 난로는 아직 다 꺼지지 않았다. 허옇게 변한 알탄 더미에 몇 가닥 발그스름한 불씨가 남아 있었다. 냄비 몇 개가 피곤한 듯이 한곳에 쌓여 있고, 그릇들은 개수대에 겹겹이 포개져 높이 솟아 있었다. 그는 식칼을 발견하고 손에 쥐었다. 칼날이 제법 날카로웠다. 그러고는 창가로 다가가 창밖에 어른거리는 불빛과 하수도 같은 거리에 한 사람이 걸어가는 모습을 바라보았다. 이어서 맞은편에 있는 집으로 눈길을 돌렸다. 창문으로 한 소녀의 모습이 보였다. 소녀는 까만색 상의를 입은 채 설거지를 하고 있었는데, 몸이 조금씩 움직였고 입술도 달싹거리는 듯했다. 그는 곧 소녀가 노래를 하고 있다는 걸 알아차렸다. 노랫소리가 들리지는 않았지만, 틀림없이 아름다운 목소리일 것 같았다.

3-4

 운전기사가 주방으로 들어간 후, 2도 광풍같이 몰아치는 웃음소리 한가운데로 뛰어들었다. 웃음소리는 한동안 계속되다가 한바탕 쏟아 부은 비가 그치듯 잦아들었다. 2는 운전기사가 주방에서 뭘 하고 있는지 봐야겠다는 생각에 일어나 주방 쪽으로 걸어갔다. 그는 걸어가면서 모든 사람의 시선이 자기를 따라서 앞으로 향하고 있는 걸 느꼈다. 그들은 운전기사가 어떤 모습일지 궁금했던 것이다. 2는 문 앞에 이르러 문틈에서 시커먼 물줄기가 흘러나오는 걸 보았다. 그것에 흥미를 느껴 쪼그리고 앉아 들여다보았다. 물줄기가 붉은색을 띠기 시작했다. 여전히 잘 보이지 않아 물을 손에 묻혀 눈앞으로 가져와 보았다. 그제야 비로소 자기가 무엇을 보았는지 알아차렸다. 자리에서 일어난 그는 뭘 어떻게 해야 할지 판단이 서질 않았다. 그래서 그냥 그곳을 떠나려 하는데, 따라온 사람들이 이상하다는 눈빛으로 쳐다보는 바람에 조금 망설여졌다. 하는 수 없이 그는 뒤로 돌아 잔뜩 긴장한 채로 주방 문을 밀었다. 손을 뻗으면서 자기 손이 바람을 맞고 서 있는 나뭇가지 같다고 생각했다. 문이 조금 열리자마자 운전기사가 곧바로 닫아버려 아무것도 보지 못했다. 2는 다시 뒤로 돌아 사람들에게 살짝 웃어 보이려 했지만 얼굴이 딱딱하게 굳은 듯 움직이지 않았다. 누군가 묻는 소리가 들렸다. 그 사람 뭐 하고 있소? 그는 어떻게 대답해야 할지 알 수가 없었다. 또 다른 누군가 물었다. 반바지를 벗고 있소? 그가 자기도 모르게 고개를 끄덕이자, 비행기가 지나가는 소리 같은 웃음이 터졌다. 그는 자기 의자 옆으로 가서 잠시 서 있다가 계단 쪽으로 걸어갔다. 누가 뭐라고 물어왔지만 제대로 듣지 못했다. 계단 입구로 가보니 술 취한 사람 몇몇이 계단에 드러누워 코를 골고 있었다. 그래서 한 걸음 한 걸음 아주 조심스럽게 그들을 피해 계단을 내려갔다. 그리고 거리에 이르렀다.

　거리는 찬물을 끼얹은 듯 고요했고, 지나다니는 사람도 없었다. 가로등의 희끄무레한 불빛만 땅 위를 떠다녔고, 한 줄기 차가운 바람이 그의 몸을 뚫고 지나갔다. 그 순간 등 뒤에서 가벼운 발자국 소리가 들렸다. 그 소리는 마치 깊은 우물에 작은 돌멩이가 일정한 리듬으로 떨어지는 소리처럼 음산하고 공허했다. 픔 하는 소리도 중간에 끼어들었다. 그는 운전기사가 뒤를 따라오고 있다는 걸 알았다. 감히 뒤를 돌아보지는 못하고, 밝은 곳으로 재빨리 걸어갔다. 가로등 아래 서면 따라오던 발소리가 사라지고, 어두운 곳으로 가면 소리가 다시 들려왔다. 그래서 가로등 아래에 이르면 잠시 서 있곤 했는데, 자기를 비춰주는 불빛이 그렇게 따뜻할 수가 없었다.

그런 다음에는 다시 죽을힘을 다해 뛰어 어두운 곳을 지나치고, 또 다른 가로등 불빛 아래로 들어갔다. 그는 뛰어가면서 등 뒤에서 들려오는 소리가 점점 커지는 것을 분명하게 느꼈다. 둘 사이의 거리는 더 벌어지지도 않고, 더 좁혀지지도 않고 내내 일정했다.

  얼마 후 그는 집에 도착했다. 이상하게도 자기 집이 커다란 그늘처럼 보였다. 지붕에는 음산하고 두려운 빛이 흐르고 있었다. 그가 앞으로 다가서자, 문과 창문이 눈앞에 또렷이 모습을 드러냈다. 그 순간 뒤에서 들려오던 소리가 갑자기 사라졌다. 그는 거의 반사적으로 안도의 한숨을 내쉬었다. 그러나 느닷없이 눈앞에 반짝거리는 물이 나타나더니, 문까지 가는 길이 사라지고 물이 그 자리에 가득 찼다. 그는 운전기사가 그 반짝이는 물속에 있다는 것을 알았다. 다리가 풀려 그 자리에 꿇어앉았다. 어디선가 자기 목소리가 들려왔다. 나를 용서해주시오. 떨리는 목소리였다. 그렇게 한참을 꿇어앉아 있는데도 눈앞에서 반짝이는 것은 사라지지 않았다. 그래서 그는 또 한 번 말했다. 나를 용서해주시오. 그러고는 엉엉 울기 시작했다. 당신을 해칠 뜻이 있었던 건 아니었소. 그러나 그 반짝거리는 것은 여전히 그 자리를 떠나지 않았다. 그러자 그는 거기에 대고 미친 듯이 절을 하기 시작했다. 그리고 운전기사에게 말했다. 저세상에서 무슨 일이 생기면 꿈에 나타나 나에게 얘기하시오. 내가 기필코 당신을 도와주겠소. 그러고는 연거푸 절을 하고 고개를 들자, 비로소 문으로 통하는 작은 길이 나타났다.

4-1

운전기사가 죽은 지 일주일이 지났다. 바람은 없고 달빛만 환한 어느 날 밤에 산파는 자신의 널따란 마호가니 침대에서 잠을 자다가 아들의 모습을 보았다. 아직 날이 채 밝지 않은 시각, 아들은 수심이 가득한 얼굴로 침대 머리맡에 서 있었다. 아들의 오른쪽 목덜미에는 기다란 상처가 있었는데 피가 나기는 했지만 흘러내리지는 않았다. 아들은 아내를 맞이하고 싶다고 말했다. 그녀가 맘에 두고 있는 사람이 있느냐고 묻자, 그는 고개를 가로저으며 없다고 했다. 그녀는 자기가 대신 찾아주는 게 어떻겠느냐고 물었다. 그러자 그가 고개를 끄덕이며 그렇게 하겠다고 말했다.

그때 산파는 밖에서 문을 두드리는 소리를 듣고 잠에서 깨어났다. 문밖에서 누군가 그녀의 이름을 부르고 있었다. 창문으로 흘러 들어오는 달빛 속에서 사람의 그림자가 어른거렸다. 그녀는 문 두드리는 소리가 어딘가 모르게 기괴한 느낌을 준다고 생각했다. 소리는 아득히 멀리서 들리는 것 같은데, 사람은 분명히 창문 앞에 서 있었다. 그녀는 침대에서 일어나 옷을 입고 방문을 열었다. 처음 보는 사람이 눈앞에 서 있었다. 얼굴이 어슴푸레하게 보였다. 눈, 코, 입 어디 하나 또렷한 인상을 남기는 곳이 없었다. 그녀가 물었다. 당신 누구요?

그 사람이 대답했다. 저는 도시 서쪽에 삽니다. 이웃이 애를 낳으려 해요. 빨리 가주십시오.

그 집 남자는 어디 있소? 산파가 물었다. 여자가 애를 낳는데 이웃에서 알리러 오다니 뭔가 이상했다.

그 집에는 남자가 없습니다. 그가 말했다.

산파는 또다시 그의 목소리가 멀리서 들려오는 것처럼 느껴졌다. 그러나 그걸 따질 겨를이 없었다. 알았다고 대답하고는 방에 가서 가위를 챙겨 그를 따라 나섰다.

산파는 길에서 또 한 번 이상한 느낌을 받았다. 같이 가는 사람의 발걸음이 보통 사람과 사뭇 달랐기 때문이다. 사뿐사뿐 거의 날아가는 듯한 걸음이었다. 산파는 자기도 모르게 그의 발 쪽으로 시선을 돌렸다. 그러나 발이 제대로 보이지 않았다. 다리도 없이 붕 떠서 걸어가는 것 같았다. 그러나 그녀는 자기 눈이 침침해서 그럴 거라 생각했다.

얼마 후 여러 채의 야트막한 집들이 눈앞에 나타났다. 그 사이에는 소나무와 측백나무가 빽빽이 심겨 있었다. 산파는 그 근처에 이르러 이유도 없이 넘어지고 말았다. 그녀는 자기가 일어나는 줄도 몰랐고, 넘어질 때도 계속 걷고 있는 기분이었다. 그 사람을 따라서 집과 나무들 사이를 꼬불꼬불 몇 바퀴 돈 다음 문이 활짝 열려 있는 집 앞에 이르렀다. 한 여자가 아무 색깔도 없는 침대에 누워 있는 모습이 보였다. 안으로 들어가 보니 그 여자는 옷을 다 벗고 있었다. 피부가 꼭 비늘을 벗겨낸 생선 같았다. 산파는 그 여자와 옆에 선 남자가 놀랄 만큼 비슷한 구석이 있다고 생각했다. 그 여자의 얼굴도 이목구비가 불분명했고, 역시나 다리도 잘 보이지 않았다. 그러나 손을 뻗어보니 다리가 만져지는 것 같았다. 산파는 일을 시작했다. 이렇게 지독한 난산은 처음이었다. 그런데도 그 여자는 소리 한 번 안 지르고 조용히 누워 있었다. 산파는 여자의 피부를 만질 때 보통 때와 달리 물을 만지는 듯한 느낌이 들었다. 그리고 온몸이 땀으로 흥건히 젖었는데, 땀방울이 얼음처럼 차갑게 느껴졌다.

한참 후에야 아기를 받을 수 있었다. 이상한 것은 아기를 받는 내내 피를 한 방울도 볼 수 없었다는 점이다. 또 방금 태어난 아기가 울지도 않고 자기 엄마처럼 조용한 것도 그랬다. 아기의 피부도 엄마의 피부처럼 비늘을 벗겨낸 생선 같았다. 그리고 산파가 아기를 받았을 때도 물 한 주먹을 받쳐든 느낌이었다. 산파는 가위를 꺼내 탯줄을 잘랐다. 아무것도 자르지 않은 것 같았는데 탯줄이 툭 떨어지는 게 보였다. 그때 남자가 국수를 한 그릇 들고 들어왔다. 위에 계란이 두 개나 떠 있었다. 산파는 마침 배가 고팠던 터라 국수를 받아 후루룩 먹어치웠다. 면발이 아주 쫄깃하고 맛있었다. 그런 다음 남자는 그녀를 문까지 바래다주면서 돌아가 편히 쉬라고 말하고는 안으로 쏙 들어가 버렸다.

산파는 왔던 길을 돌아 그곳을 빠져 나왔다. 나오는 길이 들어가는 길보다 더 길게 느껴졌다. 그 길에서 점쟁이의 아들을 만났다. 그녀는 그 키 크고 마른 사내가 나무처럼 두 집 사이에 서서 좌우를 두리번거리고 있는 모습을 보았다. 산파는 늦었는데 왜 집에 가지 않고 여태 여기에 있느냐고 물었다. 그는 이제 막 왔다고 대답했다. 그의 목소리도 멀리서 들리는 것 같았다. 뭘 찾고 있느냐고 물었더니, 자기가 살 집을 찾는다고 했다. 그러고는 찾았다는 듯이 오른쪽으로 뚜벅뚜벅 걸어갔다. 산파도 다시 앞쪽으로 걷기 시작했다. 계속 걸어가다가 올 때 넘어졌던 곳에서 또다시 넘어지고 말았다. 이번에도 역시 자기가 일어났다는 것도 못 느끼고, 앞으로 걷고 있다고만 생각했다.

4-2

산파는 집에 돌아와 전에 없던 피로를 느끼고, 침대에 누워 죽은 듯이 깊은 잠에 빠졌다. 일어나 보니 이미 정오에 가까운 시각이었다. 그녀는 마당에서 나는 두런거리는 소리에 깨어나 침대에서 몸을 일으켰다. 그리고 문 쪽으로 걸어가면서 자신의 두 다리가 솜처럼 흐물거린다고 생각했다.

그 시각 7은 자기 집 대문 앞에 있는 대나무 의자에 앉아 있었고, 그의 아내는 옆에 서 있었다. 7의 아내는 4의 아버지와 어젯밤 4가 했던 잠꼬대에 관해 얘기하는 중이었다. 7은 그들의 이야기를 듣고 있는 것 같기는 했는데, 그 어두운 얼굴에는 아무런 표정도 없었고, 눈동자는 아들에게 고정되어 있었다. 아들은 기분이 좋아

마당을 왔다 갔다 했다. 그 큰 머리가 좌우로 흔들리는 게 꽤나 무거워 보였다. 산파는 대문에 서 있었다. 그때 4가 문을 열고 들어오자 그녀의 아버지와 7의 아내는 하던 이야기를 멈췄다. 4의 표정은 침울했지만, 어깨에 멘 빨간 책가방만은 유난히도 화사해 보였다. 4는 고개를 숙인 채 아버지 곁을 지나 열려 있는 문으로 쏙 들어갔다.

그때 3의 손자가 마당으로 나왔다. 4가 들어오는 소리를 들은 모양이었다. 그는 마당 한가운데 서서 4가 들어간 문을 조심스레 바라보았다. 산파는 7에게 몸이 좀 나아졌느냐고 물었다. 그녀는 공중을 떠도는 자기 목소리가 너무 둔탁하다고 생각했다. 7은 그녀의 물음에 흐리멍덩한 눈을 들어 힐끗 쳐다보더니 다시 고개를 숙였다. 그가 말이 없자 아내가 대답했다. 여전히 별 차도가 없다고 했다. 산파는 7에게 점쟁이를 찾아가 보라고 권유했다. 그녀는 어쩌면 마가 끼었을지도 모르지 않느냐고 말했다. 7의 아내는 진작부터 그럴 생각이 있었기에 산파의 말을 듣자마자 자기도 모르게 남편을 바라보았다. 7은 그들이 하는 말을 듣지 못했는지, 목을 길게 빼고 있었는데 금방이라도 바닥으로 툭 떨어질 것만 같았다. 오히려 4의 아버지가 고개를 끄덕였다. 그는 당연히 점쟁이를 찾아가 봐야 한다고 했다. 그러고는 매일 밤 잠꼬대를 하는 자기 딸을 떠올렸다. 산파가 고개를 끄덕였다. 그녀는 어젯밤에 소리 지른 사람이 누구냐고 묻는 소리를 듣고서야 3도 마당에 서 있다는 것을 깨달았다. 3의 얼굴은 촛불처럼 누렇게 떠 있었다. 그녀는 산파에게 뭔가를 묻더니 곧바로 듣기만 해도 역겨운 헛구역질을 해댔다. 그러더니 눈물을 글썽거리며 허리를 폈다.

 산파가 3에게 말했다. 도시 서쪽에 사는 여자가 아이를 낳았어.
 어느 집인데? 3이 물었다.
 산파는 잠시 할 말을 잃었다. 정확한 대답을 해줄 수가 없었다. 그저 어젯밤에 만났던 남자와 여자, 그리고 그 집에 대해 말해줬을 뿐이다.
 3은 그 말을 듣고 한참 동안 말이 없더니 곰곰이 생각해보다가 도시 서쪽에는 그런 집이 없는 것 같다고 말했다. 그리고 산파에게 물었다. 도시 서쪽의 어디?
 산파는 애써 기억해내려고 했다. 그 낡은 성벽에 난 문을 빠져나가자 야트막한 집들이 무수히 많이 나타났던 것만 어렴풋하게 기억이 났다.
 3은 깜짝 놀라며 거기엔 집 같은 건 없다고, 아무것도 없는 공터일 뿐이라고 말했다.
 산파는 3의 말에 정신이 번쩍 들어 그제야 자기가 어젯밤에 갔던 곳이 어디였는지 알아차렸다. 7의 아내가 놀란 눈으로 자기를 쳐다보고 있는 게 보였다. 7은 여전히 고개를 축 늘어뜨리고 있었고, 4의 아버지는 방금 안으로 들어갔다. 7의 아내가 쳐다보는 눈길이 그녀를 불편하게 했다. 산파는 더 이상 거기 서 있으면 안 되겠다 싶어 안으로 들어갈 생각이었다. 그러나 어젯밤 일을 생각하면 안에 들어가도 마음이 편치 않을 것 같았다. 그래서 잠시 서 있다가 문밖으로 나갔다.

그렇게 나와 걸어가는데, 어젯밤 그 남자와 함께 걷던 광경이 또다시 눈앞에 나타났다. 그 뚜렷하지 않은 얼굴과 보이지 않는 두 다리에서 나는 발자국 소리. 산파는 일단 그 낡은 성문 바깥으로 나가면 뭔가 볼 수 있을 거라고 생각했다.

이후에 일어난 일들은 산파의 예상이 맞았다는 것을 증명해주었다. 어젯밤에 보았던 그 무수한 집이 있던 곳에 도착했을 때, 그녀는 공동묘지를 보았다. 무덤 가운데는 소나무와 측백나무가 빽빽이 심겨 있었다. 산파는 자기 마음속에서 청개구리 울음 같은 소리가 터져 나오는 걸 들었다. 한참을 멍하니 서 있다가 간밤에 그랬던 것처럼 빙빙 돌아 무덤 사이로 걸어 들어갔다. 어떤 무덤은 잡초가 무성했고, 또 어떤 무덤은 잘 정돈되어 있었다. 그녀는 이제 막 만들어진 듯한 무덤 앞에서 걸음을 멈췄다. 어젯밤 바로 그 자리에서 그 집으로 들어갔던 것 같았다. 그 무덤은 잡초라고는 눈을 씻고도 찾아볼 수 없었고, 흙도 새로 얹은 듯했다. 무덤 옆에는 헝클어진 삼 한 무더기와 경단 몇 개가 뒹굴고 있었다. 무덤 위에는 나무 비석이 하나 꽂혀 있었는데, 허리를 굽혀 살펴보니 들어본 적이 있는 이름이었다. 여자의 이름이었다. 문득 한 달 전에 애를 밴 여자가 죽었다는 사실이 떠올랐다.

산파는 무덤에서 나오는 길에 어젯밤 점쟁이의 아들과 마주쳤던 장면이 떠올랐다. 그러자 갑자기 그를 만나보고 싶은 마음이 간절했다. 그래서 곧장 점쟁이 집으로 걸음을 옮겼다. 점쟁이 집에 가까워질수록 어젯밤의 일들이 점점 더 생생하게 느껴졌다. 그녀는 장님을 보았다. 그때 근처의 중학교 운동장에서 시끌벅적한 소리가 들려왔는데, 장님은 그 소리를 수백 가지로 갈라 그 속에서 4의 목소리를 찾으려 하고 있었다. 장님의 표정이 그녀를 불안하게 했다. 그 불안은 그녀가 점쟁이 집 앞에 이르렀을 때 현실로 나타났다.

점쟁이 집의 문은 열려 있었다. 집 안에는 장례식 분위기가 흐르고 있었다. 문틀에 걸려 있는 하얀 천 두 가닥이 바람에 가볍게 나부꼈다. 그녀는 점쟁이의 아들이 죽었다는 걸 알아차렸다. 점쟁이가 죽었을 리는 없었다.

문에서 소리가 들리자 점쟁이가 지팡이를 짚고 나타났다. 그는 요 며칠간은 손님을 받지 않는다고 했다. 몸을 돌려 들어가는 점쟁이의 뒷모습을 보며, 그녀는 그도 죽을 날이 멀지 않았구나 하고 생각했다. 동시에 그를 둘러싼 갖가지 소문이 떠올랐다. 그동안은 그의 다섯 자식이 그를 대신해 죽었지만 이제는 남은 사람이 없다. 이제 그가 죽을 차례가 된 것이다. 방금 들은 점쟁이의 목소리도 꼭 멀리서 들려오는 것 같았다. 그 쉰 목소리가 갈기갈기 찢겨 땅으로 툭툭 떨어지는 듯했다.

산파가 집으로 돌아와 다시 어젯밤의 일을 생각하는데, 문득 국수 한 그릇과 그 위에 놓여 있던 계란 두 개가 떠올랐다. 그녀는 역겨움을 견딜 수가 없어 곧장 속에 있는 걸 다 토해내기 시작했다. 양쪽 허리가 남의 손에 파여 나가기라도 하듯 심한 통증이 느껴졌다. 잠시 후 눈물이 그렁그렁한 그녀의 눈에 바닥에 뒹구는 헝클어진 마와 경단 두 개가 보였다.

4-3

아흔 살 가까이 된 점쟁이에게는 다섯 자식이 있었다. 위의 네 자식은 지난 이십 년 사이에 차례로 죽었고, 이제는 다섯째 아들만 남았다. 네 자식을 차례로 앞세우면서 점쟁이는 삶의 비밀을 깨닫게 되었다. 자기가 앞으로 장수할 수밖에 없는 이유도 찾아냈다. 그 네 자식과 점쟁이는 사주팔자가 상극이었다. 결국 아비의 운명이 더 세서 네 자식을 먼저 저승으로 보냈던 것이다. 제명에 죽지 못한 자식들은 그만큼 점쟁이의 수명을 늘려주었다. 덕분에 점쟁이는 아흔 살 가까이 되었어도 지난 이십 년간 몸이 늙어간다는 기미를 전혀 느끼지 못했다. 점쟁이는 채음보양(採陰補陽)을 하면서 이것이 사실임을 확인했다. 채음보양은 그의 양생 비법으로, 나이 든 남자가 어린 여자아이의 육체에서 생명의 원천을 빨아들이는 것이다. 그리고 그의 집에서 키우는 수탉 다섯 마리는 그가 죽음을 막는 비법이었다. 만약 저승사자가 그를 데리러 오면 수탉 다섯 마리가 사납게 울부짖어 그들을 놀라게 하는 것이다. 매달 십오 일은 점쟁이가 양생을 하는 날이다. 그날이 되면 점쟁이는 밖으로 나가, 골목에 할 일 없이 서 있는 열한두 살짜리 여자아이를 집으로 데려왔다. 그런 여자아이를 다루기란 식은 죽 먹기였다. 맛있는 걸 사 먹이거나 재미난 물건을 주면 그만이었다. 그는 언제나 삐쩍 마른 여자아이를 데려왔다. 옷을 벗고 침대에 누워 있는 모습이 고깃덩어리 같으면 보기 싫었기 때문이다.

점쟁이의 아들은 이달 십오 일 밤에 갑작스럽게 죽었다. 해질 무렵 아들이 돌아왔을 때, 점쟁이는 아들의 눈빛이 이상하다고 생각했다. 열한 살짜리 여자아이가 나간 지 한 시간쯤 뒤였다.

정말 지독하게 마른 아이였다. 아이는 옷을 벗고 침대에 누워서도 우유맛 사탕을 입에 물고 있었다. 삐쩍 마른 두 다리를 구부리고 있었는데, 그 모양이 굉장히 매력적이었다. 아이가 가만히 그를 쳐다보는데, 몸이 하도 말라서 눈이 더 커 보였다. 그의 손이 아이의 피부에 닿을 때면 다른 세상에 온 것 같은 느낌이었다. 매달 십오 일 이때쯤, 점집에서 멀지 않은 거리에 앉아 있는 장님은 그곳에서 나는 찢어지는 듯한 울음소리를 들었다. 그날도 그 소리가 또 들려왔다. 그 소리는 장님의 귀에 들어올 때쯤에는 이미 중간 중간 끊어지는 희미한 소리였지만 장님은 그것이 자기가 찾던 소리가 아니라는 것을 분별해냈다.

여자아이가 떠난 뒤 점쟁이는 대나무 의자에 몸을 깊숙이 파묻었다. 그리고 계란과 함께 끓인 황주를 천천히 마셨다. 방금 목욕탕에서 나온 것처럼 약간 노곤하긴 했지만, 몸이 가뿐해져 기분이 좋았다. 그렇게 술을 마시고 있으니, 뜨거운 열기가 온몸을 한 바퀴 돌고 천천히 빠져나가는 것 같았다.

아들이 돌아왔을 때, 점쟁이는 눈을 감은 채 안정을 취하고 있었다. 눈을 떠보니 아들의 눈빛이 이상했다. 앞의 네 자식이 죽기 전에 꼭 그런 눈빛을 하고 있었다.

아들은 저녁을 먹고 다시 밖으로 나가더니 한밤중에야 돌아왔다. 그때 점쟁이는 이미 침대에 누워 있었다. 계단을 오르는 아들의 발소리가 아주 무겁게 들렸다. 잠시 후 달빛 속에서 길고 마른 아들의 그림자가 옷을 벗고 쓸쓸하게 자리에 눕는 게 보였다.

다섯째 아들의 죽음으로 점쟁이의 양생 비법에도 이제 끝이 보이기 시작했다. 네 자식이 늘려준 수명은 이미 다 썼고, 이제는 다섯째 아들의 수명을 쓸 차례였다. 그러고 나면 수명이 다하는 것이다. 다섯째 아들은 쉰여섯까지 살아버린 탓에 고작 몇 년을 보태줄 수 있을 뿐이었다. 점쟁이는 자기 몸이 늙어가는 걸 분명하게 느꼈다. 수탉 다섯 마리의 울음소리도 예전만큼 요란스럽지 않았다. 닭들도 쇠약해가고 있다는 뜻이었다.

4-4

보름이 지난 어느 날 밤, 몸이 조금씩 회복되어가던 점쟁이가 문 두드리는 소리를 들었다. 그 소리에 점쟁이는 기겁을 했다. 곧이어 누가 그의 이름을 불렀는데, 여자 목소리 같았다. 목소리로 문 두드리는 이의 성별을 구별하고 나니 좀 안심이 되었다. 그는 조심조심 문 쪽으로 걸어가 가만히 쪼그리고 앉은 다음, 오른쪽 눈을 문

틈 가까이로 가져갔다. 그러고는 가로등 불빛에 비춰 굵은 두 다리를 보았다. 다리가 있으니 사람이 분명했다. 그가 두려워했던 다리 없는 귀신은 아니었다. 그래서 살며시 문을 열었다.

3이 눈앞에 나타났다. 그는 3을 알고 있었다. 그렇게 한밤중에 찾아온 걸 보니 심상치 않은 일인 것 같았다. 3은 의자에 앉더니 수줍은 미소를 지으며 아이를 가졌다고 했다.

점쟁이는 예순이 넘은 여자가 임신을 했다는 사실에도 전혀 놀라지 않았다. 그저 호기심 어린 눈빛으로 누구의 씨냐고 물었을 뿐이다. 3은 난감했던지 얼굴을 붉혔다. 그러고는 잠시 주저하다가 점쟁이에게 사실대로 털어놓았다. 자기 손자의 씨라고 했다.

점쟁이는 여전히 놀라는 기색이 없었는데, 오히려 3이 다급하게 자기는 정말 그러고 싶지 않았는데 달리 방도가 없었다고 말했다. 손자가 실망하는 모습을 차마 볼 수 없었다는 것이다.

3이 한밤중에 점쟁이를 찾아온 것은 뱃속의 아이를 낳아야 할지 말아야 할지 따져보기 위해서였다.

점쟁이가 말했다. 낳아야지.

그러나 3은 그 아이가 자기 자식이 되는 건지 증손자가 되는 건지가 또 고민이었다.

점쟁이는 그건 중요한 문제가 아니라며, 자기가 그 아이를 기르면 그런 걱정은 할 필요가 없지 않겠느냐고 말했다.

5-1

 장님은 점쟁이의 아들이 죽은 걸 알 길이 없었지만, 한 달 내내 마르고 키 큰 사내가 자기 곁을 지나가지 않았다는 것은 깨닫고 있었다. 그 사람이 지나갈 때면 문틈으로 불어 들어오는 한 줄기 바람 같은 걸 느끼곤 했다. 그렇게 남들과 확연히 다른 면이 있었기에 장님은 그를 기억하고 있었다. 그 사람이 사라지자 장님은 내심 쓸쓸함을 느꼈다.
 4의 목소리를 듣지 못한 지도 오래되었다. 근처의 중학교에서는 여전히 같은 시각에 전과 다름없이 수많은 소년, 소녀의 목소리가 뒤섞여 들려왔다. 때로는 정돈된 것처럼 들리고 때로는 뒤죽박죽으로 들리는 목소리들이었다. 그러나 그 속에서 4의 목소리를 찾아내지는 못했다. 전에는 등하교 시간에 그 소리들이 삼삼오오 짝을 이뤄 지나가면 그 사이에 4의 웃음소리도 들려왔는데, 그것도 다 지난 일이 되었다. 4의 웃음소리는 장님의 어두운 시야에 환한 빛의 고리를 줄줄이 엮어다 주었다. 장님은 그 빛들이 나타났다 사라지는 것을 지켜보곤 했다. 모두 순식간의 일이었다. 4의 목소리를 처음 들었을 때는 물방울이 떨어지는 소리 같았다. 그러나 마지막으로 들었을 때는 외롭고 쓸쓸한 느낌을 주었다. 그 사이에는 기나

긴 시간이 있었지만, 장님은 모든 게 한순간에 일어난 일 같았다.

그때 4가 장님 쪽으로 걸어왔다. 그녀의 아버지도 함께 걷고 있었다. 두 사람의 발소리를 들어보니, 하나는 성큼성큼 걸었고 다른 하나는 사뿐사뿐 가벼운 걸음이었다. 그러나 장님은 그중 하나가 4의 발소리라는 걸 알지 못했다. 4는 장님 옆을 지나가다가 그의 생기 없는 눈에서 물기 어린 빛이 반짝이는 걸 발견했다. 그 모습에 그녀는 지금 찾아가는 곳에 대해 빨려 들어가는 듯한 느낌을 갖게 되었다. 두 사람은 장님 곁을 지난 뒤, 곧바로 언제나 활짝 열려 있는 점쟁이 집 문으로 들어갔다.

잠시 후 수레 몇 대가 장님 앞을 굴러갔다. 이어서 차 한 대가 탁한 소음을 내며 지나갔다. 그는 거리에서 사람들이 걸어 다니는 소리와 말하는 소리를 들었다. 방금 전에 차가 지나갈 때 날아오른 회뿌연 먼지가 풀풀 날아와 장님의 얼굴을 뒤덮었다. 거리에서 말하는 이들은 남자 몇 사람이었는데, 그 소리에 장님은 마치 손에 거칠고 딱딱한 돌멩이를 쥐고 있는 듯한 기분이 되었다. 한 여자가 다른 여자의 이름을 부르고 있었다. 다른 여자의 말소리에는 웃음소리가 섞여 있었다. 그들의 목소리가 어찌나 매끄러운지 장님은 그릇을 들고 있을 때의 느낌을 떠올렸다. 잠시 후 4의 목소리가 다시 들려왔다.

5-2

　4가 점쟁이 앞에 나타났을 때, 마침 그 자리는 천창 바로 아래였다. 천창의 유리를 통해 쏟아져 들어오는 햇살이 그녀의 온몸을 씻어주었다. 그녀는 깊은 눈망울로 점쟁이를 무심히 바라보았다.
　4의 아버지가 하는 말을 다 들은 뒤, 점쟁이는 눈을 감고 낮은 목소리로 중얼거렸다. 그의 목소리가 작은 방 안을 휘돌았다. 바람이 벽에 걸린 낡은 종이를 스치듯 서걱대는 소리를 냈다. 4의 아버지는 점쟁이의 표정에서 뭔가 심상치 않은 움직임을 느꼈다. 잠시 후 점쟁이가 눈을 떴다. 광채라고는 하나도 없는 눈이었다. 그가 4의 아버지에게 말했다. 매일 밤 잠꼬대를 하는 것은 귀신이 이미 음혈(陰穴)에 들어와 있기 때문이라네.
　점쟁이의 말에 4의 아버지는 깜짝 놀랐다. 깊이를 알 수 없는 점쟁이의 눈을 바라보며 딸아이를 구할 방도가 있느냐고 물었다.
　점쟁이가 희미하게 미소를 지었다. 4의 아버지는 그 미소가 꼭 칼로 뚝 베어낸 것처럼 보였다. 점쟁이는 방법이 있긴 한데 그가 동의할지는 모르겠다고 말했다.
　4는 그들의 대화를 듣고 있긴 했지만, 단지 소리만을 들었을 뿐 무슨 말인지는 알아듣지 못했다. 점쟁이는 꼭 해골에 옷을 입혀놓은 것처럼 생겼고, 방의 공기는 참기 힘들 정도로 습했다. 커다란 수탉 다섯 마리가 팔팔하게 방 안을 돌아다니고 있었다.
　점쟁이는 모든 것에 다 동의하겠다는 4의 아버지의 확답을 들은 뒤에야 방법을 알려주었다. 음혈에서 귀신을 꺼내야 하네.

4의 아버지는 기겁을 했으나 곧 말없이 고개를 끄덕였다.

4는 갑자기 들이닥친 현실 앞에서 어찌할 바를 몰랐다. 그저 두려움 가득한 눈으로 아버지에게 도움을 청할 뿐이었다. 그러나 아버지는 그 눈길을 외면한 채, 그녀의 뒤로 물러섰다. 아버지가 무슨 말인가를 했지만, 그녀는 제대로 알아듣지 못했다. 아버지가 두 손으로 몸을 꽉 붙잡는 순간, 그녀는 이 모든 것에서 벗어날 수 없다고 느꼈다.

점쟁이는 허리를 숙여 4의 옷자락을 들췄다. 가느다란 하늘색 허리띠가 보였다. 그 허리띠를 보고 있으니 점쟁이의 몸속에서 뜨거운 열기가 노곤하게 솟구쳤다. 허리띠 아래는 평평한 복부였다. 점쟁이는 4의 허리띠를 풀면서 손가락에 감각이 없어지는 듯한 느낌을 받았다. 잠시 후 손가락에 4의 체온이 느껴졌다. 4의 체온은 안개처럼 피어올라 점쟁이의 마비된 손가락을 촉촉하게 했다. 점쟁이의 손이 몇 겹의 장애물을 걷어낸 뒤 4의 피부에 닿았다. 불 위에라도 올려놓은 듯 아주 뜨거웠지만, 그는 곧바로 느끼지는 못했다. 잠시 후 그가 손을 아래쪽으로 확 끌어당기자, 4의 몸이 남김없이 드러났다. 그러나 점쟁이의 눈에 들어온 건 부들부들 떨고 있는 숨뭉치뿐이었다.

4가 몸부림을 치기 시작했다. 그러나 아무리 몸부림을 쳐도 소용이 없었다. 그녀는 자기 몸이 두 남자의 눈앞에 완전히 드러났다는 사실에 깊은 수치심을 느꼈다.

5-3

그때 장님은 4가 내지르는 첫 번째 비명 소리를 들었다. 그 외침은 마치 4의 가슴을 뚫고 터져 나오는 소리 같았다. 그 속에는 뭔가 찢어지는 듯한 소리가 섞여 있었다. 소리는 대단히 날카로웠지만 집 밖의 공기에 닿자 사방으로 흩어졌다. 그리고 그렇게 완전히 흩어져버린 뒤에야 장님의 귀에 들어왔다. 그러니 장님이 들은 건 그 소리의 전부가 아니라 한 조각일 뿐이었다. 4의 목소리가 느닷없이 나타나자, 오랜 기다림에 지쳐 평온해졌던 장님의 마음이 갑자기 혼란스러워졌다. 그와 동시에 4의 외침이 또다시 들려왔다. 소리는 이미 간격을 구별해낼 수 없을 정도로 한 덩어리가 되어 있었다. 소리가 귀에 전해졌을 때, 장님은 마치 먼지가 어지럽게 흩날리며 귓속으로 내려앉는 것 같다고 생각했다. 소리가 사라지지 않고 계속 이어지자, 그는 자기 방에 들어가듯이 4의 목소리 안으로 걸어 들어가는 기분이었다. 그러나 곧 그 소리가 이상하다는 걸 깨달았다. 그 소리를 듣고 있으면 알 수 없는 두려움이 느껴졌다. 칠흑같이 어두운 그의 시야에 그 소리가 서서히 다가오는 광경이 나타났다. 소리는 평온한 것도 흥분해서 나오는 것도 아니었다. 마치 채찍 같은 걸로 후려치는 고통을 힘겹게 참을 때 나는 소리 같았다.

장님은 자리에서 일어나 그 무시무시한 소리를 향해 더듬더듬 걸어갔다. 맞은편에서 들려오는 소리가 소나기의 빗방울처럼 얼굴을 때려 은근한 통증이 느껴졌다. 걸어가는 동안 소리가 점점 커졌다. 그래서 그는 그 소리가 단지 빗방울 정도가 아니라, 대단히 날카로워 자기 몸을 찌르고 있는 것처럼 느꼈다. 잠시 후 어떤 집이 와르르 무너져 내리더니 수없이 많은 벽돌과 기왓장이 그의 앞으로 떨어져 내렸다. 그 사이에서 그는 짧게 내뱉는 가쁜 숨소리를 들었다. 날카로운 소리 사이에 끼어 있기 때문인지 그 소리는 더할 수 없이 따뜻해, 누가 귓불이라도 어루만져주는 듯한 기분이었다. 장님은 자기도 모르게 눈물을 흘렸다.

그 소리는 장님이 점쟁이 집 대문 앞에 도착하자 갑자기 잦아들었다. 더 이상 방금 전처럼 격렬한 소리가 아니라 작고 가벼운 새 울음소리처럼 변했다. 한바탕 불어대던 바람이 점차 멀리 사라지듯이, 소리는 그런 상태로 한참 동안 계속되었다. 잠시 후 4의 소리가 사라졌다. 장님은 그 자리에 한참을 서 있다가 대문 안쪽에서 울려 퍼지는 두 사람의 발소리를 들었다. 하나는 거칠었고, 다른 하나는 아주 묵직했다.

5-4

4가 집으로 돌아온 다음날, 7은 아내의 부축을 받아 점쟁이 집으로 갔다. 그들은 처음 가는 것이었는데도 전혀 낯설지가 않았다. 그 전에 이미 그와 비슷한 집을 지나왔기 때문이다.

7은 점쟁이의 맞은편에 있는 의자에 앉았다. 사람을 불안하게 하는 점쟁이의 외모가 마음에 들었다. 희끄무레한 낯빛의 7은 창백한 얼굴의 점쟁이 앞에서 왠지 모를 편안함을 느꼈다.
 7의 아내는 그들 사이에서 자기가 건강하다는 걸 분명하게 느꼈다. 그런 느낌은 그녀에게 이질감을 주기도 했다.
 점쟁이는 그들이 왜 찾아왔는지를 듣자마자, 7이 병이 난 이유를 찾아냈다. 그가 7의 아내에게 말했다. 7은 아들이랑 운명이 상극이야.
 점쟁이는 두 사람의 띠로 7이 병든 원인을 찾아내고는 7의 아내에게 설명해주었다.
 7은 양띠고, 아들 녀석은 호랑이띠잖아. 지금의 상황은 양이 호랑이 굴로 들어가는 꼴이지. 7은 이미 액운을 피하기 어려운 상황이네. 그의 혼은 지금 서쪽으로 가고 있는 중이라구.
 점쟁이의 말에 7과 아내는 말문이 막혔다. 7은 더 이상 점쟁이를 쳐다보지 않고, 고개를 푹 숙였다. 그러자 물기 가득한 진흙탕이 눈에 들어왔다. 자신의 허약한 몸이 그 진흙탕에 빠져 있는 것 같았다. 그때 7의 아내가 점쟁이에게 물었다. 이 사람을 구할 방법이 없을까요?
 점쟁이는 아들을 없애는 것이 유일한 방법이라고 말했다.
 그녀는 아무 말도 하지 않았다. 점쟁이의 모습이 점차 흐릿해지더니 결국 눈앞에 사람이 아니라 돌이 있는 것같이 느껴졌다. 옆에서 남편이 숨 쉬는 소리가 들렸다. 그 소리를 듣고 있으니 자기 숨소리도 그렇게 고르지 않게 들리겠구나 싶었다.

점쟁이가 아들을 없애라고 한 건 죽이라는 뜻은 아니었다. 다섯 살 난 아들을 다른 집에 보내 혈연관계를 끊으면 7의 병이 나을 거라는 얘기였다.

그 순간 점쟁이의 모습이 다시 또렷이 보이기 시작했다. 그러나 그녀는 점쟁이에게서 시선을 거두고 고개를 숙이고 있는 7을 바라보았다. 그런 다음 다시 고개를 들어 눈을 가늘게 뜨고 천창으로 새어 들어오는 햇빛을 바라보았다.

점쟁이는 만약 아들을 다른 집에 주는 게 영 불안하면 자기가 맡아 기르겠다고 했다. 점쟁이는 7의 아들을 자기가 기르면 서로에게 좋은 일일 거라 생각했다. 7은 건강을 회복하고, 자기는 슬하에 아들이 생기니 수명을 늘일 수 있을 게 아닌가. 친자식은 아니지만 자식이 아예 없는 것보다는 나을 터였다. 7의 아들은 운명이 자기와도 상극이기는 하지만, 자기는 양기가 왕성하니 7처럼 저승길로 접어들 일은 없을 것 같았다.

그는 집 안에서 왔다 갔다 하는 수탉 다섯 마리를 가리키며 7의 아내에게 말했다. 괜찮다면 이 중에서 한 마리를 집으로 가져가게. 수탉이 날마다 울어대면 7의 병도 나아질 걸세.

5-5

4는 집으로 돌아온 다음부터 문을 걸어 잠그고 들어앉았더니 밖으로 나오지 않았다. 며칠 후 4의 아버지는 저녁 무렵 마당에 앉아 있다가 문득 말로 표현하기 힘든 한기를 느꼈다. 운전기사가 죽은 지 얼마 안 되어 산파도 어느 날 갑자기 소리 소문도 없이 사라졌다. 산파네 집 처마에 쌓인 먼지가 어느새 아래로 길게 늘어졌다. 먼지가 늘어져 있는 대들보를 바라보고 있으니 저러다 집이 무너지는 게 아닌가 싶은 생각이 들었다. 3이 떠난 지도 여러 날이 되었다. 다른 지역에 친척을 만나러 간다고만 했을 뿐 언제 돌아온다는 말은 없었다. 그녀의 손자는 때때로 넋이 나간 표정으로 자기 집 문간에 앉아 4의 집 대문을 바라보았다. 7은 아내의 부축을 받으며 점쟁이 집에 다녀왔다. 그는 그들에게 점쟁이 집에서 있었던 일에 관해 묻지 않았다. 그들이 4에 대해 아무것도 묻지 않는 것과 마찬가지였다. 단지 그는 그날 이후 그 머리 큰 아이가 마당에서 돌아다니는 모습 대신, 동작이 굼뜬 수탉 한 마리가 왔다 갔다 하는 모습을 보게 되었을 뿐이다.

  7은 병세가 어느 정도 호전되어 가끔씩은 문틀에 기대서 있기도 했다. 4의 아버지는 수탉을 쳐다보는 7의 눈빛이 너무나 복잡해 자기도 모르게 움찔하곤 했다. 7의 병이 전보다 좋아졌다고는 하지만, 4의 아버지가 보기에는 새로운 병이 7의 몸을 덮쳐오고 있었다. 게다가 그 병은 7의 아내에게서도 어렴풋이 나타났다. 나중에 그는 자기 딸의 몸에서도 그와 비슷한 증상을 발견했다. 딸은 이제 한밤중에 잠꼬대를 하는 일은 없었지만, 낮에는 정신 나간 사람 같았다. 끊임없이 혼잣말을 하는가 하면, 때때로 웃는 것 같기도 하고 아닌 것 같기도 한 미소를 지었다. 그것은 꽃이 활짝 피어날 때와 같은 미소가 아니라 이울 때와 같은 미소였다.

마당은 이미 예전의 모습을 잃어버렸다. 죽음과도 같은 정적이 슬그머니 자라났다. 4의 아버지는 산파의 집 처마에 걸려 있는 먼지에서 이 집의 앞날이 보이는 것 같았다. 언젠가부터 이 마당에서 썩는 냄새가 나기 시작했다. 그 냄새는 점점 더 심하게 진동했다. 다시 며칠이 지난 뒤에 그는 그 냄새가 어디서 풍겨오는지 알게 되었다. 창문이 굳게 닫힌 산파의 집이 바로 그곳이었다.

같은 날 그는 한 소녀가 죽었다는 소식을 들었다. 길에서 들은 이야기였는데, 소녀는 강변의 복숭아나무 아래서 죽었다고 한다. 몸에는 아무런 상처도 없었고, 옷도 젖어 있지 않았다. 소녀의 죽음에 대해 말들이 많았다. 그 소녀는 딸아이의 학교 친구였는데, 소녀의 아버지 6은 그도 아는 사람이었다. 6은 종종 강가로 낚시를 하러 나가곤 했다. 그는 언젠가 소녀가 자기 집에 왔던 걸 기억하고 있다. 소녀는 수줍은 얼굴로 들어와 한참 동안 마당에 서 있었다. 바로 지금 그가 서 있는 자리에서 말이다.

6-1

 산파는 헝클어진 마와 경단 두 개를 게워낸 후 몸이 날아갈 듯 가벼워졌다. 침대 쪽으로 걸어가는 동안 자신의 몸피를 전혀 느낄 수가 없었다. 자기 몸이 커다란 외투처럼 느껴졌다. 게다가 침대에서 내려왔을 때는 침대에 던져놓은 옷처럼 몸이 납작해진 느낌이었다. 잠시 후 그녀는 강을 보았다. 굳어버린 듯 출렁거리지도 않는 강물 위에 사람과 차들이 둥둥 떠다니고 있었다. 거리도 눈에 들어왔다. 물처럼 흐르는 거리에서 배 몇 척이 노를 저어가고 있었다. 배 위에서 펄럭이는 돛은 너덜너덜해진 깃털이 꽂혀 있는 것처럼 보였다.
 운전기사는 산파의 꿈에 자주 나타났지만 그날 밤에는 나타나지 않았다. 해가 서쪽으로 기울고 밥 짓는 연기가 모락모락 피어오를 무렵, 산파의 시야에 영원한 암흑이 찾아들었다. 산파의 죽음은 운전기사가 돌아갈 길을 막아버렸다.
 그러나 그날 밤 운전기사는 2의 꿈에 나타났다. 그때 2는 좁은 길에 서 있었는데, 바로 반짝거리는 물이 삼켜버린 그 길이었다. 2는 운전기사가 근심 가득한 얼굴로 자기를 향해 걸어오는 모습을 보았다. 운전기사는 손을 주머니에 넣고 있었는데, 뭔가를 찾고 있거나 아니면 그냥 찔러 넣고 있는 것 같았다.

운전기사가 앞으로 다가와 잔뜩 지푸린 얼굴로 말했다. 나 장가 가고 싶어.

2는 운전기사의 오른쪽 목덜미에서 기다란 상처를 발견했다. 피가 나기는 했지만 흘러 내리지는 않았다.

2가 물었다. 돈이 없어서 장가를 못 가는 건가?

운전기사가 고개를 가로저었다. 그 순간 2는 상처에서 피가 흔들거리는 걸 보았다.

운전기사가 말했다. 나랑 어울리는 사람을 아직 못 찾았어.

2가 운전기사에게 물었다. 내 도움이 필요한 거야?

운전기사가 고개를 끄덕였다. 맞아, 바로 그거야.

그 후로 매일 밤 2는 그 길에서 운전기사와 비슷한 대화를 나눴다. 운전기사가 나타나는 횟수가 많아지자 2의 생활은 엉망이 되어버렸다. 낮에는 늘 거미 한 마리가 스멀스멀 기어가는 환상을 보았다. 그런 날이 계속되다가 6의 딸이 강변에서 죽었다는 소식을 듣고 나서야 2는 운전기사에게서 벗어날 길을 찾았다.

6-2

돌이켜보면 6의 딸이 죽기 전에 몇 가지 불길한 징조가 있었다. 그 양가죽 재킷을 입은 남자가 다시 다녀간 이후, 6은 딸아이가 종일 담벼락 귀퉁이에 앉아 있다는 걸 알게 되었다. 앉아 있는 모습이 마치 큰 그림자가 드리운 것처럼 보였다. 그러나 6은 그 일을 별로 마음에 두지 않았다. 딸의 몸에서 알게 모르게 그림자가 자라나는 것을 알아차리지 못했기 때문이다. 그 위의 여섯 딸에게는 그런 일이 없었다. 오늘에서야 6은 자기와 양가죽 재킷을 입은 남자가 나눈 이야기를 딸아이가 몰래 엿들었을 수도 있겠다는 생각이 들었다. 문득 그날 양가죽 재킷을 입은 남자를 바래다줄 때 딸아이가 멍한 표정으로 방문밖에 서 있던 일이 떠올랐다.

양가죽 재킷을 입은 남자는 원래 그날 딸아이를 데려가려 했는데, 생각지도 못한 일이 터지는 바람에 그렇게 하지 못했다. 6이 그 남자에게 이번 딸은 이전의 딸보다 훨씬 낫기 때문에, 늘 받던 삼천 위안으로는 곤란하다며 천 위안을 더 달라고 했던 것이다. 양가죽 재킷을 입은 남자는 별로 오래 뻗대지도 않고 잠깐 흥정을 하더니, 곧바로 양보를 했다. 그러나 그날 딸아이를 데려가면서 먼저 삼천 위안을 지불하고, 나머지 천 위안은 우체국을 통해 보내주는 게 어떻겠느냐고 물었다. 6은 당연히 거절했다. 현금으로 사천 위안을 주지 않으면 딸을 보낼 수 없다고 말했다. 양가죽 재킷을 입은 사람은 돈이 부족했다. 당장 사천 위안을 꺼내줄 수는 있었지만, 돌아가는 길에도 돈을 써야 했기 때문에 하는 수 없이 한 달 뒤에 다시 오기로 했다.

약속한 날이 가까워진 어느 날, 6의 딸은 강가의 복숭아나무 아래 누워 있었다. 그때 6은 도시 남쪽에 있는 찻집에 앉아 있었다. 강변에서 이상한 경험을 한 이후로 그는 낚시를 그만두고 매일 찻집에 다녔다. 딸의 일은 이웃 사람이 와서 알려주었다. 그 사람은 강변에서 죽은 아이를 보고 집으로 돌아가던 길에 찻집의 열려 있는 문 사이로 6을 발견했다. 그래서 당장 뛰어 들어와 안 그래도 그를 찾고 있던 중이라고 말했다. 그 소식을 듣고 6은 잠시 눈앞이 노래졌다. 그리고 머릿속에 양가죽 재킷을 입은 사람의 모습이 산산조각 난 채로 나타났다. 옆에서 차를 마시던 사람들은 6이 그렇게 엄청난 소식을 듣고도 자리에 그대로 앉아 있는 걸 보고는 깜짝 놀라며 어서 강변으로 가보라고 재촉했다. 그러나 6은 그들의 말이 귀에 들어오지 않았다. 그의 눈은 문밖에 있는 전봇대를 향해 있었다. 전봇대에는 종이가 한 장 붙어 있었는데, 그것은 발기부전 치료약 광고지였다. 광고지에 씌어 있는 글자는 잘 보이지 않았지만, 산산조각 났던 양가죽 재킷을 입은 남자는 어느덧 완전한 모습을 갖췄다. 여기저기 이음매가 완전하지 않고 틈이 있긴 했지만. 6은 이틀 후면 그 사람이 온다는 사실이 떠올랐다. 불룩 튀어나와 있을 그의 오른쪽 주머니가 눈에 선했다. 그제야 그는 양가죽 재킷을 입은 남자가 딸을 데려가지 못하게 한 것이 큰 실수였음을 절절하게 깨달았다. 그러고는 자신에게 말했다. 응보야.

그 강은 생각만 해도 머리카락이 쭈뼛 곤두섰지만, 그래도 딸이 그곳에 누워 있으니 6은 그리로 가는 수밖에 없었다. 길을 걸어가면서 딸이 강변에서 죽은 데는 특별한 목적이 있을 거라 생각했다. 이런 생각은 그가 강변에 이르렀을 때 현실이 되었다. 멀리서 복숭아나무 주위를 빙 둘러싸고 있는 사람들을 보며 6은 딸이 그곳에 어떤 모습으로 누워 있을지 상상할 수 있었다.

얼마 후에 그가 사람들 사이를 비집고 들어가 보니, 법의가 검시를 하고 있었다. 바닥에 누워 있는 딸의 얼굴이 반은 머리카락으로 가려져 있었다. 딸의 외투는 단추가 풀려 있었는데, 그 안의 붉은색 스웨터를 보니 누군가 건드린 게 틀림없었다. 그는 딸의 허리가 그렇게 가늘다는 것을 처음 깨달았다. 두 손으로 잡아보면 다른 사람의 목을 잡았을 때와 비슷할 것 같았다. 그다음으로 딸의 발을 유심히 보았다. 어린아이의 발이나 다름없었다. 맨발에 발가락이 위로 약간 솟아 있었다.

그때 경찰이 그의 어깨를 툭툭 쳤다. 고개를 돌리자 수염이 가득한 얼굴이 눈에 들어왔다.

경찰이 그에게 물었다. 당신 딸이오?

그가 피곤한 기색을 드러내며 고개를 끄덕였다.

경찰이 말했다. 딸의 사인은 며칠 지나야 정확하게 답해줄 수 있을 거요.

그는 그 말에는 별로 관심이 없었다. 그들의 대답 따위는 필요 없었다. 그는 그저 어서 그곳을 떠나야겠다는 생각뿐이었다. 거기서 있으니 뭘 어떻게 해야 할지 알 수가 없었다. 그래서 그는 사람들 사이를 비집고 밖으로 나왔다. 경찰이 다시 그의 어깨를 쳤다. 이번에는 이렇게 말했다. 잠시 후에 당신한테 몇 가지 물어볼 게 있소.

사람들 틈에서 빠져나오자마자 뒤에서 따라오는 몇 사람의 발자국 소리가 들렸다. 그러나 그는 별로 개의치 않고 목재가 가득 쌓여 있는 곳으로 걸어갔다. 그러자 뒤따르던 사람 중 하나가 앞으로 나와 눈짓으로 딸이 누워 있는 곳을 가리켰다. 그러고는 낮은 목소리로 말했다. 내가 사겠소.

6은 잠시 멍해졌지만 곧바로 그의 뜻을 이해했다. 그래서 마찬가지로 낮은 소리로 물었다. 얼마에 사겠소?

그 사람은 오른손의 손가락 다섯 개를 전부 폈다.

오천? 6이 물었다.

그러나 6은 그게 오백을 뜻한다는 걸 알고 있었다. 고개를 가로저으며 팔지 않겠다는 표시를 했다. 그 사람은 좀더 흥정을 하고 싶어 했지만 어느새 두 번째 사람이 앞으로 나섰다. 두 번째 사람은 슬며시 손가락 하나를 펴서 6의 오른손 손바닥에 들이댔다. 6은 그것이 천 위안이라는 걸 알았지만, 이번에도 고개를 가로저었다.

세 번째 사람이 다가왔을 때는 6이 먼저 손가락 두 개를 그 사람 손에 집어넣었다. 이천 위안에 팔겠다는 뜻이었다. 그 사람은 잠시 주저하더니 손가락을 펴서 천오백 위안이면 사겠다는 의사를 표시했다. 그러나 6은 대번에 손을 내저으며 돌아섰다.

그때 2가 재빨리 나섰다. 6이 손가락을 두 개를 펴자 그는 조금도 주저하지 않고, 그 손가락을 꽉 잡았다. 그런 다음 위아래로 몇 번 흔들었다.

그제야 6은 안심하고 목재 더미에 앉았다. 2는 주위에 둘러선 사람들을 쓱 살펴보더니 마찬가지로 목재에 앉았다. 두 사람은 주변에 서 있는 사람들이 흩어지기를 기다리고 있었다.

6-3

산파의 죽음이 알려진 것은 2가 6의 딸을 화장터로 옮겨간 뒤였다. 6의 딸이 죽었다는 소식이 도시에 쫙 퍼진 뒤, 사인을 두고 하루에 하나씩 새로운 추측이 나왔다. 그러나 그녀의 장례가 어떻게 치러졌는지에 대해서는 아는 사람이 거의 없었다. 그녀의 장례를 치른 사람은 2 혼자뿐이었다. 2는 유골함을 집으로 가져온 다음, 곧바로 운전기사의 집으로 갔다. 그는 운전기사의 유골도 필요했다. 얼마 후 2는 운전기사의 어머니가 죽어 있는 걸 발견했다.

사실 그 주변에 사는 몇몇 사람들은 한참 전부터 그런 의심을 품고 있었다. 썩는 냄새가 점점 심해졌기 때문이다. 그 냄새는 바람을 타고 그들의 방 안으로 기어 들어왔다. 게다가 여러 날 전에 산파가 집으로 들어가는 걸 본 이후로 다시 나오는 걸 본 사람이 없었다. 그러나 그들 중 누구도 그런 사실을 입 밖에 내지 않았다. 썩는 냄새 속에서 생활하는 게 무척이나 고역이었으면서도 말이다.

2는 마당에 들어서자마자 냄새 때문에 숨이 콱 막혔다. 운전기사의 집 문 앞에 이르자, 나머지 세 문에서 사람들이 나와 그를 쳐다보았다. 그때 이미 2는 그 지독한 냄새가 자기 눈앞에 있는 방에서 흘러나온다는 걸 알아차렸다. 문을 두드리자 안쪽까지 소리가 울렸다. 그러나 그것 말고는 아무런 기척도 없었다. 그래서 문을 밀었더니 끼익 소름 끼치는 소리가 났다. 문은 잠겨 있지 않았다. 살짝 열린 문틈으로 그 지독한 냄새가 새어 나와 온몸을 덮치는 바람에 그는 머리가 어질어질했다. 그래도 계속 문을 밀어 안으로 들어갔다. 안은 어둑어둑했고, 집 안 가득한 썩는 냄새에 눈물이 흘러내렸다. 그는 들어가자마자 침대에 누워 있는 산파를 보았다. 산파의 눈, 코, 입은 이미 알아볼 수 없을 정도였다. 얼굴에는 물 같은 게 흐르고 있어서 빛이 나는 것처럼 보였다. 2는 한 번 쳐다본 다음 곧장 시선을 돌렸다. 이어서 그는 다른 방으로 들어가 운전기사의 유골함을 찾아냈다. 유골함은 탁자에 놓여 있었는데, 그 탁자는 카드놀이나 마작을 할 때 쓰던 거였다. 2는 유골함을 들고 나왔다. 눈물이 그렁그렁 맺힌 눈으로 보니 각자의 방문 앞에 서 있는 사람들이 흠뻑 젖어 있는 것처럼 보였다. 그가 말했다. 이미 다 썩어 문드러졌어요.

  2는 집으로 돌아와 운전기사의 유골함과 6의 딸의 유골함을 나란히 놓았다. 그리고 종이 공예가 네 명을 불러와 하얀 종이로 조립식 가구와 냉장고, 텔레비전 등의 가전제품을 만들어달라고 했다. 종이 공예가들은 밤샘 작업을 해서 삼 일 후에 모두 완성했다. 이어서 2는 태평소 부는 사람과 수레 끄는 사람을 불렀다. 그러고는 종이 작품들을 수레에 싣게 하고는 첫 번째 수레에는 운전기사와 6의 딸의 유골함도 함께 실었다. 태평소 부는 사람과 2는 대열의 맨 앞에 섰다. 날카로운 태평소 소리와 함께 거리에서 운전기사와 6의 딸의 결혼식이 시작되었다.

도시의 큰 도로를 지나는 동안, 바람이 불어와 조립식 가구가 여기저기 삐뚤어졌다. 마치 어린아이가 그린 그림 같았다. 그 광경은 거리를 지나던 사람들의 이목을 끌었다. 그들은 물결처럼 그 주위로 몰려들었다. 2는 마음속으로 마침내 운전기사를 볼 면목이 생겼다고 생각했다. 그는 사람들이 묻는 소리에 대답하며 큰 목소리로 누구와 누구의 결혼식인지를 알렸다. 거리 양쪽의 거의 모든 창문에서 사람들이 고개를 내밀었다. 어떤 집 창문에는 머리가 몇 개씩이나 나와 있었다. 그들은 장님이 단정하게 앉아 있는 거리를 지나갔다. 장님은 날카로운 태평소 소리를 듣고 결혼식 행렬이 다가온다는 걸 알아차렸다.

결혼식 행렬은 낡은 성문을 지나 도시 서쪽의 공동묘지에 이르렀다. 유골함을 묻을 새 무덤 하나가 이미 만들어져 있었다. 2는 운전기사와 6의 딸의 유골함을 그 안에 같이 넣고 흙을 덮었다. 흙을 덮을 때 돌멩이 몇 개가 유골함에 떨어져 달그락거리는 소리를 냈다. 그 소리는 꾹 참았던 기쁨이 터져 나오는 소리 같았다. 그다음으로, 종이 작품들을 무덤 주위에 쌓아놓고 불을 붙였다. 불길이 마치 말 떼가 내달리듯이 갑자기 솟아올랐고, 검은 연기가 붉은 불길 속에서 끊임없이 피어올랐다. 잠시 후 불길이 사그라지자, 보호막을 잃은 검은 연기도 금세 흩어졌다. 다 타서 시커멓게 변한 재가 무덤 위를 다 덮었다. 그러나 한 줄기 바람이 불어와 사방으로 흩어진 재는 이리저리 떠다니다가 연기처럼 사라졌다.

그 후 운전기사는 더 이상 2의 꿈에 찾아오지 않았다.

6-4

운전기사와 6의 딸의 결혼식 행렬이 지나간 뒤 4가 큰길에 나타났다. 그녀는 느린 노래를 흥얼거리며 거리의 오른편을 느릿느릿 걸었다. 비도 내리지 않고, 햇빛도 없는 아침에 4의 모습은 한없이 침울해 보였다. 생각에 잠겨 있는 얼굴은 지나간 일을 떠올리는 듯했다. 4가 회색 시멘트 길을 걸어가는 모습은 마치 과거가 저벅저벅 걸어오는 것 같았다.

4는 걸으면서 오른손으로 웃옷의 단추를 풀었다. 조심스러운 손길이 무척이나 우아해 보였다. 단추를 다 푼 다음, 그녀의 몸이 나뭇가지처럼 옆으로 기울더니 웃옷을 조금씩 밀어내기 시작했다. 그러고는 오른손으로 옷자락을 움켜잡으니 옷이 바닥으로 축 늘어졌다. 한동안 그렇게 걷다가 오른손을 풀자, 옷이 순식간에 바닥에 드러누웠다. 아무런 소리도 나지 않았다. 이어서 짙은 남색 스웨터를 벗었는데 여전히 아름다운 동작이었다. 바닥에 떨어진 남색 스웨터는 꼭 사람이 평온하게 죽어 있는 모습 같았다. 잠시 후 그녀는 흰 블라우스의 단추를 풀기 시작했다. 단추를 다 풀었을 때 미풍이 불어와 블라우스가 장난치듯 살랑살랑 움직였다. 블라우스가 떨어지는 모습은 한층 더 느리게 보였는데, 마치 하얀 종이가 땅에 떨어지는 것 같았다.

  4는 오동나무 옆으로 걸어가 손을 뻗어 오동나무의 거친 줄기를 어루만졌다. 그런 다음 나무에 몸을 기대고서 계속 같은 노래를 흥얼거렸다. 앞쪽에 수많은 사람이 꼼짝 않고 서 있는 게 얼핏 보였다. 그 모습은 마치 아주 오래전에 만년필을 흔들다가 잉크가 튀어 바닥에 생긴 얼룩 같았다.

  4는 벨트를 풀었다. 그러자 까만색 긴치마가 그녀의 하얀 다리를 타고 스르르 미끄러져 내렸다. 간질간질한 느낌에 그녀는 살짝 미소를 지었다. 분홍색 속바지도 곧이어 땅에 떨어졌다. 그다음으로 바지통에서 오른쪽 다리를 조심스럽게 꺼냈다. 양말은 신고 있지 않았다. 마찬가지로 조심스럽게 왼쪽 다리를 꺼냈다. 왼쪽 발에도 양말은 없었다. 그녀는 맨발로 까칠까칠한 시멘트 길을 밟으며 계속 앞으로 걸어갔다.

  그 우중충한 아침에 4의 벌거벗은 몸은 병에라도 걸린 것처럼 새하얗게 보였다. 미풍이 주름이라도 만들겠다는 듯 그녀의 부드러운 피부에 와 닿았다. 그녀는 계속 같은 노래를 흥얼거렸는데, 그 소리는 그녀의 마르고 허약한 몸만큼이나 무척이나 작았다. 그녀는 장님 곁을 지나다가 잠시 걸음을 멈추고 그에게 살짝 웃어 보이고는 다시 가던 길을 갔다.

  장님은 그 전에 이미 4의 노랫소리를 들었다. 다만 그때까지 확신을 하지 못했을 뿐이다. 4의 노랫소리는 마치 환상 속에서 들려오는 것 같았다. 그는 그 소리가 진짜라는 게 믿기지가 않았다. 하지만 얼마 후 4의 목소리가 맑은 물처럼 흘러나왔다. 그 물줄기는 그의 곁을 바로 떠나지 않고 한 바퀴 돈 다음에 다른 곳으로 흘러갔다. 장님은 자리에서 일어나 4의 목소리를 따라 지금껏 한 번도 가보지 않은 곳으로 걸음을 옮겼다.

  4는 강변에 이르러 걸음을 멈추고 눈앞에서 유유히 흐르는 강을 바라보았다. 강물 속에서 은은하게 울려 퍼지는 현악기 소리가 들렸다. 그 소리를 따라 강물 속으로 걸어 들어갔다. 얼음같이 차가운 물이 발목부터 천천히 올라와 목까지 잠겼다. 그러자 그녀는 새 옷을 입은 듯한 느낌이 들었다. 잠시 후 강물은 그녀의 머리까지 삼켜버렸다.

  장님은 물방울 몇 개가 튀어 올라오는 소리를 들은 다음부터 더 이상 4의 노랫소리를 듣지 못했다. 그래서 그 자리에 쪼그리고 앉아 따뜻하고 축축한 진흙을 만져보았다. 그러고는 강변에 내리 삼 일을 앉아 있었다. 삼 일 동안 그는 때때로 강물 속에서 4의 노랫소리를 들었다. 넷째 날 아침, 장님은 자리에서 일어나 4의 목소리가 나는 쪽으로 걸어갔다. 발이 강물에 닿자 얼음같이 차가운 물이 단숨에 심장까지 올라오는 느낌이었다. 그는 그것이 4의 노랫소리라는 것을 알았다. 4의 노랫소리가 강물 속에서 서서히 장님의 몸을 덮칠 때, 소리는 점점 더 선명하게 들렸다. 물속에 완전히 잠긴 뒤, 장님은 또 한 번 물방울이 튀는 소리를 들었다. 그것은 꼭 4가 살며시 웃을 때 나는 소리 같았다.

  장님이 물속으로 사라진 뒤에도 강물은 변함없이 유유히 흘러갔다. 나뭇잎 몇 장이 장님이 가라앉은 자리에서 떠올랐고, 강에는 배가 몇 척 나타났다.
 삼 일 후, 비도 내리지 않고 해도 없는 아침에 4와 장님의 시체가 나란히 물 위에 떠올랐다. 그때 강기슭의 복숭아나무는 화사한 분홍색 꽃을 막 피워내고 있었다.

강가에서 일어난 일

河邊的錯誤

1-1

　그날 오후 라오유정 골목에 사는 마쓰 할머니는 해가 지기 전에 돌아올 생각을 하며 밖으로 나가다가 집에서 키우는 거위들이 사라졌다는 걸 발견했다. 거위에게 먹이를 주러 갔다가 알게 된 것이다. 평소 굳게 닫혀 있던 울타리의 문이 무더운 여름날의 창문처럼 활짝 열려 있었다. 마쓰 할머니는 거위들이 강가에 간 게 틀림없다고 생각했다. 그래서 방문을 잠그고 거위를 찾아 강가로 나갔다. 나가면서 손에 닿는 대로 문 뒤에 세워둔 대나무 장대를 집어 들었다.
　초가을이라 바깥 공기가 무척이나 상쾌했다. 가을바람이 양쪽 길가의 나뭇잎을 흔들어 쏴쏴 비가 내리는 듯한 소리가 났다. 저녁 해가 아직 서쪽으로 다 떨어지지 않아, 하늘이 불타오르는 것처럼 온통 새빨간 빛으로 물들었다.
　마쓰 할머니는 멀리서도 거위들을 알아보았다. 한 무리는 잔잔한 수면 위를 조각배처럼 유유히 떠다니고 있었고, 다른 한 무리는 강기슭의 풀덤불 속에 누워 있거나 그 사이를 뒤뚱거리며 돌아다녔다. 거위들은 마쓰 할머니가 가까이 다가가도 아랑곳없이 하던 일을 계속할 뿐이었다. 할머니는 원래 거위들을 몰고 집으로 돌아갈 생각이었으나 그렇게 나와 있다 보니 마음이 바뀌었다. 그래서 거위들 사이에 서서 지팡이를 짚듯 양손으로 대나무 장대에 몸을 기댄 채 흐뭇한 눈길로 새하얀 거위들을 바라보았다.

그렇게 한참을 바라보고 있다가 문득 시간이 늦었다는 생각이 들었다. 이제 거위들을 울타리 안으로 몰고 가야 했다. 그래서 앞쪽으로 몇 걸음 옮겨 강가에 섰다. 입으로 워워 소리를 내자, 풀덤불 속에 있던 거위들이 하나둘씩 할머니 쪽으로 몰려왔다. 물속에 있던 거위들도 천천히 강기슭으로 헤엄쳐 와 한 마리씩 언덕 위로 올라섰다. 그러고는 날개를 펴고 후드득 몸을 흔들어 물기를 털어 냈다. 그중에서 한 마리가 할머니 쪽으로 달려오더니, 이어서 나머지 거위들도 날개를 펴고 달려오기 시작했다.

할머니는 계속 워워 소리를 냈다. 아직 한 마리가 물속에 있었기 때문이다. 녀석은 조그만 새끼 거위였는데, 부르는 소리를 듣지 못한 듯 여전히 소리 없이 물 위를 떠다니고 있었다. 가끔씩 발버둥을 치다가 다시 아무 일도 없었다는 듯 헤엄을 치기도 했다. 멀리서 보면 얼마나 우아한지 거위가 아니라 하늘을 나는 연이 강물에 비친 것같이 보였다.

마쓰 할머니가 외치는 소리는 다정하긴 했지만 아무런 효과가 없었다. 그래서 할머니는 쉬쉬 소리를 내며 손에 든 대나무 장대를 휘둘렀다. 그러자 주위에 몰려들었던 거위들이 금세 사방으로 흩어졌다. 할머니는 천천히 걸음을 옮기며 거위들을 다시 물속으로 내몰았다.

다시 물속으로 돌아간 거위들이 그 말썽꾸러기 새끼 거위를 둘러싸자 할머니는 다시 "워워" 소리를 내기 시작했다. 그 소리에 물속의 모든 거위들이 강기슭으로 헤엄쳐 왔다. 그 모습이 꼭 눈송이가 창문으로 어지럽게 날아드는 풍경 같았다.

그때 할머니는 뒤에서 나는 발자국 소리를 들었다. 할머니가 인기척을 느꼈을 때 그 사람은 이미 할머니 뒤에 와 있었다. 할머니는 고개를 돌려 바라보았다.

그는 앞에 있는 사람의 뒷모습이 어딘가 모르게 익숙하게 느껴졌다. 그러나 그가 대체 누군지 금방 떠오르지 않았다. 그래서 그는 '누구더라' 하면서 강변을 따라 천천히 걸어갔다. 그 사람이 잘 아는 이는 아니었지만 자주 보던 사람이라는 건 분명했다. 기껏해야 몇 천 명이 사는 작은 마을이라 모르는 얼굴이 거의 없었기 때문이다. 그때 앞에 가던 사람이 휙 고개를 돌려 그를 바라보더니, 다시 재빨리 앞으로 고개를 돌렸다. 곧이어 걸음이 점점 빨라지더니, 나중에는 거의 뛰다시피 했다. 그다음에는 더 이상 보이지 않았다.

그 순간 그는 거위 떼를 발견하고는 흥미가 생겨 그쪽으로 건너갔다. 그러나 거위 떼의 한가운데로 걸어 들어갔다가 얼굴이 새파랗게 질리고 말았다.

초가을이라 아직은 낮이 길고 밤이 짧았다. 해는 서산으로 기울었지만 하늘은 아직 완전히 어두워지지 않았다. 그때 그녀는 강변을 거닐고 있었다.

그녀는 저 멀리 풀덤불 속에 거위들이 누워 있는 모습을 보았다. 그러나 늘 보이던 마쓰 할머니는 눈에 띄지 않았다. 하지만 별로 신경 쓰지 않고 그쪽으로 다가갔다. 가까이로 다가가자 거위 떼가 그녀를 향해 우르르 몰려왔다. 몇 마리는 목을 길게 빼고 금방이라도 그녀를 쫄 기세로 주위를 둘러쌌다. 그녀는 재빨리 몸을 돌려 도망갈 작정이었다.

몸을 돌리는 순간, 그녀는 깜짝 놀라 크게 소리를 지르고 말았다. 동시에 그 자리에 얼어붙은 듯 한동안 꼼짝도 못 하다가, 잠시 후 정신을 차리고 죽을힘을 다해 도망쳤다. 그러나 얼마 못 가서 넘어지는 바람에 놀라서 허둥대다가 결국 울음을 터뜨렸다. 한바탕 정신없이 울다가 주위를 돌아보니 사람이라곤 눈을 씻고도 찾아볼 수가 없었다. 그래서 다시 몸을 일으켜 뛰기 시작했다. 다리가 풀려 아무리 애를 써도 빨리 달릴 수가 없었다. 큰길에 도착했을 때, 그녀는 또다시 넘어지고 말았다.

그때 방금 곁을 지나간 청년이 걸음을 멈추고 놀란 눈으로 그녀를 쳐다봤다. 그녀는 그 자리에 주저앉은 채 겁에 질린 눈으로 그를 바라보았다. 청년은 잠시 주저하다가 다가가 그녀를 부축해 일으켰다.

"어떻게 된 겁니까?"

그녀는 일어서자마자 손으로 그를 밀쳤다. 입을 벌렸지만 아무런 소리도 나지 않았다. 그러더니 손으로 강 쪽을 가리켰다.

청년은 휘둥그레진 눈으로 그녀가 가리키는 방향을 바라봤지만 아무것도 보이지 않았다. 그가 다시 고개를 돌렸을 때, 그녀는 이미 천천히 저쪽으로 걸어가고 있었다. 그는 그녀의 뒷모습을 잠시 바라보다가 영문을 알 수 없다는 듯 미소를 짓고는 가던 길을 계속 갔다.

아이는 뭔가 억울하다는 표정으로 거리를 왔다 갔다 했다. 그 아이도 방금 강가에 다녀왔다. 냅다 집으로 뛰어와 자기가 본 걸 아버지에게 말하자, 아버지는 귀싸대기를 때리며 성난 목소리로 외쳤다.
"말 같지도 않은 소리 하지 마!"
그때 아버지는 마작을 하고 있었는데, 함께 마작을 하던 친구들이 아이를 보고는 히히거리며 웃었다. 아이는 방구석에서 의자를 하나 가져와 어두운 곳에 자리를 잡고 앉았다. 그때 어머니가 주전자를 들고 들어오셨다. 아이는 얼른 손을 뻗어 어머니의 옷자락을 잡아당겼다. 어머니가 고개를 돌리자, 아이는 아버지한테 했던 이야기를 그대로 전했다. 뜻밖에 어머니는 얼굴빛이 어두워지면서 이렇게 말했다.
"말 함부로 지어내지 마라."
아이는 슬픈 마음에 혼자 한참을 앉아 있다가 밖으로 나갔다.
날이 이미 어두워져 골목에는 가로등이 환한 빛을 내고 있었다. 거리는 사람 하나 없이 고요했다. 아이 혼자만 왔다 갔다 할 뿐이였다. 마음속에 할 말이 있는데 들어줄 사람이 없었기 때문이다. 아이는 조바심이 나서 금방이라도 눈물을 흘릴 것만 같았다.

바로 그때 아이는 청년 몇 명이 저쪽에서 걸어오는 걸 보았다. 냉큼 뛰어가 큰 소리로 그 이야기를 해줬다. 그들은 처음에는 깜짝 놀라는 눈치더니 곧 껄껄 웃어버렸다. 그중 한 사람이 아이의 머리를 툭툭 치면서 말했다.

"농담도 잘하는구나."

그들은 뒤도 안 돌아보고 떠나가 버렸다. 아이는 사람들의 뒷모습을 바라보며 아무도 자기 말을 믿어주지 않는다고 생각했다.

아이는 큰길 쪽으로 천천히 걸어갔다. 큰길에는 많은 사람들이 오가고 있었다. 상점 안의 불빛이 창문으로 쏟아져 나와 환하게 거리에 깔렸다. 아이는 인도에 자라난 오동나무 옆에 섰다. 사람들이 눈앞을 지나가는 모습을 보며 그들에게 이야기를 해주고 싶은 마음이 간절했다. 하지만 우물쭈물 마음을 정하지 못했다. 사람들이 자기 같은 어린아이 말을 믿어줄 것 같지 않았다. 아이는 자기가 어린아이라는 사실이 서글펐다.

얼마 후 아이는 자기보다 몇 살 많은 아이들이 건너편에 서 있는 걸 발견하고, 잔뜩 흥분하여 당장 그쪽으로 건너갔다. 가서는 그들에게 이렇게 말했다.

"강가에 사람 머리가 있어."

아이는 그들이 멍하니 서 있는 모습을 보고는 얼른 한마디 덧붙였다.

"진짜라니까. 강가에 사람 머리가 있어."

그들은 한동안 서로를 바라보기만 하다가 그중 하나가 아이에게 물었다.

"어디에?"

"강가에."

그중 하나가 곧장 말을 받았다.

"우릴 그리로 데려가서 보여줘."

아이는 열심히 고개를 끄덕였다. 자기 말을 남들이 믿어줬다는 사실에 감격한 것 같았다.

1-2

새벽 두 시 육 분, 형사반장 마저는 그날 형사반의 숙직이던 샤오리가 부르는 소리에 잠에서 깨어났다. 아내도 놀라서 깨어나 남편이 옷을 갈아입는 모습을 바라보았다. 그리고 잠시 후 남편이 문을 닫고 나가는 소리를 들었다. 그녀는 그렇게 한참을 멍하니 누워 있다가 불을 껐다.

마저가 경찰서에 도착했을 때 서장도 막 들어왔다. 얼마 후 그들 일행 여섯은 경찰서의 모터보트를 타고 사건 현장으로 떠났다. 현 정부 소재지에서 그 작은 마을까지는 아직 도로가 나 있지 않았다. 강줄기 하나가 두 곳을 연결하고 있을 뿐이었다.

그들이 현장에 도착했을 때 동쪽은 조금씩 환해지고 있었고, 수면에는 어슴푸레한 빛이 어른거리고 있었다. 양쪽 강변으로는 나무들이 희미하게 보였다.

몇 사람이 손전등을 들고 그곳을 왔다 갔다 하고, 손전등 불빛이 한 줄 한 줄 수면 위에서 흔들렸다. 누군가 다가오는 걸 보고는 그들 전부가 맞이하러 나왔다.

가까이로 다가간 마저 일행은 그 근처에서 이제 막 흙을 덮어 만든 무덤 하나를 보았다. 무덤 위에 사람 머리가 놓여 있었다. 아직 어스름이 다 걷히지 않아, 그 머리는 마치 조잡하게 깎아놓은 돌처럼 형체가 불분명해 보였다.

마저는 손을 뻗어 옆 사람 손에 있던 손전등을 가져와 그 머리를 비추어보았다. 여자의 머리였다. 머리카락이 길게 늘어져 얼굴 전체를 덮고 있었다. 그 사이로 눈과 입만 보일 듯 말 듯했다.

현장은 매우 잘 보존되어 있었다. 마저는 손전등으로 현장 곳곳을 자세히 비춰보았다. 그는 부근의 풀밭에서 여러 사람의 발에 짓밟힌 자국을 발견했다. 그러고는 한 무리의 사람들이 다양한 자세와 목소리로 그 주변을 둘러싸며 구경하는 장면을 떠올렸다.

샤오리가 여러 각도에서 현장 사진을 찍은 뒤, 법의학자와 일행 중 나머지 두 사람이 다가와 머리를 들어내고 무덤을 파헤쳤다. 그러자 얼마 파지도 않았는데 머리 없는 여자의 시체가 모습을 드러냈다.

마저는 계속 주변을 돌아보았다. 그러다 뭔가 물컹하고 밟혔다.

미처 자세히 살펴보기도 전에 거위 한 마리가 꽥꽥거리는 소리가 들렸다. 이어서 한 무리의 거위들이 너도나도 하나둘씩 울어대기 시작했다. 거위들은 한곳으로 우르르 모여들었다가 다시 사방으로 흩어졌다. 그 무렵 하늘이 점점 밝아지기 시작했다.

서장이 다가왔다. 두 사람은 강변 쪽으로 천천히 걸어갔다.

"범죄를 저지른 다음 현장을 이렇게 만들어놓다니!"

마저는 이해할 수 없다는 듯이 말했다. 서장이 졸졸 소리 내며 흘러가는 하천을 바라보며 입을 열었다.

"자네들은 여기 남게나."

마저는 고개를 돌려 거위 떼를 바라보았다. 거위 떼는 어느덧 조용해져 풀덤불 속을 왔다 갔다 하고 있었다.

"무슨 요구 사항이라도 있나?"

서장의 물음에 마저가 미간을 찌푸리며 대답했다.

"아직은 없습니다."

"그럼 이렇게 하지. 우리 하루에 한 번씩 연락하도록 하세."

법의학자의 검시 보고서는 그날 오후에 나왔다. 범인은 장작을 팰 때 쓰는 칼로 피해자의 목덜미를 내리쳤다. 상처 부위를 봤을 때, 범인은 피해자를 쓰러뜨린 뒤 또다시 칼을 들어 삼십여 차례나 내리치고서야 목을 완전히 베어냈다. 죽은 사람은 라오유정 골목에 사는 마쓰 할머니였다.

샤오리가 옆에서 끼어들었다.

"이 마을의 거의 모든 집에 이런 칼이 있죠."

현장에는 범행의 흔적이라고는 아무것도 남아 있지 않았다. 달리 말하자면, 현장은 이미 그 수많은 발자국에 엉망이 된 상태였다. 마저는 그날 아침 그 아이를 만났다.

"사람들이 다 내 말을 안 믿었어요."

아이는 대단한 일이라도 한 듯 우쭐거리며 말했다.

"아버지는 귀싸대기까지 때리면서 말도 안 되는 소리 하지 말라고 했구요."

"그걸 언제 발견한 거니?"

"어른들은 죄다 내 말을 안 믿었어요."

아이는 계속 말을 이어갔다.

"그래서 저는 저보다 몇 살 많은 형들한테 알려주는 수밖에 없었어요. 형들은 내 말을 믿어줬어요."

아이는 짐짓 허세를 부리며 한숨까지 쉬었다.

"저는 원래 어른들한테 먼저 알리고 싶었다구요."

"언제 발견했느냐니까?"

마저가 다시 물었다. 그제야 아이는 마저의 말을 진지하게 들었다. 그리고는 기억을 더듬는 척하더니 한참 후에야 입을 열었다.

"전 시계가 없어요."

마저는 웃음을 참을 수가 없었다.

"대강 언제쯤이야? 예를 들자면 날이 밝았어 어두웠어?"

"어둡지는 않았어요."

아이가 곧바로 소리를 쳤다.

"그럼 아직 밝았을 때란 말이지?"

"아뇨, 밝지도 않았어요."

아이는 고개를 가로저었다. 마저는 또 한 번 웃으며 물었다.

"막 어두워질 때란 말이니?"

아이는 한참을 생각하다가 신중한 표정으로 고개를 끄덕였다. 마저는 곧 자리에서 일어났지만, 아이는 여전히 앉아 있었다. 어른과 대화를 했다는 사실만으로도 기분이 좋아 어쩔 줄 모르는 것 같았다.

마저가 다시 물었다.

"넌 강가에서 뭘 했는데?"

"놀았죠."

아이가 씩씩한 목소리로 말했다.

"강가에 자주 가니?"

"꼭 그런 건 아니에요. 어디 가고 싶은 데가 생기면 가서 놀고 그래요."

아이는 자리에서 일어서면서 매우 진지한 목소리로 마저에게 말했다.

"그 자식 잡으면 꼭 저한테 보여주시는 거예요."

라오유정 골목에 사는 사람 중에서 마쓰 할머니가 강가로 가는 걸 목격한 사람은 네 명이었다. 그들이 기억하는 시간을 맞춰봤을 때, 마쓰 할머니는 오후 네 시에서 네 시 반 사이에 강가로 나갔다. 그리고 아이가 그 잘린 머리를 발견한 시각은 일곱 시 정도였다.

따라서 사건은 이 세 시간 사이에 일어난 것이다. 조사에 따르면, 마쓰 할머니를 묻은 곳에는 원래 구덩이가 하나 있었는데 지금은 없어졌다고 한다. 즉 범인은 원래 있던 구덩이를 그대로 사용한 것이다. 따라서 범행은 한 시간 이내에 일어났을 가능성이 크다. 오후에 서장이 전화를 걸어왔을 때 마저는 이러한 상황을 보고했다.

마쓰 할머니의 집은 라오유정 골목의 끄트머리에 있었다. 고만고만한 크기의 단층집이었다. 집 안은 매우 깨끗했고, 별다른 장식은 없지만 사람 마음을 편안하게 하는 분위기였다. 실내의 가구들도 아주 평범했다. 마저의 주의를 끈 건 대들보에 걸려 있는 삼밧줄이었다. 표면은 거칠거칠했고 제법 튼튼하게 꼰 것이었다. 그러나 마저는 잠깐 쳐다보기만 했을 뿐 더 깊이 생각하지는 않았다.

마저는 저녁을 먹고 혼자 강가로 나갔다. 강변은 쥐 죽은 듯 조용했고, 오로지 한 무리의 거위들만 물속에서 이리저리 헤엄치고 있었다.

어젯밤 이 시각에 범인은 여기에 있었을 것이다. 마저는 그런 생각을 하며 천천히 길을 걸었다. 그런데 지금은 이렇게 조용하다니, 찾아오는 사람 하나 없다니. 그는 이 사건이 이미 온 마을에 쫙 퍼졌다는 사실도, 마을 사람들 모두 한 번쯤 와서 구경하고 싶어 한다는 사실도 잘 알고 있다. 그러나 지금은 누구도 감히 이곳에 나타나지 않는다. 잘못했다가는 범인으로 의심받기 십상이기 때문이다.

어디선가 물소리가 들렸다. 거위가 헤엄치는 소리 같지는 않았다. 그보다는 빨래를 하는 소리에 가까웠다. 강물은 그쪽에서 굽이를 돌아 흐르고 있었다. 마저가 앞으로 걸어가 살펴보니, 과연 강가에 쪼그리고 앉아 빨래하고 있는 사람의 뒷모습이 보였다.

그는 놀란 마음에 일부러 발자국 소리를 크게 내며 그 사람 뒤로 다가갔다. 그러나 그 사람은 고개 한 번 돌리지 않고 계속 빨래만 할 뿐이었다. 그런데 꼭 빨래를 할 줄 모르는 사람처럼 보였다. 빨래를 한다기보다는 물속에서 옷으로 장난을 치고 있는 것 같았다.

마저는 잠시 그 뒤에 서 있다가 말을 걸었다.

"여기서 빨래를 자주 하십니까?"

그가 알기로 마을에는 몇 년 전에 상수도를 설치했다. 그런데 아직도 이렇게 강가로 나와 빨래하는 사람이 있다니 정말 뜻밖이었다.

그때 그 사람이 갑자기 고개를 돌려 싱긋 웃어 보이는 바람에 마저는 깜짝 놀라고 말았다. 그 사람은 다시 고개를 돌려 작은 돌멩이 여러 개로 물속에 눌러놓았던 옷을 들어 올렸다. 그러더니 옷을 수면 위에 평평하게 펼쳐놓았다가, 다시 돌멩이를 하나씩 올려놓으며 강바닥으로 천천히 가라앉게 했다.

마저는 방금 전의 그 웃음을 돌이켜 생각하니 뭔가 기괴하다는 느낌이 들었다. 그때 갑자기 그 사람이 말을 하기 시작했다. 자기 혼자 굉장히 빠른 속도로 말을 하는데, 작은 목소리로 중얼거리기도 하고 고래고래 소리를 지르기도 했다. 마저는 한마디도 알아듣지 못했지만, 그가 미치광이라는 걸 알 수 있었다. 어쩐지 그 시간에 그곳에 와 있는 게 이상하다 싶었다.

마저는 계속 앞으로 걸어갔다. 강가의 버드나무가 가지를 아래로 길게 늘어뜨려 거의 땅에 닿을 듯했다. 그래서 몇 걸음마다 한 번씩 손으로 버드나무 가지를 걷어내야 했다. 그렇게 백 미터 정도 갔을 때, 풀덤불 속에서 뭔가 빨간 물건을 발견했다. 나비 모양의 머리핀이었다. 그는 그것을 손수건으로 잘 싸서 주머니에 넣었다. 그러고는 그 주변을 꼼꼼히 살폈다. 강 가까이에 있는 풀은 거의 땅에 쓰러져 있는 걸로 봐서, 그쪽은 사람들이 자주 지나다니는 길인 듯했다. 그러나 머리핀이 떨어져 있던 곳은 그렇지가 않았다. 파릇파릇한 풀들이 그대로 서 있었는데, 유독 가운데 부분만 눈에 띌 정도로 비스듬히 누워 있었다. 누군가 거기서 넘어진 모양이었다. 머리핀도 아마 그 사람의 것일 터였다. 그는 속으로 '여잔가?' 하고 생각했다.

"피살자는 마쓰 할머니입니다. 라오유정 골목에 사는 사람들은 노인이든 아이든 모두 그렇게 부릅니다. 할머니의 진짜 이름은 아무도 모릅니다. 그걸 아는 사람은 이미 죽었습니다. 그 사람은 할머니의 남편이죠. 할머니는 열여섯 살에 라오유정 골목으로 시집을 왔는데, 열여덟 살 되던 해 남편이 죽었습니다. 할머니의 올해 나이는 예순다섯 살입니다. 사십칠 년 동안 할머니는 혼자 생활해 왔습니다. 매달 읍 정부에서 생활비를 수령해갔으며, 스무 마리쯤 되는 거위를 길러왔습니다. 매년 거위를 한 무리씩 길러 꽤 많은 돈을 모았답니다. 사람들 말에 따르면, 할머니는 돈을 늘 가슴속에 지니고 다녔고 절대로 몸에서 떼어놓지 않았다고 합니다. 이것은 작년에 할머니가 정부 청사에 가서 더 이상 생활비를 받지 않겠다고 했을 때 알려진 사실이랍니다. 할머니는 사람들이 자기 말을 믿게 하려고 품에 있던 돈뭉치를 꺼내 보여주었답니다. 할머니는 은행에 돈을 예금한 적이 없습니다. 다른 사람을 믿지 않았기 때문입니다. 그러나 할머니의 시신에서는 돈을 한 푼도 발견하지 못했습니다. 집 안도 샅샅이 뒤졌으나 이불 밑에서 십 위안도 안 되는 잔돈을 찾았을 뿐입니다. 따라서 저는 이 사건이 절도를 위한 살인일 가능성이 크다고 생각합니다."

샤오리는 여기까지 말하고 마저를 쳐다보았다. 마저가 아무런 반응도 보이지 않자, 그는 다시 말을 이어갔다.

"마을과 주민위원회에서 몇 차례나 양로원에 들어가기를 권했으나, 할머니는 그곳을 두려워하는 눈치였다고 합니다. 사람들이 그 얘기를 꺼낼 때마다 할머니는 눈물을 글썽거리곤 했답니다. 할머니는 혼자 지냈고, 자식도 없었으며, 이웃과 왕래하는 일도 없었습니다. 남는 시간은 삼밧줄을 꼬는 것으로 보내곤 했지요. 집 안 대들보에 걸려 있던 밧줄 무더기 말입니다. 그런데 재작년부터 갑자기 서른다섯 살 된 미치광이 하나를 돌보기 시작했다고 합니다. 그 사람도 라오유정 골목에 삽니다. 할머니는 마치 자기 아들이라도 되는 것처럼 그를 돌봐주었다는데……."

샤오리는 갑자기 말을 멈췄다. 놀란 눈으로 마저 옆의 탁자에 놓인 빨간색 머리핀을 쳐다보았다.

"그건 뭡니까?"

"사건이 일어난 지점에서 백 미터 떨어진 곳에서 주운 거라네. 그곳에는 누군가 넘어진 흔적도 있었어."

"여자로군요!"

샤오리는 경악을 금치 못했다. 그러나 마저는 별다른 대답 없이 보고를 진행시켰다.

"계속 이야기하게나."

1-3

마쓰 할머니가 미치광이의 손을 잡아끌고 장을 보러 가던 장면은 벌써 이 년이나 지난 일인데도 마을 사람들 모두 생생하게 기억하고 있었다. 사람들이 우르르 몰려가 그 주위를 둘러싸고 있던 풍경도 눈앞에 선했다. 그들은 마치 백 년에 한 번 올까 말까 한 기쁜 일을 만난 사람들 같았다. 사람들 얼굴에 웃음꽃이 활짝 피었다. 그러나 마쓰 할머니는 오히려 아무 일도 아니라는 듯 얼굴에 약간 홍조를 띨 뿐이었다. 그때 할머니의 표정은 제어할 수 없을 만큼 한없이 솟아나오는 행복 그 자체였다.

미치광이는 내내 바보처럼 웃고 있었다. 화가 나서 그러는 건지 다른 사람들처럼 흥분을 해서 그러는 건지, 팔에 걸고 있던 바구니를 계속 사람들 쪽으로 내던졌다. 그때마다 마쓰 할머니가 바구니를 주워 왔는데, 그럴수록 그는 바구니를 점점 더 멀리 던졌다. 할머니는 처음에는 무심한 척 행동하더니, 곧 다른 사람들처럼 깔깔대며 정신없이 웃었다.

마쓰 할머니의 그런 행동은 라오유정 골목 사람들을 발칵 뒤집어놓았다. 그들은 할머니가 미치광이를 돌봐온 걸 전혀 눈치 채지 못했기 때문에, 그날 갑자기 할머니가 미치광이의 손을 붙들고 나타났을 때 놀라움을 금치 못했다. 게다가 지난 수년간 마쓰 할머니는 다른 사람들과 사귀는 걸 싫어하고, 심지어 말하는 것조차 원치 않는다는 인상을 줘온 터였다.

사람들은 그것이 잠깐 하다 말 이상한 행동이라고 생각했다. 그렇게 갑작스레 뭔가를 하게 되는 일은 다른 사람들에게도 종종 일어나기 때문이다. 그러나 그다음에 벌어진 일은 아무리 생각해도 이해할 수가 없었다. 얼마 동안 사람들은 혹시 마쓰 할머니까지 미친 게 아닐까 의심을 하기도 했다. 일 년쯤 지난 후에야 그들은 그 일을 예사롭게 받아들였다.

그 후로 마을 사람들은 미치광이가 전처럼 지저분한 차림이 아니라 아이들처럼 깨끗하게 하고 다니는 모습을 보았다. 게다가 목에는 붉은 스카프까지 둘렀다. 그러나 아침에 깨끗한 옷을 입고 나가도 해질 무렵이면 이미 다 더러워져 갈아입지 않을 수가 없었다. 그래서 마쓰 할머니의 집 앞 빨랫줄에는 늘 미치광이의 옷이 한가득 걸려 있었는데, 마치 한 줄로 늘어선 기저귀처럼 바람에 펄럭거리곤 했다.

밥 먹을 때가 됐다 싶으면, 라오유정 골목 사람들은 어김없이 할머니가 미치광이를 부르는 소리를 들었다. 꼭 화가 단단히 난 어머니가 노는 데 정신이 팔려 집에 들어오지 않는 아이를 부르는 소리 같았다. 그게 다가 아니었다. 여름날 밤에 미치광이가 죽은 듯이 대나무 침대에 누워 있으면, 마쓰 할머니가 그 옆에 앉아 부채로 모기를 쫓아주는 광경도 심심찮게 볼 수 있었다.

그 무렵부터 마쓰 할머니는 사람들과 이야기하는 걸 싫어하지 않았다. 말이 많지는 않았지만, 이웃에 사는 할머니들과 이것저것 수다를 떨기 시작했다. 할머니의 화제는 당연히 미치광이에 관한 것이었다. 할머니가 미치광이 이야기를 할 때면 꼭 자기 아들 이야기를 하는 것 같았다. 때로 할머니는 미치광이가 자기 생각을 하나도 하지 않는다며 투덜댔다. 아침에 갈아입힌 옷을 저녁에 다시 갈아입혀야 한다는 것이었다.

"언젠가는 걔 때문에 피곤해 죽고 말 거야."

마쓰 할머니가 미간을 찌푸리며 이야기했다.

"그 애는 아직 철이 없어서 내가 죽으면 자기가 고생하는 줄도 몰라. 그러니까 내 생각은 눈곱만큼도 안 하지."

그 말에 이웃 할머니들이 깔깔대며 좋아하자 마쓰 할머니는 계속 수다를 늘어놓았다.

"밥 먹을 때 제발 돌아다니지 좀 말라고 하는데도, 내가 돌아서기만 하면 어디론가 사라져버린다니까. 여기저기 찾으러 다니느라 힘들어 죽겠어. 아무튼 조만간 날 피곤해 죽게 만들고 말 거야."

여기까지 말하고 할머니는 한숨을 푹 내쉬었다.

"어휴, 자네들은 몰라. 밥 먹을 때 시중들기가 얼마나 힘든데. 아무리 가르쳐줘도 젓가락을 안 쓰고 손으로만 밥을 먹어. 내가 뭐라고 몇 마디만 하면 나한테 밥그릇을 내던지고 말이야. 너무 장난이 심해. 아직 철이 덜 들었다니까."

할머니는 또 이렇게 말했다.

"그렇게 큰 녀석이 아직도 젖을 먹으려고 해. 내가 싫다고 하면 마구 때리는 통에 어쩔 수 없이 대주었더니, 글쎄 내 젖꼭지를 깨물어버리더라구."

그런 말을 할 때도 괴롭다는 기색이 전혀 없었다.

그 무렵 마을 사람들은 마쓰 할머니가 미치광이를 집으로 데리고 들어가 문을 걸어 잠그고 반나절이나 밖으로 나오지 않는 걸 자주 보았다. 그럴 때면 호기심이 발동하여 몰래 창 밑으로 모여들곤 했다. 그러나 유리창에 신문지를 발라놓아서 안을 들여다볼 수가 없었다. 대신 그들은 창 밑에 쭈그리고 앉아 집 안에서 나는 소리를 엿들었다. 소리가 나긴 했지만 너무 작아서 잘 들리지 않았다. 겨우 마쓰 할머니가 낮게 중얼거리는 소리와 미치광이가 혼자 중얼거리는 소리를 분간할 수 있을 정도였다. 어떤 날은 아무 소리도 들리지 않았다. 그러다가 미치광이가 갑자기 소리를 지르는 통에 사람들이 혼비백산하는 날도 있었다.

서서히 그들은 이상한 소리를 듣기 시작했다. 그 소리가 날 때마다 미치광이가 고함치는 소리도 함께 들렸다. 여기에 사람이 뛰어다니는 소리, 꽈당 하고 넘어지는 소리, 의자를 넘어뜨리는 소리가 섞여들기도 했다. 처음에는 마쓰 할머니가 미치광이와 숨바꼭질을 하는 줄 알고 모두 웃음을 참지 못했다. 그러나 나중에 그들은 마쓰 할머니의 신음 소리를 들었다. 작긴 했지만 아주 또렷하게 들렸다. 그제야 사람들은 미치광이가 마쓰 할머니를 때린다는 걸 알게 되었다.

마쓰 할머니의 신음 소리가 점점 커지는가 싶더니, 나중에는 살려달라고 애걸복걸하는 소리까지 흘러나왔다. 미치광이가 할머니를 때리는 소리도 점점 더 심해졌다. 보다 못한 사람들이 문을 두드려도 할머니가 문을 굳게 걸어 잠그고 열어주지 않는 바람에 어쩔 도리가 없었다.

나중에 마쓰 할머니가 사람들에게 말했다.

"녀석이 날 때릴 때는 우리 죽은 남편이랑 아주 판박이라니까. 얼마나 흉악한지……."

그러나 할머니의 얼굴에는 행복한 기운이 넘쳐흘렀다.

샤오리는 손으로 누군가를 가리키며 마저에게 말했다.

"바로 저놈입니다."

때마침 미치광이가 큰길 한가운데 서서 행진하는 듯한 자세로 왔다 갔다 하고 있었다. 얼굴에는 뭔가 대단한 일이라도 한 양 우쭐거리는 표정이 어려 있었다. 마저가 어젯밤 강가에서 만난 바로 그 미치광이였다.

1-4

　여자아이는 마저의 맞은편에 앉아 있었다. 긴장한 탓인지 얼굴이 새빨개져 있었다.
　"나중에 전 죽어라 달렸어요."
　여자아이가 말하자 마저가 고개를 끄덕였다.
　"그러다가 한 번 넘어졌지?"
　아이는 멍하니 있다가 갑자기 닭똥 같은 눈물을 뚝뚝 흘렸다.
　"절 의심하고 있다는 걸 알아요."
　마저는 대답하지 않고 물었다.
　"왜 강가에 갔지?"
　아이는 곧장 눈물을 멈추더니 이상하다는 표정으로 마저를 바라보았다. 그러고는 한참을 생각한 후에야 웅얼웅얼 입을 열었다.
　"조금 전에 물어보신 것 같은데요."
　마저는 태연한 눈빛으로 아이를 바라보았다.
　"그럼 안 물어보셨나?"
　마저한테 묻는 것 같기도 했고, 자기한테 묻는 것 같기도 한 말투였다. 그러더니 잠시 후 혼잣말처럼 말했다.
　"아무래도 안 물어본 것 같아."
　"왜 강가에 간 거지?"
　마저가 다시 물었다.

"왜 갔냐구요?"

아이는 기억을 더듬는 듯 한참을 생각한 후에야 대답했다.

"머리핀을 찾으러 갔어요."

"그래?"

마저의 말투에 아이는 주눅이 들었다. 또다시 의심에 가득 찬 눈빛으로 마저를 바라보며 작은 목소리로 말했다.

"그럼 아니었던가?"

"언제 잃어버린 거지?"

마저는 생각나는 대로 아무렇게나 한마디 더 물었다.

"어제요."

"어제 언제?"

"여섯 시 반에요."

"그럼 몇 시에 찾으러 간 거지?"

"여섯 시 반이요."

대답이 바로 튀어나왔으나 아이는 자기가 한 말에 깜짝 놀라고 말았다.

"같은 시간에 머리핀을 잃어버리고 또 찾으러 갔다……."

마저가 비웃는 듯한 말투로 한마디 덧붙였다.

"그게 가능한 일이냐?"

아이는 멍한 표정으로 마저를 바라보다가 또다시 주르륵 눈물을 흘렸다.

"당신들이 날 의심할 줄 알았다구요."

"다른 사람은 못 봤고?"

"봤어요."

순간 아이의 얼굴에 약간 생기가 도는 듯했다.

"어떻게 생겼는데?"

"남자요."

"키는 커?"

"아뇨."

마저는 가볍게 웃으며 말했다.

"조금 전에는 키가 큰 사람을 봤다고 했잖아."

방금 생기가 돌았던 얼굴이 다시 멍청한 표정으로 바뀌었다.

"제가 진짜 그렇게 얘기했어요?"

아이가 안쓰러운 얼굴로 마저에게 물었다.

"그래."

마저가 단호하게 대답했다.

"내가 왜 그렇게 대답했지?"

아이는 슬픈 표정으로 마저를 쳐다봤다.

"왜 오늘에야 찾아온 거지?"

마저가 또 물었다.

"겁이 나서요."

아이는 몸을 덜덜 떨면서 말했다.

"오늘은 안 무섭니?"

"오늘요?"

아이는 어떻게 대답해야 할지 몰라 고개를 숙이더니 울음을 터뜨렸다.

"절 의심할 줄 알았어요. 제 머리핀이 거기 떨어져 있었으니까요. 틀림없이 절 의심할 줄 알았다구요."

마저는 속으로 '이런 머리핀을 쓰는 여자애들이 너무 많아서 누구 것인지 조사하는 일이 불가능하다는 걸 모르는 모양이군' 하고 생각했다.

"그래서 오늘 찾아온 거로구나."

아이는 울면서 고개를 주억거렸다.

"머리핀을 잃어버리지 않았다면 여기 와서 이런 이야기를 할 리가 없겠지?"

"그렇죠."

"정말 다른 사람을 봤어?"

마저는 돌연 진지한 말투로 물었다.

"아뇨."

아이는 더 서럽게 울었다.

마저는 눈길을 창밖으로 돌렸다. 좀 피곤했다. 창밖의 버드나무에서 햇빛이 눈부시게 흔들리고 있었다. 아이는 여전히 서럽게 울고 있었다. 마저가 아이에게 말했다.

"집에 돌아가. 네 머리핀도 가져가고."

1-5

 일주일이 지났다. 사건은 해결의 기미가 없었다. 흉기로 썼던 칼도 아직 발견되지 않았다. 마쓰 할머니 집에 있던 칼이 없어진 걸로 봐서, 범인은 그 칼을 사용한 게 틀림없었다. 라오유정 골목 사람들이 기억하기로, 살해되기 한 달 전쯤 마쓰 할머니가 그 칼을 찾았다고 한다. 즉 칼은 한 달 전에 잃어버린 것이다. 그러므로 범행은 미리 계획된 것이 분명했다. 마저가 사람들을 풀어 강물 속을 샅샅이 뒤졌으나 칼은 발견되지 않았다.
 그날 저녁에도 마저는 혼자 강가를 거닐었다. 그곳은 지난번에 왔을 때와 마찬가지로 쥐 죽은 듯 조용했다. 마저는 속으로 정말 괜찮은 곳이라는 생각을 했다.
 마저는 저녁놀이 비치는 강물 위에서 거위 떼가 시끄럽게 울고 있는 모습을 보았다. 마쓰 할머니가 살해된 뒤 거위들은 우리 안으로 돌아가지 않았다. 매일같이 강가에서 예전처럼 걱정도 근심도 없이 한가하게 노닐 뿐이었다. 마저가 지나가자 기슭에 있던 몇 마리가 그에게로 달려와 목을 길게 빼고 주위를 둘러쌌다.
 그때 마저는 지난번에 들었던 물소리를 또 들었다. 그래서 오른발을 들어 거위를 가볍게 걷어내면서 앞쪽으로 걸어갔다.
 이번에도 역시 미치광이가 쪼그리고 앉아 있는 뒷모습이 보였다. 미치광이는 오늘도 물속에서 옷으로 장난을 치고 있었다. 그가

서 있는 자리에서 뒤로 십 미터쯤 떨어진 곳에 바로 마쓰 할머니의 머리가 놓여 있었다.

누구도 감히 이곳에 얼씬거릴 엄두를 못 내는데, 미친 놈 하나가 뻔질나게 드나드는 게 기가 막혀 마저는 헛웃음이 나왔다. 미치광이는 아직 마쓰 할머니가 죽었다는 사실을 모르고 있구나 하는 생각이 들었다. 하지만 벌써 며칠 동안 할머니를 보지 못했을 게 아닌가? 그렇다면 할머니가 생전에 종종 거위를 몰고 강가에 나오곤 했으니 할머니를 찾으러 나온 것일까?

마저는 계속 앞으로 걸어갔다. 날은 점점 어두워졌다. 붉게 타오르던 저녁놀은 이제 더 태울 것이 없다는 듯 사위어갔다. 마저는 자신의 발자국 소리를 들으며 나무다리에 올라섰다. 그가 난간에 몸을 기대자 난간이 흔들리면서 끼익 소리가 났다. 난간에서 나는 소리가 사라진 후 강물이 졸졸 흐르는 소리가 올라왔다. 미치광이가 몸을 일으켜 물에 젖은 옷을 들고 돌아가는 게 보였다. 걸어가는 모습이 마치 훈련을 받고 있는 사병 같았다. 그가 시야에서 사라진 뒤에도 거위들은 계속 남아 있었다. 그러나 이제는 대부분 강기슭으로 올라가 버드나무 사이를 오락가락했다. 그 모습이 마저의 시야에 들어왔다 사라졌다 했다. 그는 거위가 이제 조금 전처럼 선명한 흰색이 아니라 점점 희미해져간다고 느꼈다.

마저가 서 있는 자리에서 멀지 않은 곳에 오층 건물이 있었다. 몸을 돌려 바라보니 몇 개의 창문에서 등불이 깜빡거리고 있었다. 동시에 그는 여러 개의 창문에서 새어 나오는 소리를 들었다. 그 소리는 그의 귀에 와 닿을 쯤에는 너무 희미해진 데다가 잔뜩 뒤엉키기까지 했다. 그래도 그는 웃음소리와 노랫소리를 분별해냈다.

그 건물은 한 공장의 기숙사였다. 마저는 그곳을 한참 바라보다가 갑자기 무슨 생각이라도 난 듯 나무다리에서 내려와 그쪽으로 발길을 돌렸다. 큰길을 걷다가 아이 하나가 귀를 전봇대에 딱 붙이고 있는 걸 보았다. 그는 아이 곁을 지나쳐 갔다.

"저기요!"

아이가 큰 소리로 외쳤다. 마저가 고개를 돌려보니 아이는 어느새 전봇대에서 떨어져 마저 쪽으로 달려오고 있었다. 마저는 금방 아이를 알아보고 손을 흔들어주었다.

"범인 잡았어요?"

아이가 코앞까지 뛰어와 물었다. 마저가 고개를 가로젓자 아이는 실망감을 감추지 못하고 원망하듯 말했다.

"아저씨들 정말 바보 같아요."

마저가 물었다.

"너 여기엔 왜 왔니?"

"소리 들으려구요. 저 전봇대에서 윙윙 소리가 나요. 듣고 있으면 기분이 좋아져요."

"강가에 가서 놀지는 않고?"

아이는 고개를 푹 떨어뜨리고 울상이 되어 말했다.

"아빠가 못 가게 해요."

마저는 알겠다는 듯이 고개를 끄덕거렸다. 그러고는 아이의 머리를 쓰다듬으며 말했다.

"다시 가서 들어."

아이가 고개를 들고 물었다.

"아저씨는 듣고 싶지 않아요?"

"난 별로."

아이는 서운한 듯 발길을 돌렸다. 그런데 몇 발자국 걷다 말고 갑자기 휙 몸을 돌려 말했다.

"범인 잡는 거 도와드릴까요?"

저만치 걸어가고 있던 마저는 그 말에 걸음을 멈추고 아이에게 물었다.

"예전에도 강가에 자주 갔니?"

"자주 갔죠."

아이는 고개를 끄덕이고는 상기된 얼굴로 마저에게 다가왔다.

"혹시 누구 본 사람 있어?"

"네."

대답이 곧장 튀어나왔다.

"누구?"

"어떤 어른이요."

"남자?"

"네, 굉장히 좋은 어른이었어요."

아이는 득의양양해졌다.

"그래?"

"한번은 날 보고 웃어주기까지 했어요."

아이는 감동스러운 표정으로 대답했다.

"그 사람 어디 사는지 아니?"

"그럼요."

아이는 손으로 그곳을 가리켰다.

"바로 저 건물에 살아요."

아이가 가리킨 건물은 조금 전에 마저의 시선을 끌었던 그 건물이었다.

"그럼 같이 가서 찾아보자."

두 사람은 건물로 들어갔다. 날이 완전히 저물었을 때였다. 수위실의 불도 어둑어둑했다. 돋보기를 쓴 노인네가 안에 앉아 있었다.

"이 건물에 몇 명이 삽니까?"

마저가 그 앞으로 다가가 말을 걸었다. 노인은 고개를 들고 마저를 잠시 쳐다보더니 이렇게 물었다.

"누굴 찾는데?"

"강가에 자주 가던 사람이요."

아이가 재빨리 대답했다.

"강가에?"

노인은 잠시 말을 잇지 못했다. 그는 다시 마저에게 물었다.

"어디서 온 거요?"

"경찰이에요."

아이가 아주 신이 나서 노인에게 알려주었다. 노인은 무슨 말인

강가에서 일어난 일 117

지 알아듣고는 한참을 생각한 후에 말했다.

"난 누가 자주 강가에 가는지 잘 모르겠소. 두 사람이 직접 찾아보구려."

마저가 막 뒤로 돌아 나가려고 하는데, 아이가 갑자기 소리쳤다.

"경찰이 당신을 찾고 있어요."

마저는 방금 자기를 스치고 지나갔던 사람이 사납게 고개를 돌리는 걸 보았다. 아주 젊은 남자였다. 많아봐야 스물세 살 정도밖에 안 돼 보였다.

"저 사람이에요."

그는 잠시 두 사람을 바라보더니 마저 앞으로 다가와 잔뜩 화가 난 얼굴로 물었다.

"당신이 나를 찾았소?"

마저는 그의 목소리가 미세하게 떨리고 있다는 걸 알아차리고는 아무 대답도 없이 그를 가만히 쳐다보았다. 아이가 옆에서 말했다.

"왜 자주 강가에 갔었냐고 물을 거예요."

아이는 그렇게 말하고는 마저에게 확인하듯 물었다.

"그렇죠?"

마저는 여전히 아무 말도 없었다. 청년은 아이 쪽으로 한 발짝 다가가 소리쳤다.

"내가 언제 강가에 갔다고 그러냐?"

아이는 깜짝 놀라 재빨리 마저 뒤에 몸을 숨겼다.

"갔잖아요."

"말도 안 되는 소리 하지 마."

청년이 고함을 질렀다.

"전 그런 적 없어요."

아이는 측은한 목소리로 변명을 했다.

"이 자식이 제멋대로 지껄이고 있어."

청년은 화가 머리끝까지 치솟은 눈치였다. 이윽고 마저가 입을 열어 차분하고 조용한 목소리로 말했다.

"그냥 가."

청년은 잠시 멍하니 있다가 뒤로 돌아 그 자리를 떠났다. 마저는 돌아가는 그의 발걸음이 약간 흐트러졌다고 느꼈다.

마저가 고개를 돌려 노인에게 물었다.

"저 사람 이름이 뭡니까?"

노인은 잠시 머뭇거리다가 입을 열었다.

"전 모릅니다."

"정말 모릅니까?"

마저가 노인 쪽으로 한 발자국 성큼 다가섰다. 노인은 다시 머뭇거리더니 결국 같은 대답을 했다.

"정말 모릅니다."

마저는 노인을 흘낏 쳐다본 후 고개를 끄덕거리며 걸어갔다. 아이가 뒤따라오며 말했다.

"전 거짓말한 적 없어요."

"알아."

마저가 다정하게 아이의 머리를 두드려주었다. 숙소로 돌아온 마저는 샤오리에게 이렇게 말했다.

"내일 아침 농기계 공장에 가서 젊은이 하나를 조사해 오게. 숙소 건물의 수위를 찾아가게나. 안경 쓴 노인네야. 그 노인네가 다 이야기해줄 걸세."

1-6

"그 노인네 정말 괜찮은 사람이더군요."

샤오리는 신이 나서 말했다.

"제 소개를 하자마자 모든 상황을 다 불던데요. 꼭 준비라도 하고 있었던 것처럼 말이에요. 그런데 뭐가 두려운지 누가 들어오기만 하면 입을 닫더라고요. 게다가 저를 가리키며 근처에 사는 사람인데 말동무나 하려고 놀러온 거라며 둘러대기까지 하던걸요. 그래도 정말 괜찮은 노인네였어요."

마저가 싱긋 웃음을 짓자 샤오리는 계속 말을 이어갔다.

"이름은 왕훙이고, 올해 스물두 살입니다. 이 년 전부터 그 공장에서 일했다고 합니다. 좀 괴팍한 데가 있어서 사람들하고 왕래는 별로 없답니다. 저녁을 먹은 다음 강가로 산책 나가는 걸 좋아했다더군요. 비나 눈이 올 때를 빼고는 거의 매일 나갔답니다. 사건 당일 저녁에는 다섯 시 반이 조금 넘어 나가 여섯 시에 들어왔는데,

강변에 갔던 게 틀림없답니다. 여덟 시가 좀 넘어서 숙소 사람들이 강가에 사람 머리가 있다며 모두 달려 나갔는데, 그는 가지 않았답니다. 수위실 노인네가 그 사람이 이 층 창문에 서 있는 걸 봤대요. 노인은 왜 그 사람 혼자 구경하러 가지 않는지 좀 이상했답니다."

왕훙은 그날 오후에 찾아왔다. 마저를 보자마자 기세등등하게 물었다.

"무슨 이유로 절 조사하는 겁니까?"

"누가 그런 말을 해?"

마저가 그렇게 묻자, 그는 잠깐 말이 없다가 웅얼거렸다.

"어쨌든 저를 조사했잖아요."

"그 얘길 하러 온 건가?"

그는 또다시 할 말을 잃은 듯 마저를 빤히 쳐다보았다. 뭘 어찌 해야 할지 모르는 눈치였다.

"그날 저녁 강가에 간 거 맞지?"

"그렇습니다."

그가 힘주어 말했다.

"당신들이 날 의심해도 하나도 두렵지 않다구요."

"다섯 시 반이 조금 넘어 나가서 여섯 시에 돌아왔다던데, 그 사이에 강가에 있었나?"

"내가 겁낼 줄 알아요? 나는 하늘도 땅도 다 두렵지 않다구요. 공장에 가서 한번 물어보시죠."

"지금 나한테 대답해야 하네."

그는 잠시 망설이는 듯하더니 결국 입을 열었다.

"먼저 거리에서 담배를 산 다음 강가로 갔습니다."

"강가에서 뭘 봤나?"

그가 또 잠시 주저하다가 말을 이었다.

"사람 머리를 봤습니다."

"그럼 어제는 왜 강가에 안 갔다고 했지?"

"당신 같은 사람들, 정말 상대도 하기 싫어!"

그가 갑자기 소리를 질렀다.

"당신들이 싫었다구요. 아무나 막 의심하잖아요. 당신들하고 말을 섞고 싶지 않아서 그랬어요."

마저가 또 물었다.

"거기서 만난 사람이 있었나?"

"네."

그는 대답을 하면서 의자에 털썩 주저앉았다.

"이 이야기를 하러 온 겁니다. 제가 본 건 뒷모습뿐이라 확실치는 않습니다."

그는 재빨리 이름 하나와 그 사람이 속한 직장을 알려주었다.

"원래는 알려드리지 않을 생각이었습니다. 하지만 말하지 않는다면 당신들이 날 의심하겠죠. 난 뭐 겁날 건 없지만, 그저 당신들하고 말을 섞는 게 싫은 겁니다."

마저는 무슨 뜻인지 알겠다는 듯 고개를 끄덕거렸다.

"우선 집으로 돌아가게. 부르면 다시 오고."

1-7

왕훙이 말한 사람은 사건 다음날 병가를 냈는데, 보름이 지난 지금까지도 출근을 하지 않고 있다고 했다. 그가 병가를 낸 이후 직장 동료들은 그를 본 적이 없다고 했다.

"벌써 빠져나간 걸까요?"

샤오리가 초조한 목소리로 물었다.

그 사람은 라오유정 골목에서 사백 미터 떨어져 있는 양자 골목에 살았다. 집은 일본식 아파트 이 층에 있었는데, 계단에 전등이 없어 대낮에도 어두컴컴했다. 복도 양쪽에는 알탄을 때는 난로나 땔감 따위가 잔뜩 쌓여 있었다. 마저 일행은 어렵사리 장애물들을 헤치고 회색 문 앞에 이르렀다.

서른 살쯤 된 남자가 문을 열어줬는데 얼굴빛이 창백했다. 마저 일행이 찾던 바로 그 사람이었다.

그는 마저와 샤오리가 계급장이 없는 경찰복을 입고 있는 걸 보더니 무슨 일인지 금방 알아차렸다. 그러고는 평소 알고 지내던 사람한테 하듯 친근한 투로 말했다.

"왔군요."

그런 다음 사람들을 집 안으로 들이고 의자에 앉았다. 마저와 샤오리는 그의 맞은편에 앉았다. 그는 몸이 너무 허약해서 숨 쉬는 것조차 힘들어 보였다.

"당신들을 보름이나 기다렸습니다."

웃으며 말했지만, 그 웃음에서는 어딘가 모르게 우울함이 묻어났다.

마저가 입을 열었다.

"그날 저녁의 상황을 이야기해주시오."

그는 고개를 끄덕이며 입을 열었다.

"당신들을 보름이나 기다렸습니다. 그날 저녁 강가를 떠난 다음부터 줄곧 기다렸지요. 당신들은 똑똑하니까 반드시 나를 찾아올 거라 생각했어요. 하지만 나를 보름이나 기다리게 하다니, 너무 오래 걸렸네요."

그는 여기까지 말하고는 방금 전과 같은 웃음을 지었다.

"나는 매일 매 순간 당신들이 들어오는 장면을 상상했답니다. 요 며칠은 꿈에서도 당신들을 봤다니까요. 그런데 보름이나 기다리게 하다니……."

그는 말을 그치고 원망스러운 눈길로 마저를 바라보았다. 마저 일행은 아무 말도 없이 그가 이야기를 계속 하길 기다렸다.

"나는 하루에도 열두 번씩 당신들이 오기만을 기다렸어요. 정말 견디기 힘들었다구요."

"그럼 왜 자수하지 않은 거요?"

샤오리가 끼어들자, 마저는 불만스러운 눈초리로 그를 힐끗 쳐다보았다.

"자수?"

그는 곰곰이 생각하는 듯하더니 다시 웃기 시작했다. 그러고는 고개를 흔들며 말했다.

"꼭 그럴 필요가 있습니까?"

"당연하지."

샤오리의 말에 그는 고개를 푹 숙이고 자기 손등을 내려다봤다. 잠시 후 다시 고개를 들더니 상심한 목소리로 말했다.

"당신들이 그렇게 생각할 줄 알았어요."

이때 마저가 입을 열었다.

"그날 저녁의 상황을 이야기해주시오."

그러자 그는 기억을 더듬는 듯한 자세를 취했다.

"그날 저녁 강가는 무척이나 고요했어요. 나는 그곳을 걷고 있었죠. 다섯 시 반에 강가에 도착했어요. 강을 따라 걷다가 사람 머리를 봤습니다. 이게 답니다."

샤오리는 이해할 수 없다는 듯 마저를 바라보았고, 마저는 아무런 반응이 없었다.

"제 말을 안 믿는 거죠? 전 진작부터 그럴 줄 알았어요."

그는 또다시 우울한 미소를 지어 보였다.

"도대체 누가 날 강가에 가게 한 걸까요. 저는 그때까지 한 번도 거기에 가본 적이 없거든요. 그런데 왜 하필 그날 가서 그런 일을 당했는지 모르겠어요. 이런 게 바로 하늘의 뜻인가 봅니다."

"그렇다면 와서 해명하고 싶다는 생각은 안 해봤소?"

마저가 물었다.

"해명이요?"

그는 눈을 둥그렇게 뜨고 마저를 바라보았다.

"당신들이 내 말을 믿어줬을까요?"

마저는 대답하지 않았다. 그가 다시 고개를 설레설레 흔들며 말했다.

"나는 다른 사람이 날 믿는다고 하는 말 절대로 믿지 않아요."

"그때 뭐 본 거 없소?"

"사람을 한 명 봤습니다. 내 등 뒤에 있었죠. 그 사람은 당신들도 이미 알고 있잖아요. 그 사람 말을 듣고 날 체포하러 온 거 아닌가요? 그때 난 도망가지 말았어야 했어요. 고개를 돌려서도 안 되는 거였고. 하지만 모든 건 하늘의 뜻이죠."

여기까지 말하고 그는 또 웃기 시작했다.

"또 본 거 없소?"

마저가 계속해서 물었다.

"없습니다. 그러면 하늘의 뜻일 리가 없죠."

"다시 한번 잘 생각해보시오."

마저가 끈질기게 물었다.

"어디 생각해보자."

그는 한참 동안 기억을 더듬다가 마침내 입을 열었다.

"한 사람을 더 봤습니다. 강가에 쪼그리고 앉아 빨래를 하고 있었죠. 하지만 그는 미치광이였어요."

그는 어쩔 도리가 없다는 표정으로 마저를 바라보았다. 그 말에 마저는 잠시 얼이 빠진 듯했다. 그렇게 한참을 말없이 앉아 있다가 비로소 몸을 일으키며 샤오리에게 말했다.

"그만 가지."

그가 어리둥절한 표정으로 마저와 샤오리를 쳐다보며 물었다.

"절 안 잡아가는 겁니까?"

1-8

그의 이름은 쉬량, 올해 서른다섯 살에 미혼이었다. 여자와는 사귀어본 적도 없는 것 같았다. 그의 유일한 취미는 낚시였다. 이웃 사람들은 그가 괴팍하다고 했지만, 직장 동료들은 오히려 명랑한 편이라고 했다. 마저는 그에 대한 평가가 마치 아무 관련도 없는 두 사람을 두고 하는 말 같다고 생각했다. 사실 마저는 그런 이야기들에 별로 관심이 없었다. 그의 귀를 번쩍 뜨이게 한 것은 이웃 사람의 증언이었다. 그 사람은 쉬량이 그날 오후 네 시쯤에 밖으로 나갔다고 했다. 그러나 쉬량이 강가에 도착했다고 한 시각은 다섯 시 반이었다.

"한 시간 반 동안 당신은 어디에 있었소?"

다음날 오후 마저는 쉬량을 소환했다.

"아무 데도 안 갔습니다."

"그럼 네 시쯤 강가에 갔던 거요?"

"아뇨."

쉬량은 귀찮다는 듯이 대답했다.

"길거리를 돌아다녔습니다."

"아는 사람을 만났소?"

"한 사람 만났습니다. 인도에서 이야기를 나눴죠."

"그 사람이 누구요?"

쉬량은 잠시 생각하다가 고개를 흔들었다.

"기억나지 않습니다."

"방금 아는 사람을 만났다 해놓고는 그게 누군지 모른다니."

마저가 가볍게 웃었다.

"그건 아주 정상적인 일이죠. 가령 당신도 잘 아는 글자가 갑자기 기억나지 않을 때가 종종 있지 않나요?"

그는 자기가 한 말이 만족스럽다는 듯한 눈으로 마저를 쳐다보았다.

"영영 생각이 안 날 리는 없겠지?"

마저가 말했다.

"어려운 질문이군요. 내일이면 생각날 수도 있고 영원히 생각나지 않을 수도 있죠."

그는 자기와는 상관없는 일이니 아무래도 괜찮다는 듯한 태도로 말했다.

그날 마저는 쉬량을 그냥 돌려보냈다. 이튿날에도 쉬량은 여전히 그가 누군지 생각나지 않는다고 했고, 그 후로도 며칠 동안 계속 똑같은 말을 반복했다. 그런 상황을 봤을 때 그가 거짓말을 하고 있는 게 분명했다. 이미 쉬량은 이 사건의 주요 용의자가 되어 있었다.

샤오리는 그에게 어떤 조치를 취해도 될 거라고 생각했다. 그러나 마저는 동의하지 않았다. 사건 발생 시각에 현장에 있었다는 것만으로는 부족하다는 것이었다. 그 밖에 다른 증거가 있어야 했다. 마저가 쉬량을 소환해 심문하는 동안, 샤오리 일행이 쉬량의 집을 샅샅이 뒤졌지만 단서가 될 만한 증거를 발견할 수 없었다. 다른 조사에서도 별다른 수확이 없었다.

동시에 마저는 다른 용의자도 조사했다. 그는 바로 그 미치광이였다. 그들은 미치광이에게서 생각지도 못했던 진전을 이루었다.

사건 당일 저녁에 미치광이가 강가에서 빨래를 하고 있었다는 말을 들었을 때, 마저는 순간 멈칫하면서 사건 발생 직후 현장이 좀 이상했었다는 생각이 떠올랐다. 당시 그는 얼핏 범인이 비정상적인 사람일 수도 있다고 생각했다. 그러나 더 깊이 생각하지는 않았다. 그리고 나중에 미치광이가 강가에서 빨래하는 모습을 보았을 때도 놀라기는 했지만 역시나 무시해버렸다.

라오유정 골목에 사는 사람 가운데 두 명이 사건 당일 저녁 다섯 시 반에서 여섯 시 사이에 미치광이가 물에 흠뻑 젖은 옷을 들고 돌아오는 걸 목격했다. 그때 그들은 미치광이가 강물에 빠졌다 나온 줄 알았는데, 그의 바지와 셔츠가 젖지 않은 걸 보고는 좀 이상하게 여겼다고 한다. 사실 그들은 별로 신경 쓰지 않았다. 미치광이가 아무리 기괴한 행동을 한다 해도 일일이 주의를 기울일 필요는 없기 때문이다.

"그 밖에 또 본 거 없소?"

마저가 물었다. 그들은 처음에는 없다고 했다가, 나중에 어떤 사람이 미치광이가 다른 한 손에 뭔가를 들고 있었던 것 같다고 말했다. 그게 구체적으로 무엇인지는 잘 기억나지 않는다고 했다. 물에 흠뻑 젖은 옷을 쳐다보느라 다른 건 눈여겨보지 못했다는 것이다.

"대충 인상이라도 말해줄 수 있겠소?"

그 사람은 아무리 애를 써도 잘 기억나지 않는다면서 대강의 크기와 모양만을 이야기했다. 이야기를 듣고 있던 마저가 갑자기 뭔가 생각난 듯 황급히 물었다.

"혹시 나무 베는 칼처럼 생기지 않았소?"

그가 눈빛을 반짝이며 대답했다.

"그런 것 같아요."

그날 이후 라오유정 골목 사람들은 미치광이가 물에 젖은 옷을 들고 다니는 모습을 거의 매일 저녁 목격했다. 사람들은 사건이 발생하기 전에는 미치광이가 그런 행동을 한 적이 없다고 했다. 게다가 어떤 사람은 사건 당일 오후에 마쓰 할머니가 강가로 간 뒤, 미치광이도 그 방향으로 가는 걸 봤다고 했다. 그때 입고 있던 옷이 바로 요즘 매일같이 들고 다니는 물에 흠뻑 젖은 옷이었다.

그래서 마저는 미치광이의 방을 조사하기로 했다. 그들은 그 정신없이 어질러진 집에서 마쓰 할머니가 잃어버린 칼을 찾아냈다.

칼에는 핏자국이 가득했다. 혈액 검사를 해보니 칼에 남아 있는 핏자국의 혈액형과 마쓰 할머니의 혈액형이 일치했다. 그다음에는 마쓰 할머니가 생전에 모아둔 돈을 찾는 일에 총력을 기울였다.

"강도 살인 사건일 가능성을 배제하겠네."

마저는 범인이 미치광이라는 걸 거의 확신한 듯했다.

일주일 내내 있을 만한 곳은 다 수색했으나 돈뭉치는 나오지 않았다. 마저는 초조함을 감출 수가 없었다. 아무래도 찾기 어렵겠다는 생각이 자꾸 들었다. 아직 한 가지 풀지 못한 문제가 남아 있긴 했지만, 마저는 사건을 오래 끌지 않기 위해 마쓰 할머니가 돈을 아무도 모르는 곳에 숨겨놓았을 거라 단정하고, 미치광이를 체포하기로 했다. 그는 이미 그렇게 마음을 먹었는데, 뜻밖에도 샤오리가 망설이며 결정을 내리지 못하는 것 같았다.

"누굴 체포한다고요?"

마저는 그 말이 무슨 뜻인지 금방 알아듣지 못했다.

"하지만, 그 사람은 미치광이잖아요."

마저는 말없이 창가로 걸어갔다. 이 층에 난 창문은 마침 큰길과 마주보고 있었다. 그는 거리에 한 무리의 사람들이 빙 둘러서 있고, 그 주위에 자전거들이 어지럽게 세워져 있어 사람들이 길을 건너지 못하는 모습을 보았다. 그 한가운데 미치광이가 세상에서 제일 편한 자세로 누워 있었다. 교통을 마비시킨 탓에 양쪽 길가에 서 있던 사람들은 화가 단단히 났다. 그러나 어찌 할 도리가 없었다.

2-1

강물은 끊임없이 흐르고, 가을도 이제 끝머리로 접어들었다. 양쪽 기슭의 버드나무는 어느덧 생기를 잃었고, 하늘은 전과 다름없이 맑고 깨끗했지만 그 아래의 들판은 조금 처량해 보였다. 참새 몇 마리가 풀덤불 사이를 바쁘게 오가고, 무성하게 자란 풀들이 바람을 맞으며 춤을 추고 있었다. 행인 하나가 강가로 왔다.

"나중에 범인이 미치광이란 걸 알았지."

그 살인 사건에 대해 말하고 있는 게 분명했다. 듣고 있는 이들은 다른 지방에서 온 사람들 같았다.

"방금 전에 본 그 미치광이 말일세."

설명은 계속 이어졌다.

"자넬 보자마자 고래고래 소리를 지르고 펄쩍펄쩍 뛰던 그 미치광이 말인가?"

그들 중 한 사람이 물었다.

"그래. 근데 미치광이는 경찰도 어찌 할 방법이 없어서 우리가 넘겨받았지. 내가 밧줄로 일주일 동안 묶어놓았더니 그다음부터는 나만 보면 무서워하더라구."

어느 새 그들은 강물이 굽이도는 곳에 이르렀다. 그 사내가 다시 말했다.

"다 왔어. 바로 여기에 사람 머리가 있었어."

그들은 굽이도는 강물을 따라 그쪽으로 돌아갔다.

"여기 정말 괜찮은 곳인데."

누군가의 말에 사내는 고개를 돌려 웃어 보인 다음 손으로 어딘가를 가리키며 말했다.

"바로 여기야. 여기에 사람 머리가 있었지."

그는 말을 마치자마자 얼어붙은 듯 그 자리에 멈춰 서고 말았다. 그와 거의 동시에 일행 중 여자 하나가 호루라기 소리처럼 비명을 질렀다. 다른 사람들도 모두 놀라서 눈을 화등잔처럼 뜨고 서 있었다.

2-2

마저는 조그마한 무덤 옆에 서 있었다. 사람 머리는 이미 가져간 뒤였고, 시체도 사람을 불러 옮겨가게 했다. 마저의 눈앞에 보이는 건 얕게 파놓은 구덩이뿐이었다. 땅속에서 파내 뒤집어놓은 흙은 잿빛을 띤 붉은색이었다. 그 위로는 제멋대로 생긴 피떡이 몇 개 보였다. 죽은 사람의 검정 구두 한 짝이 구덩이 안에 떨어져 있었다. 구두에도 핏자국이 있었다. 구두는 뒤집혀 있었는데, 마저가 신고 있는 구두와 같은 모양이었다.

마저는 구덩이를 물끄러미 바라보다가 강가로 걸음을 옮겼다. 한낮의 태양이 수면을 비춰 강물이 비단처럼 반짝반짝 빛났다. 그는 문득 거위 떼를 떠올렸다. 지금 거위 떼가 수면 위에서 움직이고 있다면 어떤 풍경일까? 주위를 둘러보았으나 그의 눈은 텅 빈 상태 그대로였다. 거위 떼가 시야에 들어오지 않았기 때문이다.

"미치광이를 잡아두었습니다."

마저 옆에서 누군가가 말했다.

"지시가 내려오자마자 미치광이를 잡아 가두고, 집을 수색해서 칼 한 자루를 찾아냈습니다. 칼은 피범벅이 되어 있었습니다."

사건 발생 당일 정오, 두 사람이 미치광이가 물에 젖은 옷을 들고 돌아오는 걸 목격했다. 그러나 그들은 사건이 터진 후 그 일에 대해 별로 신경 쓰지 않았다고 한다.

"왜 그를 정신병원에 안 보냈습니까?"

마저가 몸을 돌려 물었다.

"처음엔 보낼 셈이었죠. 그러나……"

사내는 잠시 우물쭈물했다.

"나중엔 아무도 그 이야기를 꺼내지 않기에……"

마저는 고개를 끄덕이며 강가를 떠났다. 사내는 뒤를 따라오며 계속 말했다.

"그놈이 다시 살인할 줄 누가 알았겠습니까? 모두 다시는 안 할 줄 알았는데……"

그는 마저가 귀담아듣지 않는다는 걸 알고는 입을 다물었다.

마저는 창문에서 또 그 미치광이를 보았다. 미치광이는 바닥에 앉아 혼자 중얼거리고 있었는데, 바지를 다 풀어헤친 상태였다. 손을 안으로 넣고 있는 걸 보니, 벼룩을 잡느라 정신이 없는 모양이었다. 한바탕 난리 끝에 드디어 한 마리를 잡아 입에 넣고 맛있다는 듯 우물우물 씹었다. 그러고는 창밖으로 마저가 보이자 히히히 바보처럼 웃기 시작했다.

마저는 잠시 그를 쳐다보다가 갑자기 고개를 돌려 소리쳤다.

"왜 그를 안 묶어두는 거야?"

2-3

피살자는 올해 서른다섯 살의 공장 노동자였다. 법의의 검사 결과에 따르면, 범인은 목 뒤에서 칼을 내리쳤다고 한다. 마쓰 할머니를 살해한 수법과 완전히 일치했다. 그리고 미치광이 방에서 찾아낸 칼에 묻은 혈흔도 피살자의 혈액형과 같았다. 미치광이는 이틀 동안 밧줄에 묶여 있다가 근처의 정신병원으로 이송되었다.

"피살자는 올해 결혼했답니다. 부인은 그보다 세 살이 적구요."

샤오리가 보고했다.

"게다가 아이를 가졌습니다."

피살자의 부인은 마저 맞은편에 앉아 있었다. 얼굴은 창백했고,

살짝 부풀어 오른 배에 두 손을 사뿐히 올려놓고 있었다. 그녀의 시선은 방 안 곳곳을 불안하게 움직이고 있었다.

그때 마저는 피살자의 집에 있었고, 거기서 이 리쯤 떨어져 있는 화장터에서는 피살자의 장례식이 치러지고 있었다. 집 안의 가구며 물건들이 햇빛처럼 반짝반짝하는 게 모두 새것인 듯했다.

"우리 둘 다 서른이 넘었으니, 저는 집 안을 이렇게까지 꾸밀 필요는 없다고 생각했죠. 그런데 그 사람은 꼭 이렇게 해야 한다고 우겼어요."

마저는 그녀의 목소리에서 어딘가 모르게 부끄러움이 묻어난다고 느꼈다.

무슨 이유 때문인지 모르겠지만, 마저는 오후에 그곳을 떠날 무렵 갑자기 피살자의 아내를 만나봐야겠다고 생각했다. 그래서 지금 바로 이 자리에 앉아 있는 것이다.

"결혼식 날 사람들이 집에 들어와 보더니 모두 깜짝 놀라는 거예요. 그러고는 마구 웃어댔죠. 그날 당신은 안 왔죠?"

마저는 어리둥절했다. 그녀가 마치 심문이라도 하듯 빤히 쳐다보자, 무슨 대답을 어떻게 해야 할지 알 수가 없었다. 그녀는 마저의 얼굴을 찬찬히 뜯어보며 말했다.

"당신은 오지 않았어요. 그날 사람이 많긴 했지만, 왔던 사람들은 제가 다 기억하거든요. 당신은 못 본 것 같아요."

"전 안 왔습니다."

마저가 말했다.

"왜 안 오신 거예요?"

그녀가 놀란 얼굴로 물었다. 그 말에 마저가 더 놀랐다. 그는 대답할 말을 찾지 못해 그녀를 물끄러미 바라보기만 했다.

"오셨어야죠."

그녀는 눈길을 피하며 가볍게 나무라는 투로 말했다.

"하지만……."

마저는 그날 결혼식이 있는지 몰랐다고 말하려 했는데, 입을 여는 순간 왠지 모를 망설임이 일었다. 잠시 생각을 가다듬는 듯하더니 결국 이렇게 말했다.

"그날 출장이 있었습니다."

그러고는 속으로 중얼거렸다.

'나는 당신들이랑 원래 모르는 사이였잖아.'

그녀는 매우 유감이라는 듯이 말했다.

"정말 안타까워요. 그날 못 오시다니 정말 안타까워요."

"저도 후회하고 있습니다. 그날 출장을 가지 않았다면 두 분의 결혼식에 참석할 수 있었을 텐데 하고 말이죠."

그녀는 안쓰럽다는 눈길로 마저를 한참 쳐다보더니 고개를 끄덕거렸다.

"그날 그 사람은 술을 너무 많이 마셨어요. 집에 오자마자 토하기 시작했죠."

그녀는 그 말을 하면서 눈으로는 방 안의 뭔가를 찾았다. 그러더니 잠시 후 텔레비전이 놓여 있는 곳을 가리켰다.

"바로 저기에요. 저기에 이만큼 깊은 거 있죠."

그녀는 손으로 모양까지 그려 보였다. 마저는 고개를 끄덕였다.

"당신도 그 이야길 들었군요?"

그녀가 조금 상기된 얼굴로 물었다.

"그렇습니다. 저도 들었어요."

그녀는 웃음을 감추지 못하며 계속 물었다.

"누구한테 들었어요?"

"여러 사람이 그렇게 말하더군요."

마저가 낮은 목소리로 말했다.

"그래요?"

그녀는 약간 놀라는 듯했다.

"그들이 또 무슨 얘길 하던가요?"

"다른 얘긴 안 하던데요."

마저는 고개를 가로저었다.

"정말 다른 얘긴 안 했어요?"

그녀는 뭔가 잔뜩 기대하고 있는 듯한 눈빛으로 물었다.

"예."

그녀는 말을 그치고, 고개를 돌려 남편이 예전에 토했던 자리를 바라보았다. 얼굴에 수줍은 웃음이 피어났다. 잠시 후 그녀가 마저를 돌아보며 물었다.

"사람들이 우리가 사과를 먹던 일은 이야기하지 않던가요?"

"아뇨."

그녀의 눈이 다시 실내에서 뭔가를 찾더니, 곧 장식이 달린 등을 가리켰다.

"아, 저기요."

마저가 고개를 들어보니, 연꽃이 활짝 피어 있는 듯한 다갈색 샹들리에가 눈에 들어왔다. 그 아래로 흰색의 짤막한 줄이 흔들리고 있었다.

"줄이 아직 저기 그대로 있네요. 그땐 지금보다 좀더 길었는데, 나중에 내가 잘랐죠. 사람들이 저기에 사과를 매달아놓고는 우리더러 같이 베어 먹으라고 했어요."

그녀는 여기까지 말하고는 마저에게 가볍게 웃어 보였다.

"막 토하고 난 뒤였는데도 그들은 남편을 가만 놔두지 않더라구요. 꼭 먹어야 한다고 막 우기는 거예요."

이윽고 그녀는 깊은 생각에 잠긴 얼굴이 되었다. 그녀의 창백한 얼굴이 조금씩 발그스름해졌다.

그때 마저는 아래층에서 나는 시끄러운 발소리를 들었다. 소리는 계단을 따라 점점 위로 올라왔다. 사람들이 장례식을 끝내고 돌아온 모양이었다.

그녀도 그 소리를 들었다. 처음에는 별로 신경 쓰지 않는 듯하더니, 나중에는 미간을 찌푸린 채 귀를 기울였다. 표정도 순식간에 싹 달라졌다. 오랫동안 잊고 지냈던 일이 서서히 되살아나는 듯한 얼굴이었다.

마저는 조용히 몸을 일으켰다. 현관에서 유골함을 들고 있는 사람들과 마주쳤다. 그는 그들이 한 사람씩 지나갈 수 있도록 몸을 비켜줬다. 그런 다음 천천히 아래층으로 내려가 큰길에 이를 때까지, 듣게 되리라 예상했던 고통스런 곡소리는 끝내 들려오지 않았다.

부두에 이른 마저는 샤오리가 모터보트에서 뛰어내려 다가오는 모습을 보았다.

"쉬량이라는 사람 기억하시죠?"

"무슨 일이야?"

마저가 재빨리 물었다.

"자살을 기도했습니다."

"언제?"

"바로 어제요."

2-4

쉬량을 발견한 사람은 스물대여섯쯤 된 젊은이였다.

"저는 쉬량의 친구입니다."

그는 오기 싫은 걸 억지로 온 사람처럼 보였다.

"어제 오전에 그의 집에 갔습니다. 그 전날 같이 낚시하러 가기로 약속을 했거든요. 발로 차서 방문을 열었죠. 전부터 쉬량 집에서는 노크를 하지 않았습니다. 그 친구 말이 자물쇠가 망가져 발로 차기만 해도 열린다고 했거든요. 자기는 벌써 이 년씩이나 열쇠를 사용하지 않았다면서요. 그 방법도 괜찮더라구요. 그래서 요새 저도 열쇠를 쓰지 않습니다. 굉장히 편해요. 게다가 간단하기까지 하구요. 자주 걷어차 주기만 하면 자물쇠는 저절로 망가져요."

그가 말하다 말고 갑자기 마저에게 물었다.

"그런데 제가 어디까지 말했습니까?"

"발로 차서 문을 열었다고."

마저가 대답했다.

"안으로 들어가 보니 그는 그때까지 침대에서 자고 있더군요. 죽은 사람처럼 말입니다. 그래서 다가가 엉덩이를 몇 대 때려줬는데 아무런 반응이 없는 거예요. 귀를 잡아당기며 큰 소리로 이름을 불러도 죽은 사람처럼 기척이 없었죠. 그렇게 죽은 듯이 자는 사람은 처음 봤습니다."

그는 피곤한지 잠깐 쉬다가 다시 말을 이어갔다.

"그러다 침대 머릿장에서 수면제 두 병을 발견했습니다. 한 병은 개봉하지 않은 상태였고, 다른 한 병은 얼마 남지 않았더군요. 그러자 그가 자살했을지도 모르겠다는 생각이 들더군요. 그러나 확신이 안 섰습니다. 그래서 이웃집 사람들을 불러와 그를 좀 봐달라고 했죠. 사람들이 살펴보더니 모두 깜짝 놀라 허둥대며 소리를 지르는 겁니다. 죽었다고 하면서. 이게 답니다."

그는 무거운 짐을 내려놓은 것처럼 한숨을 쉬고는 낮은 목소리로 중얼거렸다.

"자살이 뭐 그렇게 깜짝 놀랄 일이라고."

그는 일어나서 나갈 채비를 했다. 그러나 마저가 여전히 자리에 앉아 있는 걸 보더니 귀찮아 죽겠다는 듯이 물었다.

"또 뭐 알고 싶은 게 있습니까?"

마저가 손으로 의자를 가리키며 다시 앉으라 하더니 질문을 시작했다.

"쉬량을 안 지 얼마나 됐소?"

"몰라요."

그가 화난 듯이 대답했다.

"말이 되는 소리야?"

"물론 말이 안 되죠. 그러나 문제는 그게 너무 귀찮은 일이라는 겁니다. 기억을 더듬어야 하는데, 그건 정말 짜증나는 일이거든요."

"그럼 그와 어떻게 친구가 됐지?"

"종종 같이 낚시를 다녔습니다."

낚시 이야기가 나오자 그의 얼굴에 살짝 웃음이 돌았다.

"그는 어떤 사람이었지?"

마저가 계속 물었다.

"뭐 특별한 인상은 없었습니다. 그 친구가 뭐 대단한 영웅도 아니고."

"그래도 좀 얘기해봐."

"특별한 인상은 없다고 말했잖아요."

그가 불쾌하다는 듯이 대답했다.

"아무거나 이야기해봐."

"요즘엔 경찰에서 자살도 관할하나 보죠?"

그는 정말로 화난 사람처럼 빈정거렸다. 마저는 그 말에는 대답하지 않고, 진지하게 듣고 있다는 표정을 지어 보였다.

"좋아요."

그가 할 수 없다는 듯이 입을 열었다.

"그 사람 말입니다……"

그는 이마를 찡그리며 잠시 생각에 잠겼다.

"그는 늘 다른 사람이 한 일을 자기가 한 일처럼 생각하곤 했죠. 내가 잡은 고기를 자기가 잡았다고 할 때도 많았다구요. 저야 뭐 누가 잡았든 상관없었지만. 그가 혹시 당신한테 십오 킬로그램도 넘는 산천어를 낚은 이야기를 한 적이 있습니까?"

"아니."

"나한테는 틈만 나면 그 이야기를 했죠. 설명도 얼마나 실감나게 했는지 몰라요. 그런데 말입니다. 그 고기는 사실 제가 낚은 겁니다. 그가 말하는 건 모두 제가 한 거라구요. 하지만 이게 자살이랑 무슨 상관이 있습니까? 그 친구가 자살을 기도한 거랑 당신들은 또 무슨 관계가 있구요?"

그는 결국 발끈 화를 냈다.

"그는 왜 죽으려고 했을까?"

마저가 갑자기 그렇게 묻자, 그는 어안이 벙벙한 표정이었다.

"제가 그걸 어떻게 압니까?"

"자네 생각은 어떤데?"

마저는 계속 캐물었다.

"생각해본 적 없습니다."

그는 그렇게 말하며 벌떡 일어나 나가려고 했다.

"가긴 어딜 가. 그의 자살 기도와 미치광이의 살인은 무슨 관계가 있을까?"

"자꾸 물고 늘어지지 마십시오. 난 이런 일이 정말 짜증스럽다구요. 알겠어요?"

"대답하고 가게."

"관계가 있다면 또 어쩔 건데요?"

그가 불같이 화를 내며 의자에 털썩 주저앉았다.

"당신들 이미 다 알고 있으면서 왜 또 나한테 묻는 겁니까?"

"이야기해봐."

마저가 다그쳤다.

"좋습니다."

그는 분을 참지 못하겠다는 듯 말을 이어갔다.

"마쓰 할머니가 죽었을 때 그가 나를 찾아왔습니다. 그날 저녁 어딘가에서 그를 만나 한 시간 정도 이야기를 했다고 증언해달라더군요. 하지만 저는 거절했습니다. 그날 저는 그를 만난 적이 없으니 당연히 이야기를 나누지도 않았죠. 이런 귀찮은 일에 휘말리는 건 정말 싫었거든요."

그는 마저를 잠시 쳐다보더니 이야기를 계속했다.

"그때 전 그 친구가 마쓰 할머니를 죽인 게 아닌가 싶었습니다.

그렇지 않다면 왜 그런 부탁을 하겠습니까?"

그는 또다시 마저를 힐끗 쳐다보았다.

"어쨌든 그는 살기 싫었던 겁니다. 그래서 자살하려 했던 거고요. 성공하진 못했지만 저 친구는 이미 살 마음이 없습니다. 당신들이 그를 바로 여기로 잡아와……"

이렇게 말하며 그가 손으로 자신의 관자놀이를 가리켰다.

"한 방만 쏘면 그의 소원을 들어주는 거죠."

2-5

마저와 샤오리가 병실에 들어갔을 때 쉬량은 침대에 몸을 반쯤 기대고 있었다.

"날 찾아올 줄 알았어요."

그의 말투는 여전히 변함이 없었다.

"병문안 온 거요."

마저가 침대 옆에 놓인 의자에 앉으며 말했다. 샤오리는 침대 가장자리에 걸터앉았다.

쉬량은 마른 장작개비처럼 바싹 마른 데다가 눈까지 쑥 들어가 있었다. 꼭 뼈다귀가 침대에 누워 있는 것 같았다. 말투는 여전했지만, 표정은 지난번과 비교했을 때 완전히 다른 사람이라고 느껴질 정도였다.

"이제 어떡하지?"

그는 혼잣말처럼 중얼거리며 망연자실한 표정으로 마저를 바라보았다.

"할 말 있으면 해보시오."

마저가 말했다. 쉬량이 고개를 끄덕이며 말을 시작했다.

"당신들이 찾아올 줄 알았어요. 어떻게 해도 벗어날 수 없을 거라 생각했죠. 지난번엔 그냥 놓아줬으니 이번엔 절대로 놓아주지 않을 거라고. 그래서 준비를……."

그는 잠시 말을 멈추고 힘겹게 숨을 내쉬었다.

"언젠가는 이런 날이 올 줄 알았어요. 한참을 고민한 끝에 총알에 머리통이 반쯤 날아가는 것보다는 수면제를 먹고 영원히 깨어나지 않는 게 낫겠다고 생각했죠."

그는 여기까지 말하고는 만족스러운 웃음을 지었다. 그러다 갑자기 고개를 푹 꺾더니 다시 울상이 되었다.

"하지만 다시 깨어날 줄은 꿈에도 생각지 못했다구요. 이 빌어먹을 의사들이 나를 너무 괴롭게 하네요."

그는 악에 받친 사람처럼 한바탕 욕을 해댔다.

"하지만 다 제 잘못이죠."

그는 곧바로 자신을 나무라기 시작했다.

"고통스럽게 죽고 싶지는 않았습니다. 그래서 먼저 네 알을 삼키고, 약기운이 올라오면 나머지를 다 먹을 작정이었죠. 그런데 이미 늦어버린 거예요. 겨우 반 병 정도를 삼키고는 정신을 잃었거든요.

죽은 듯이 잠이 든 모양이에요."

그는 스스로 생각해도 웃긴다는 듯이 익살맞은 표정으로 마저를 바라보았다. 그러더니 곧 또다시 울상을 지으며 말했다.

"당신들이 또 날 잡으러 올 줄 누가 알았겠어요."

"그럼 그저께 낮에도 강가에 갔었나?"

샤오리가 갑작스럽게 물었다.

"네."

그는 힘없이 고개를 끄덕였다. 샤오리가 마저에게 뭔가 눈짓을 해 보였지만 마저는 거들떠보지도 않았다.

"그때 강가에 간 이후로는 두 번 다시 가지 않았습니다. 하지만 점점 이건 아니라는 생각이 들더라구요. 내가 강가에 다시 가지 않는다면, 경찰이 틀림없이 날 의심할 거라는 생각이 들었거든요."

그가 마저에게 교활한 웃음을 지어 보였다.

"경찰이 나에 대한 의심을 절대 거두지 않을 거라 생각했습니다. 당신들이 진짜로 의심하는 사람은 미치광이가 아니라 나일 테니까요. 당신들이 날 놓아줬던 건 내 경계심을 흐트러뜨리려고 한 것이겠죠."

그의 얼굴에 또다시 우쭐대는 듯한 표정이 떠올랐다. 마치 마저의 속마음을 다 꿰뚫고 있는 것처럼 보였다.

"그러니 나는 강가로 가야 했던 겁니다. 그런데 빌어먹을, 거기서 또 사람 머리를 보고 만 겁니다."

그는 침통한 얼굴로 마저를 바라보았다.

"그리고 또 그 미치광이가 강가에서 빨래하는 걸 봤고?"

샤오리가 물었다.

"그렇습니다."

그는 쓴웃음을 지었다.

"이제까지 강가에 두 번 갔다는 거야?"

샤오리의 질문에 그는 멍한 표정으로 고개를 끄덕거렸다.

"게다가 두 번 다 사람 머리를 봤고?"

샤오리가 연달아 질문을 해댔다. 그러나 그는 이번엔 아무런 대답 없이 알 수 없다는 표정으로 샤오리를 바라보았다.

"그게 가능하기나 한 얘기야? 사람들이 믿겠어?"

샤오리의 물음에 그는 다정한 웃음을 지으며 말했다.

"나조차도 못 믿겠는걸요."

"제가 보기엔 말입니다……."

샤오리는 선 채로 말했고, 마저는 의자에 앉아 있었다. 경찰서의 모터보트는 한 시간 뒤에야 오기로 되어 있었다. 그러니 그들은 한 시간 후에야 그곳을 떠날 수 있었다.

"우리가 곧장 돌아가서는 안 된다고 생각합니다. 쉬량의 일은 아직 제대로 조사하지도 않았잖습니까. 마쓰 할머니 사건도 아직 한 가지 의문점이 남아 있구요. 게다가 두 사건이 발생한 시각에 쉬량은 두 현장에 다 있었습니다. 우연이라고 하기에는 뭔가 석연찮습니다. 저는 쉬량이 아주 의심스럽습니다."

마저는 샤오리를 쳐다보지 않고 창밖으로 눈길을 던졌다. 창밖에는 나뭇잎 몇 개가 흔들거리고 있었다. 그는 바람이 어느 방향에서 불어오는지 가늠해보았다.

"저는 쉬량이 살인에 가담한 게 아닌가 의심스럽습니다. 이건 아주 특이한 사건입니다. 정상인과 비정상인이 공모해 살인을 저지른 겁니다. 여기에는 두 가지 가능성이 있습니다. 첫째로 살인 과정 전체를 미치광이가 주도하고 쉬량은 옆에서 망을 보거나 도움을 줬을 수 있습니다. 둘째로 쉬량이 손 하나 까딱하지 않고 미치광이를 이용했을 가능성입니다. 멀리 떨어져 있다가 사람들한테 발각되면 크게 소리칠 작정이었던 거죠. 그러나 두 가지 가능성 모두 부차적인 문제입니다. 어느 쪽이든 쉬량의 범행 목적은 마쓰 할머니의 돈을 빼앗는 것이었죠."

그제야 마저는 고개를 돌리고 진지하게 듣는 듯했다.

"범행 후에 그는 현장에 손을 댔을 겁니다. 현장이 좀 특이하면 우리의 주의를 끌 수 있을 테니까요. 정상인이라면 현장을 이렇게 해놓을 리는 없잖습니까. 또 그는 다른 사람한테 거짓 증언을 부탁했구요."

마저의 표정이 좀더 진지해졌다.

"두 번째 사건이 발생한 시각에도 두 사람은 함께 있었습니다. 쉬량은 첫 번째 방법으로 우리를 속일 수 없다는 걸 알고 자살 소동을 벌인 것입니다. 자살하기 전에 미리 그 다음날 아침에 사람이 찾아오도록 약속까지 해놓고 말입니다. 낚시하러 가자고 하면서요. 자살을 기도한 시각은 자정이 넘어서였다더군요. 이건 그가 의사한테 직접 알려준 겁니다. 게다가 수면제를 반통밖에 안 먹었잖습니까. 자살을 결심한 사람들은 대개 그렇게 하지는 않죠. 가장 교활한 점은 두 번째 사건이 발생했을 때도 강가에 있었다고 자기 입으로 말한 겁니다. 이건 그가 다른 범죄자들보다 한 수 위라는 걸 보여주는 부분이죠. 그래 놓고는 두려워서 자살을 기도한 척하는 겁니다."

마침내 마저가 입을 열었다.

"그러나 두 번째 사건이 발생한 시각에 쉬량은 강가에 있지 않았어. 자기 집에 있었지. 옆집 사람이 그가 집에 있는 걸 봤다는군."

샤오리는 놀란 눈으로 마저를 쳐다보았다. 그러고는 한참 후에야 낮은 목소리로 웅얼거렸다.

"벌써 조사하셨군요."

마저가 고개를 끄덕거렸다.

"그런데 왜 강가에 갔다고 했을까요?"

샤오리는 이해할 수 없다는 표정을 지었다. 마저는 아무런 대답 없이 지친 몸을 일으키며 샤오리에게 말했다.

"부두에 갈 시간이야."

2-6

이 년 후에야 마쓰 할머니의 집에 사람이 들었다. 그 사람은 집에 들어서면서 벽 모서리 부분에 쥐들이 갉아먹고 남긴 삼밧줄이 쌓여 있는 걸 보았다. 대들보에도 삼밧줄이 걸려 있었는데, 다 부스러진 밧줄 안에서 마찬가지로 쥐들이 갉아먹은 지폐가 발견되었다. 마쓰 할머니 살해 사건에서 마지막까지 풀리지 않았던 의문이 비로소 풀렸다. 마쓰 할머니는 돈을 가느다랗게 접어서 밧줄과 함께 꼬아놓았던 것이다. 남들은 정말 생각지도 못한 방법이었다.

그 무렵 미치광이가 돌아왔다. 미치광이는 정신병원에 이 년 동안 갇혀 있었는데, 전기 치료에 하도 시달린 탓에 퇴원할 때는 몰라보게 초췌해진 모습이었다. 그는 입원하자마자 의사를 때리는 바람에, 이 년 동안 그의 몸이 견딜 수 있는 한계치 이상으로 수없이 많은 전기 치료를 받았다. 마지막 반년 동안은 침대에 누워 일어나지도 못했다. 결국 병원에서는 마을에 미치광이를 데려가라고 통지했다. 그들은 미치광이가 얼마 살지 못할 거라 생각했고, 병원에서 죽는 것도 바라지 않았다. 사실 마을에서는 미치광이의 입원비 때문에 골머리를 앓아왔다. 마을의 재정도 충분치 않은데다가 이 년 동안이나 입원을 한 터라 걱정이 이만저만이 아니었다. 그러니 병원의 통지에 그들은 한시름 놓은 셈이었다.

미치광이는 들것에 실려 라오유정 골목에 들어섰다. 그 전에 마을 사람들은 그가 살 집을 깨끗하게 청소해놓았다.

미치광이가 마을에 들어설 때, 그를 보기 위해 사람들이 우르르 몰려들었다. 그렇게 많은 사람들이 에워싸자 들것에 누워 있던 미치광이는 몸을 움츠리며 낮게 울부짖었다. 그 소리는 꼭 거위 울음

소리 같았다.

그 후로 미치광이는 계속 방 안에 누워 있었고, 주민위원회 사람이 매일 먹을 것을 가져다주었다. 그 골목에 사는 아이들은 종종 창문에 매달려 그가 뭘 하고 있나 구경했다. 덕분에 라오유정 골목 사람들은 미치광이가 언제 일어나 앉기 시작했는지, 또 언제부터 걸어 다닐 수 있을지 등등 모르는 게 없었다. 그렇게 한 달여가 지난 어느 날, 미치광이는 집 밖으로 걸어 나오더니 대문 앞에 앉아 햇볕을 쬐었다. 아직 초가을이었지만 그는 줄곧 덜덜 떨고 있었다.

마을에 막 실려 왔을 때는 거의 숨도 제대로 못 쉬던 상태였으니, 그가 그렇게 빨리 회복할 줄은 누구도 예상치 못했다. 게다가 며칠 만에 추위도 두려워하지 않게 되어 여기저기 싸돌아다니기 시작했다. 어떤 때는 거리로 나가 서 있기도 했다.

그러던 어느 날, 마을 사람 하나가 골목 입구에서 물에 젖은 옷을 들고 걸어오는 미치광이를 발견했다. 처음에는 별로 주의해서 보지 않았는데, 잠시 후 그는 뭔가에 얻어맞은 듯 멍해지고 말았다. 미치광이가 다른 한 손에 피가 뚝뚝 떨어지는 칼을 들고 있었기 때문이다. 그는 머리카락이 쭈뼛쭈뼛 서는 느낌이었다.

쉬량이 문을 두드리자 옆집 사람은 당황해서 어쩔 줄을 몰랐다. 평소에 말도 안 걸던 사람이 느닷없이 문 앞에 나타났으니 말이다. 쉬량은 그들이 아무리 들어오라고 해도 들어가지 않고 입구에 그대로 서 있었다. 그러더니 웃는 듯도 하고 우는 듯도 한 표정으로 입을 열었다.

"오늘 오후에 강가에 갔습니다. 다시는 거기에 가지 않겠다고 맹세했는데, 오늘 오후에 또 가고 말았어요."

미치광이가 또 사람을 죽였다는 소식은 저녁 무렵 온 마을에 파다하게 퍼졌다. 옆집 사람들도 막 그 이야기를 하고 있던 참이었다. 미치광이가 사람을 셋이나 죽였다는 사실에 마을 사람들은 놀라움을 감추지 못했다. 쉬량은 바로 이런 때에 그들 앞에 나타난 것이다. 그들은 쉬량이 도대체 무슨 말을 하는 건지 이해할 수가 없었다. 그가 오후 내내 집에 있었다는 걸 알고 있었기 때문이다.

"내가 왜 또 강가에 갔는지 나도 잘 모르겠어."

쉬량이 멍청한 표정으로 말했다. 그들에게 말하는 것 같기도 했고, 혼잣말을 하는 것 같기도 했다.

"당신은 오후에 집에 있었잖아요?"

"내가 오후에 집에 있었다구요?"

쉬량이 놀라서 물었다.

"당신들 내가 집에 있는 걸 봤습니까?"

그들은 어떻게 대답해야 할지 몰라 서로의 얼굴만 쳐다보았다. 쉬량은 표정이 다시 어두워지더니 고개를 가로저으며 말했다.

"아니에요. 전 오후에 강변에 갔습니다. 다시는 가지 않겠다고 맹세했는데 가고 말았다구요."

그러면서 고통스러운 얼굴로 그들을 바라보았다. 그들은 여전히 서로 얼굴만 쳐다볼 뿐이었다.

"또 사람 머리를 봤습니다."

쉬량은 이 말을 하고는 갑자기 웃기 시작했다.

"또 사람 머리를 봤다니까요."

"당신은 오후에 집에 있지 않았나요?"

그들은 어떻게 된 영문인지 모르겠다는 표정이었다.

"게다가 또 봤어요."

그는 비밀 이야기라도 하는 듯한 목소리로 말했다.

"미치광이가 빨래를 하고 있는 걸 또 봤다구요."

그들은 모두 할 말을 잃은 채 눈만 멀뚱멀뚱 뜨고 있었다. 그 순간 쉬량이 통쾌하다는 듯 웃음을 터뜨렸다. 그러더니 갑자기 웃음을 거두고 뭔가를 생각하는 것 같더니 망연자실한 표정으로 그들을 쳐다보았다. 그러고는 몸을 돌려 자리를 떠났다. 잠시 후 그들은 쉬량이 다른 집 문을 두드리는 소리를 들었다.

마저는 다시 강가로 나갔다. 왜인지는 모르겠지만 다시 거위 떼가 떠올랐다. 거위가 수면 위를 떠다닐 때의 그 점잖은 자태를 상상했다. 그는 지금 아무것도 생각하고 싶지 않았다. 그저 거위 떼만 생각하고 싶었다. 그날 새벽 거위 떼가 있는 곳에 발을 들여놓던 장면을 떠올리려 애를 썼다. 그러고 있다 보니 거위들이 놀라서 지르는 소리가 또다시 들려오는 것 같았다.

현장은 이미 정리되어 있었다. 마저는 그쪽을 보고 싶지 않았다. 보기만 해도 구역질이 날 것 같았다.

이번에 살해된 사람은 어린아이였다. 마저는 그 조그마한 머리를 힐끗 쳐다보고는 곧바로 자리를 떠났다. 샤오리 일행이 건너왔다. 무슨 이유 때문인지 마저가 별안간 화를 내며 마을 파출소에서 나온 순경에게 소리를 질렀다.

"왜 현장을 보존해둔 거지?"

"그, 그건……."

순경은 무슨 대답을 해야 할지 몰라 마저를 물끄러미 쳐다보았다. 대체 왜 고함을 치는지 이해할 수 없던 샤오리도 의심스러운 눈길로 마저를 바라보았다. 그러나 마저는 이미 강을 따라 걷고 있었다. 순경이 그 뒤를 따라갔다. 한동안 걷기만 하던 마저가 비로소 안정을 찾고 순경에게 물었다.

"거위 떼는?"

"네?"

순경은 아무 대답도 하지 못했다.

"마쓰 할머니가 기르던 거위들 말이야."

"모르겠는데요."

순경이 머뭇거리며 대답했다. 마저는 그럴 줄 알았다는 듯이 고개를 끄덕였다.

그날 저녁 샤오리는 마저에게 피살자가 마쓰 할머니의 머리를 발견했던 그 아이라고 알려주었다. 마저는 멍하니 앉아 있다가 한참 후에야 입을 열었다.

"애 아버지가 강가에 못 가게 하지 않았던가?"

"쉬량이 죽었습니다. 자살입니다."
"그 애는 왜 강가에 간 거지?"
마저는 혼자 중얼거리다가 갑자기 눈을 동그랗게 뜨고 물었다.
"쉬량이 죽었다고?"

3-1

여름날 밤이었다. 가랑비가 내리듯 달빛이 사르르 거리에 떨어졌다. 거리는 오동나무 그늘 아래 누워 있고, 수많은 사람이 그 위를 걸으며 어수선한 소리를 냈다. 여름밤의 시원한 바람이 불어왔다가 사라졌다.

그때 그는 골목에서 걸어 나와 그 어귀에 서서 머뭇거리고 있었다. 오른쪽으로 가야 할지 왼쪽으로 가야 할지 고민하는 중이었다. 어느 쪽으로 가나 그에게는 마찬가지였기 때문에, 머뭇거리기는 해도 초조하지는 않았다. 그의 눈동자는 머뭇거림 없이 거리 곳곳을 오갔다. 그는 점차 어디로 가야 할지 고민하지 않게 되었다. 그냥 밖으로 나오고 싶은 마음에 골목 어귀로 온 터였다. 이미 밖에 나와 있으니 굳이 초조해하거나 불안해할 필요는 없었다. 누구네 집에 갈 계획이 있었던 것도 아니다. 그러니까 애초에 정해진 목적지가 없었던 것이다. 단지 여름밤의 유혹 때문에 나온 거였다. 그는 지금 친구 집에 가봐야 허탕을 치리라는 걸 잘 알고 있었다. 친구들은 모두 밖에 나와 돌아다니고 있을 게 뻔했다.

그는 골목 어귀에 서서 자기가 지금 걷고 있는 게 아닌가 하는 착각에 빠졌다. 옆에서 걸어가는 사람들 때문이었다. 그는 영화 광고라도 보는 것처럼, 여자들의 치마가 살랑거리고 그들의 몸에서 나는 여러 가지 향기가 그 긴 머리카락처럼 눈앞에서 나풀거리는 모습을 편안한 마음으로 감상했다. 또 그들의 목소리가 귓전에서 우아하게 맴도는데, 금방이라도 취해버릴 것만 같았다.

앞에 걸어가는 사람들 중에는 그가 아는 사람도 있었다. 그러나 그의 친구는 아니었다. 그 가운데는 그냥 지나치는 사람도 있었고, 손을 흔들며 인사를 하는 사람도 있었다. 그러나 그에게 같이 어울리자고 하는 사람은 없었다. 그 역시 그 틈에 끼어들고 싶지 않았다. 그는 친구들도 곧 그 앞을 지나갈 거라 생각했다. 한편으로는 친구들이 빨리 나타나기를 기다리면서도, 다른 한편으로는 나타나지 않았으면 하는 마음도 있었다. 거기 그렇게 서 있는 게 점점 더 편안하게 느껴졌기 때문이다.

그는 누군가가 힘없이 걸어오는 모습을 보았다. 그 사람은 거리 한가운데가 아니라 인도 옆의 담벼락에 딱 붙어서 걸어왔다. 입맛을 바꿔보고 싶었던 모양인지, 그는 그 사람에게 흥미를 느꼈다. 어딘가 괴팍한 데가 있었고, 입고 있는 옷도 처음 보는 것이었다.

어느 새 그 사람은 바로 옆까지 다가왔다. 자기를 위아래로 자세히 살피는 걸 알아채고는 얼굴에 이상한 미소를 띠었다. 잠시 후 그 사람의 웃음소리가 거리에 크게 울려 퍼졌다. 끊어질 듯 이어질 듯, 높았다 낮았다 하는 통에 귀를 심하게 자극하는 소리였다.

그는 처음에는 잠시 멈칫했다. 그 사람이 정상인이 아니란 생각이 들어 다시 거리 쪽으로 시선을 돌렸다. 하지만 곧 뭔가 떠올라 재빨리 고개를 돌렸는데, 그 사람은 이미 저 멀리 걸어가고 있었다. 뭔가 생각난 듯 그는 거리 한가운데로 쏜살같이 달려갔다. 그러고는 그 사람과 반대 방향으로 뛰어가면서 목이 터져라 소리를 질렀다.

"미치광이가 돌아왔다!"

길을 걸어가던 사람들은 대체 무슨 소린가 싶어 걸음을 멈추고 그를 쳐다보았다. 조금 뒤에 그 소리를 제대로 알아듣고는 모두 뼛골이 서늘해지는 느낌을 받았다. 사람들은 서로 사실 여부를 묻는 동시에 사방을 부지런히 살폈다. 미치광이가 등 뒤의 어딘가에 서 있지나 않을까 걱정하는 눈치였다. 그는 이십 미터 이상을 달려간 다음에야 서서히 걸음을 멈췄다. 그런 다음 숨을 헉헉 내쉬며 공포에 질린 목소리로 주위 사람들에게 말했다.

"그 살인마 미치광이가 돌아왔어요."

그때 멀리서 어떤 목소리가 들려왔다. 그 목소리도 미치광이가 돌아왔다며 외치고 있었다. 처음에 그는 자기 목소리가 메아리로 돌아온 줄 알았다. 그러나 곧 다른 사람이 외치는 소리라는 걸 알아챘다.

3-2

마저는 이튿날 그 소식을 들었다. 그는 반나절이나 멍하니 앉아 있다가 옆방으로 가서 아내에게 전화를 걸었다. 오늘밤 집에 못 들어갈 것 같다고 일러두었다. 아내는 잠시 망설이다가 알았다고 말했다. 맞은편에 앉아 있던 샤오리가 고개를 들며 물었다.

"또 무슨 일이 있습니까?"

"아니, 아무것도."

마저는 수화기를 내려놓으며 말했다.

두 시간 후 마저는 그 마을 거리를 걷고 있었다. 그는 경찰서의 모터보트를 타지 않고, 소형 여객선을 탔다. 그가 부두에 올라서자마자 누군가 그를 알아보았다. 몇 사람이 한꺼번에 다가와 말했다.

"미치광이가 또 돌아왔답니다."

마저는 고개를 끄덕이며 이미 알고 있다는 표시를 했다.

"그렇지만 그를 본 사람은 없답니다."

그 말에 마저가 우뚝 멈춰 섰다.

"모두 어젯밤 내내 외치고 다니느라 잠을 제대로 못 잤어요. 그런데 오늘 아침에 서로 확인해보니까 정작 본 사람은 아무도 없었다지 뭐예요."

그는 지친 목소리로 말했다. 마저는 미간을 살짝 찡그리더니 다시 앞으로 걸어갔다. 거리는 제법 붐볐다. 걸어가는데 또 몇 사람이 다가와 주위를 둘러싸며 어젯밤의 상황을 설명했다. 아무도 미치광이를 직접 보지는 못했다는데, 어젯밤 일은 정말 괜한 헛소동일 뿐이었을까?

그는 소형 여객선을 타고 오는 동안에 라오유정 골목의 미치광이네 집에 사람들이 발 디딜 틈 없이 모여 있는 광경을 상상했다. 그러나 막상 그곳에 도착해보니 전과 다름없는 풍경이었다. 골목은 매우 조용했다. 할머니 몇 명이 난로에 불을 지피고 있어 골목 안에 연기가 자욱했다. 이때가 오후 두 시 반이었다.

한 할머니가 그에게 다가와 말을 걸었다.

"어젯밤에 도대체 어떤 쳐 죽일 놈이 미치광이가 돌아왔다며 외치고 다녔는지 모르겠어."

마저는 곧장 미치광이의 집으로 향했다. 창문에는 유리 대신 비닐이 발라져 있었고, 비닐에는 먼지가 수북이 쌓여 있었다. 마저는 주위를 한 바퀴 돌아본 다음 골목 어귀로 걸음을 옮겼다.

거리에 들어서자 파출소의 순경 하나가 걸어오는 게 보였다. 피하고 싶었지만 이미 늦어버렸다. 순경이 이미 그의 이름을 부르며 다가오고 있었기 때문이다.

"오셨습니까?"

순경이 웃으며 말을 붙였다. 마저는 고개를 끄덕였다.

"알고 계신가요? 어젯밤 한바탕 소동이 있었습니다. 미치광이가 돌아왔다고 해서요. 오늘 아침에야 누군가 못된 장난을 쳤다는 사실을 알게 됐죠. 어젯밤에 거리에서 소리치던 사람을 찾긴 했는데, 그 사람도 남한테 들은 얘기라고 하더군요."

"들었소."

"무슨 일이 있어서 오셨습니까?"

마저는 잠깐 망설이다가 대답했다.

"개인적인 일이오."

"제가 뭐 도와드릴 일이라도……."

순경이 친절하게 말했다.

"이미 다 처리했소. 지금 돌아가려던 참이오."

"다음 배는 세 시 반에야 있습니다. 파출소에 좀 앉아 있다가 가시죠."

"아니."

마저가 다급하게 손을 내저었다.

"다른 일이 좀 있어서."

그런 다음 얼른 그 자리를 떠났다.

몇 분 후에 마저는 강가에 도착했다. 강가는 전과 다름없이 조용했고, 마저도 전과 다름없이 강을 따라 천천히 걸었다.

햇빛이 수면을 소리 없이 비추고 있었다. 바람이 없어서 길게 늘어진 버드나무가 영화나 연극의 무대 장치처럼 보였다. 물은 졸졸 소리를 내며 흘러갔다. 마저는 저 멀리 있는 나무다리를 보며 마치 허물어진 성문 같다고 생각했다. 아이 둘이 그 다리 위에서 놀고 있었는데, 다리 아래로 발이 흔들거리는 모습이 보였다. 또 아이들의 손에는 각각 낚싯대가 하나씩 들려 있었다.

잠시 후 마저는 강이 굽이도는 곳에 이르렀다. 거의 죽은 것처럼 보이는 물줄기가 흐르고 있었다. 바삐 흘러가는 강물의 한 지류였다. 그래서인지 그곳은 어디와도 비교할 수 없을 만큼 조용했다. 마저는 발걸음을 멈추고 귀를 기울였다. 작고 가볍지만 매우 빠른 말소리가 들려왔다. 그는 그쪽을 향해 걸어갔다.

그곳에는 미치광이가 앉아 있었는데, 정신병원의 환자복 차림 그대로였다. 그는 아주 편안한 자세로 나무에 기댄 채 뭔가를 중얼거리고 있었다. 그가 앉아 있는 곳은 바로 세 차례의 범죄가 일어난 현장이었다.

마저는 미치광이를 보고 가볍게 웃음을 지으며 말했다.

"여기 있을 줄 알았다."

미치광이는 대꾸도 하지 않고 계속 중얼거리기만 했다. 그러더니 잠시 후 화가 난 듯 크게 소리를 치기 시작했다.

마저는 미치광이와 오 미터 정도 떨어진 곳에 서 있었다. 고개를 돌려 강과 강 옆에 있는 논밭을 바라보고, 이어서 나무다리를 다시 한번 쳐다봤다. 두 아이는 여전히 다리 위에서 놀고 있었다. 고개를 돌려보니, 미치광이는 어느 새 입을 다물고 마저를 바라보며 바보처럼 웃고 있었다. 마저도 친절하게 웃어주었다. 그런 다음 권총을 꺼내 미치광이의 머리를 겨누고, 방아쇠를 당겼다.

3-3

"자네 미쳤어?"

서장은 마저의 이야기를 듣고는 엉겁결에 소리를 질렀다.

"아뇨."

마저가 조용히 말했다.

마저는 세 시에 강가를 떠났다. 미치광이의 시신 옆에 서서 그를 어떻게 처리해야 할지 잠시 망설이다가 결국 그냥 자리를 뜨기로 했다. 가는 길에 나무다리 쪽을 바라보니 두 아이는 여전히 그곳에 앉아 있었다. 아이들은 분명히 총소리를 들었을 텐데, 별로 신경 쓰지 않는 모양이었다. 마저는 만족스러운 기분이었다. 십 분 후에 그는 마을의 파출소를 찾아갔다. 조금 전에 만났던 순경이 입구에 앉아 건너편에서 바나나를 팔고 있는 사람을 보며 시간을 때우고 있었다. 그는 마저를 보더니 상기된 얼굴로 몸을 일으켰다.

"일은 다 끝났습니까?"

"끝났소."

마저는 입구에 있는 다른 의자를 가져와 앉았다. 입 안이 바짝바짝 마르는 것 같아 순경에게 시원한 물을 한 컵 달라고 했다.

"녹차를 드릴까요?"

마저는 고개를 흔들며 말했다.

"냉수 한 잔이면 돼."

잠시 후 순경이 냉수를 건네자 마저는 단숨에 마셔버렸다.

"더 드릴까요?"

"아니, 됐어."

그렇게 말하고는 실눈을 뜨고 바나나 파는 사람을 바라보았다.

"여기 바나나는 상하이에서 가져온 것입니다."

순경이 친절하게 설명해주었다. 마저는 잠시 그쪽을 바라보다가 바나나 몇 개를 사왔다.

"배에서 드실 거군요."

마저가 고개를 끄덕거렸다. 그러고는 시계를 보더니 시간이 거의 다 됐다 싶었는지 순경에게 말했다.

"미치광이는 강가에 있어."

순경의 눈이 휘둥그레졌다.

"이미 죽었어."

"죽었다고요?"

"내 손에 죽었지."

순경은 잠시 입을 다물지 못하고 멍하니 서 있다가 잠시 후 무슨 말인지 알겠다는 듯이 말했다.

"에이, 농담하지 마십시오."

하지만 마저는 이미 떠나간 뒤였다.

마저는 서장 맞은편에 앉았다. 사용한 총은 탁자에 올려놓았다. 마저가 경찰서에 도착했을 때는 모두 퇴근했을 시간이었는데 서장은 아직 자리에 있었다.

처음엔 서장도 그가 농담을 하는 줄 알았다. 그러나 사실이라는 걸 알고는 버럭 화를 냈다.

"어떻게 그런 바보 같은 짓을 할 수 있지?"

"법으로는 그를 어찌할 수 없기 때문입니다."

"하지만 법은 자네를 어찌할 수 있다네."

서장은 거의 소리를 지르다시피 말했다.

"그런 건 상관없습니다."

마저의 얼굴은 여전히 평온해 보였다.

"하지만 자네 자신에 대해서도 생각했어야지."

서장은 가만히 앉아 있지 못하고 초조한 듯 실내를 왔다 갔다 했다. 마저는 생판 모르는 사람을 보듯 그를 쳐다보았다. 서장의 말을 알아듣지 못하겠다는 듯한 표정이었다.

"왜 자신한테 해가 된다는 생각을 못했나?"

"저도 모르겠습니다."

서장은 한숨을 쉬며 의자에 주저앉았다. 그는 무척이나 괴로워하며 마저에게 물었다.

"이제 어떻게 할 작정인가?"

마저가 망설이지 않고 대답했다.

"저를 구류소로 보내십시오."

서장은 잠시 생각에 잠긴 듯했다.

"일단 내 사무실에 있게나."

그러고는 손가락으로 간이침대를 가리켰다.

"여기서 한숨 자게. 자네 부인을 불러올 테니."

마저는 고개를 가로저었다.

"이렇게 하시면 서장님이 위험해집니다."

"위험한 건 자네지 내가 아니네."

서장이 다시 목소리를 높였다.

3-4

아내가 들어올 때, 마침 한 줄기 노을빛이 문밖에서 안쪽으로 떨어지듯 함께 들어왔다. 마저는 간이침대에 앉아 있었다. 그는 이미 지나간 일을 생각하지도 않았고, 앞으로의 일을 생각하지도 않았다. 그저 마음속이 텅 빈 듯 공허할 뿐이었다. 그래서였는지 아내가 들어오는 발소리도 듣지 못했다.

길에서 아이들 몇몇이 노래하는 소리에 갑작스레 고개를 들어보니, 아내가 옆에 서 있었다. 몸을 일으켜 아내에게 뭐라고 말하려다 말고 다시 풀썩 주저앉았다.

아내는 의자를 끌어와 그의 맞은편에 앉더니 두 손을 가지런히 무릎에 놓았다. 이런 자세는 너무도 익숙한 것이라 그는 자기도 모르게 싱긋 웃고 말았다.

"결국 이런 날이 오고야 말았군요."

아내는 무거운 짐이라도 내려놓는 듯 한숨을 쉬었다. 마저는 이불을 끌어당겨 등 뒤에 놓았다. 그렇게 하고 몸을 기대니 아주 편안했다. 그렇게 등을 기댄 채로 마치 그림을 감상하듯 아내를 바라보았다.

"앞으로는 새벽 서너 시에 사람을 부르러 가거나 집에 자주 안 들어오거나 하는 일은 없겠네요."

아내의 얼굴에 만족스러운 표정이 떠올랐다.

"총을 쏜 건 바보 같은 짓이었지만 그래도 난 기분이 좋아요. 이제 더 이상 당신을 걱정할 필요가 없어졌잖아요. 앞으로는 이 일을 할 수 없을 테니까요."

마저는 고개를 돌려 문밖을 바라보았다. 뭔가를 생각하는 듯했지만 머릿속은 여전히 텅 비어 있었다.

"법적인 책임을 지는 일만 남은 거죠."

그녀는 약간 상심한 듯 말하더니 재빨리 한마디 덧붙였다.

"내 생각으로 형량은 그렇게 무겁지는 않을 거예요. 길어봐야 이 년 정도겠죠."

그는 고개를 돌려 계속 아내를 쳐다보았다.

"이 년 동안 당신을 기다릴 거예요."

우울한 목소리였다.

"이 년은 짧다면 짧고, 길다면 긴 시간이죠."

마저는 갑자기 피곤이 몰려와 살짝 눈을 감았다. 아내의 목소리가 귓전을 울렸다. 그 소리는 물이 흐르는 소리 같았다.

3-5.

의사는 쉰 살이 넘은 남자로 우울한 눈빛을 하고 있었다. 방 안으로 들어오는 모습이 꼭 심각한 고민거리라도 있는 사람처럼 보였다. 마저는 이런 사람이 바로 정신병원 의사구나 싶었다. 어제 이맘때쯤 서장이 마저를 찾아와 말했다.

"자네가 빠져나갈 수 있는 길을 찾았네. 내일 정신병원 의사가 와서 자네를 진단할 걸세. 자넨 무조건 횡설수설하면 돼."

마저는 들은 건지 못 들은 건지 서장을 멍하니 바라볼 뿐이었다.

"무슨 말인지 아직도 모르겠나? 자네가 정신이 약간 이상하다는 게 증명되기만 하면 아무 일도 없는 거야."

그래서 지금 의사가 찾아와 그의 맞은편에 앉아 있는 것이다. 서장과 아내는 그의 옆에 앉았다. 마저는 옆에 앉은 두 사람이 잔뜩 긴장을 한 채 자기를 쳐다보고 있는 모습에 하마터면 웃음을 터뜨릴 뻔했다. 의사도 그를 보고 있었는데, 그 눈빛이 너무나 우울해 오히려 그가 자기한테 안 좋은 일을 털어놓을 것 같은 느낌이 들었다.

"몇 년생입니까?"

의사의 입술이 달싹이더니, 곧 목소리 하나가 흘러나왔다.

"몇 년생이오?"

의사가 다시 물었다.

"오십일 년생입니다."

"이름은?"

"마저."

"성별은?"

"남자."

마저는 이런 식의 대화가 너무 우스웠다.

"직장은?"

"경찰서."
"직함은?"
"형사반장."
그는 서장과 아내 쪽을 보고 있지는 않았지만, 그때 그들이 어떤 표정을 짓고 있을지 충분히 짐작할 수 있었다. 분명히 그들은 놀라서 자기를 쳐다보고 있을 것이다. 마저는 그들 쪽으로 눈길 한 번 주지 않았다.
"언제 결혼했소?"
의사의 목소리는 점점 더 우울해졌다.
"팔십일 년에요."
"아내 이름은?"
의사가 아내 얘기를 꺼내자 그는 비로소 눈을 돌려 슬쩍 그녀 쪽을 바라보았다. 그녀는 역시나 멍하니 그를 쳐다보고 있었다. 서장은 굳이 쳐다보지 않아도 지금 어떤 표정을 짓고 있을지 대강 알 수 있을 것 같았다.
"아이는 있소?"
"없습니다."
마저는 대답을 하긴 했지만 이런 대화가 너무나 지겨웠다.
"직장엔 언제부터 다녔소?"
마저가 의사를 똑바로 쳐다보며 말했다.
"당신한테 말해줄 게 있는데, 난 정상이오."
그러나 의사는 들은 체도 하지 않고 질문을 계속했다.

"몇 년생이오?"

"그건 방금 전에 물은 거잖소."

마저가 참지 못하고 소리쳤다. 의사가 자리에서 일어났다. 서장은 이미 문 쪽에 가 있었다. 고개를 돌려보니, 아내가 처량한 눈길로 그를 보고 있었다.

3-6

의사는 이미 네 번이나 마저를 찾아왔다. 얼굴 표정은 늘 처음 그대로였다. 게다가 매번 똑같은 질문을 반복했다. 마저는 두 번째 방문 때까지는 화를 꾹 참았다. 그러나 세 번째 왔을 때는 그가 묻는 말에 한마디도 대꾸하지 않았다. 그런데도 그는 또 찾아왔다.

아내와 서장이 뭐라 하든 그는 꿈쩍도 하지 않았다. 오로지 의사 한 사람만 그의 마음을 불편하게 했다. 의사가 무거운 발걸음으로 찾아와 우울한 얼굴을 하고 마주 앉으면, 그는 금세 고개를 푹 숙인 채 울상이 되었다. 오늘은 의사에게서 앞선 세 번의 만남과 다른 무엇을 찾아보려 했다. 그러나 처음 오던 날과 모든 것이 똑같았다. 마저는 왠지 모를 초조함과 불안함을 느꼈다.

"몇 년생입니까?"

똑같은 목소리였다. 리듬과 톤까지 모두 지난번과 다른 구석이라고는 조금도 없었다. 마저는 이제 그 목소리를 들으면 숨 쉬기조차 힘이 들었다.

"몇 년생입니까?"

의사가 다시 물었다. 그 목소리가 마저를 또다시 고통스럽게 했다. 그는 무기력한 눈빛으로 아내를 바라보았다. 아내는 힘내라는 표정을 지어 보였다. 아내 옆에 앉은 서장은 창밖을 내다보고 있었다. 마저는 더 이상 견딜 수가 없어 소리를 질러야겠다고 생각했다.

"팔십일 년이요!"

순간 마저는 자기가 한 말에 깜짝 놀라고 말았다. 그러나 왠지 모르게 십 년 묵은 체증이 내려간 것처럼 마음이 가벼워졌다. 그는 길게 한숨을 내쉬었다. 의사가 계속 물었다.

"이름은?"

마저는 곧장 아내의 이름을 댔다. 그런 다음 아내를 쳐다보았다. 아내는 기쁜 나머지 눈물을 글썽거렸다. 서장도 고개를 돌리고 만족한 얼굴로 그를 쳐다보았다.

"직장은?"

마저는 잠깐 망설이다가 대답했다.

"경찰서."

그는 대답과 동시에 서장과 아내를 다시 쳐다보았다. 그들이 다시 긴장하는 게 똑똑히 보였다. 말 한마디의 효과가 이 정도라니, 그는 내심 만족스러웠다.

"직함은?"

그는 대답하기 전에 그들을 힐끗 쳐다보았다. 초조해하는 기색이 역력했다.

"서장."

대답이 떨어지기가 무섭게 그들이 안도의 한숨을 내쉬었다.

"결혼은 언제 했소?"

마저는 잠시 생각하는 듯하더니 자신 있게 대답했다.

"전 아직 아이가 없습니다."

"아이가 있소?"

의사가 기계처럼 물었다.

"아직 결혼 안 했습니다."

마저는 이제 이런 대화가 썩 마음에 들었다. 의사가 자리에서 일어나 다 끝났다는 표시를 해 보였다.

"그를 입원시킵시다."

아내와 서장의 눈이 휘둥그레졌다. 그들은 거기까지는 생각하지 못했던 것이다.

"나를 정신병원으로 보낸다고?"

마저는 참지 못하고 키득키득 웃기 시작했다. 그 소리가 점점 커지더니 결국 그는 "하하하" 큰 소리로 웃어젖혔다. 그가 하는 말이 웃음소리에 섞여 끊어졌다 이어졌다 하며 들려왔다.

"하하, 정말 재미있는 일이야."

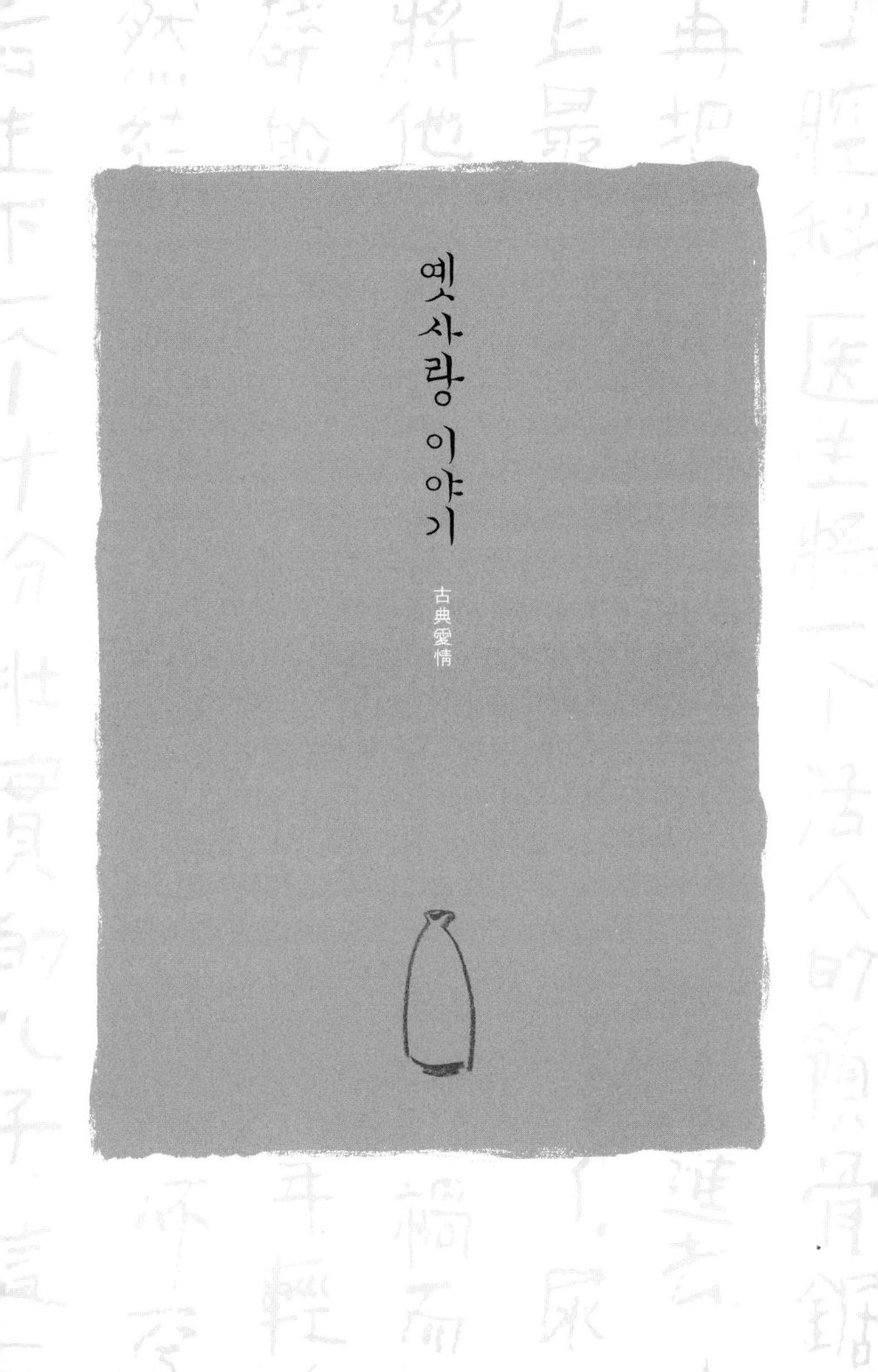
옛사랑 이야기

古典愛情

1

 류성은 과거 시험을 보기 위해 널따란 황톳길을 따라 서울로 가고 있었다. 푸른색 무명옷에 겹바지, 머리에 쓴 색 바랜 모자, 푸른 실로 짠 허리띠가 행색의 전부였다. 흡사 짙은 비취색 나무 한 그루가 널따란 황톳길을 걷고 있는 것처럼 보였다. 햇살이 쏟아져 내리는 봄날이었다. 눈길이 닿는 데까지 둘러보니 한쪽에는 복숭아나무가 자태를 뽐내고 있었고, 다른 한쪽에는 뽕나무와 마 덩굴이 들판을 가득 덮고 있었다. 대나무 울타리를 친 초가집들이 사방에 흩어져, 드문드문 마을을 이루고 있었다. 또 하늘 높이 걸린 밝은 태양이 직조기에 걸린 실처럼 만 갈래로 빛을 내며 가지런히 내려앉았다.
 류성은 반나절을 내리 걸었다. 그동안 마주친 것이라고는 관아의 하급 관리 둘이 기세등등하게 어깨를 스치고 지나간 것과 무관으로 보이는 사람 몇이 채찍을 휘두르며 급히 말을 몰고 지나간 게 다였다. 말발굽이 일으킨 먼지가 앞을 가려, 류성은 한동안 어지럽게 흩날리는 먼지만 바라보며 길을 걸었다. 그 후로는 오가는 사람을 한 명도 만나지 못했다.

수일 전 고향을 등지고 이 황톳길에 발을 디딜 때, 내심 처량한 마음이 일었다. 초가집을 나선 뒤로 어머니의 베틀에서 나던 묵직한 소리가 줄곧 그를 쫓아와, 한동안은 화상이라도 입은 듯 등이 따가웠다. 또 임종 직전에 아버지가 보였던 눈빛이 다시 살아나 그를 바라보고 있는 느낌이었다. 가문을 빛내기 위해 그는 이 황톳길에 올랐다. 봄날의 화려한 풍경이 한 폭의 그림처럼 눈앞에 펼쳐졌지만, 그의 눈에는 아무것도 보이지 않았다. 눈앞의 모든 것이 가을날 어지럽게 흩날리는 낙엽에 불과했고, 발밑의 황톳길도 딴 세상처럼 허무하게 보일 뿐이었다.

류성은 부잣집 아들이 아니었다. 아버지는 과거에 낙방한 가난한 유생에 불과했다. 붓글씨에도 제법 소질이 있고 풍류나 화초도 그릴 줄 알았지만, 어깨에 물건을 메지도 못하고 손에 뭘 들 줄도 모르는 사람이 어떻게 식구들을 먹여 살리겠는가. 세 식구 모두가 밤낮 베틀 앞에 앉아 죽어라 일만 하는 어머니를 쳐다보며 살았다. 류성은 어머니 덕분에 오늘까지 근근이 살아온 셈이었다. 그러던 어느 날, 어머니의 허리가 점점 구부러지더니 다시 펴지지 않았다.

류성은 아버지의 가르침 덕분에 소싯적부터 시와 문장을 읽었다. 날이 갈수록 아버지의 천성을 빼닮아 잡서를 즐겨 읽고, 붓글씨도 쓰고, 화초도 제법 그렸지만 유독 팔고문(명·청 시대 과거 시험 답안에 쓰인 특별한 형식의 문체)에만 소질이 없었다. 그래서 류성은 과거 길에 오르던 순간, 생전에 아버지가 수차례 낙방했던 그 난처한 상황이 자신의 앞날에도 닥쳐오고 있는 것 같았다.

류성은 회색 봇짐 하나만 달랑 메고 집을 나섰다. 보따리에는 땡전 한 푼도 없이 갈아입을 옷 한 벌과 문방사우만 들어 있을 뿐이었다. 바람과 이슬을 벗 삼아 먹고 자면서, 서화를 판 돈으로 주린 배를 채웠다. 며칠 전에는 자기처럼 과거를 보러 가는 아이 둘을 만났는데, 모두 비단옷을 입은 부잣집 자제들이었다. 둘 다 빠릿빠릿하게 생긴 큼지막한 말에 올라 곁에는 영리해 보이는 동자를 데리고 다녔다. 동자가 입은 옷만 해도 너무 비교가 되는 탓에 류성은 얼굴이 뜨거워졌다. 동자 같은 건 꿈도 꿀 수 없는 그에게는 황톳길에 길게 늘어진 그림자만 졸졸 따라올 뿐이었다. 어깨에 진 봇짐이 걸음을 옮길 때마다 흔들거렸다. 그때마다 붓대가 벼루에 부딪히는 쓸쓸한 소리가 들려왔다.
　반나절을 꼬박 걸은 류성은 어느 새 갈림길에 다다랐다. 배도 고프고 목도 말랐는데, 마침 근처에 강이 흐르고 있었다. 그 양쪽 기슭에는 향기 나는 풀들이 파릇파릇 돋아 있었고, 버드나무가 긴 가지를 아래로 축 늘어뜨리고 있었다. 그는 강가로 다가가 햇빛에 반짝이는 수면을 바라보았다. 강물은 노랗게 빛났으나, 버들가지가 늘어져 있는 곳만 짙은 초록색이었다. 쪼그리고 앉아 두 손을 물에 담그니 순간적으로 기분이 상쾌해졌다. 그 김에 손으로 물을 조금 떠서 얼굴에 묻은 먼지를 꼼꼼하게 씻어냈다. 그런 다음 류성은 강물을 벌컥벌컥 마시고 그 자리에 털썩 주저앉았다. 풀들이 살랑대며 바짓가랑이 속으로 들어와 다정한 손길로 간지럼을 태웠다. 하얀 물고기 한 마리가 물속에서 혼자 헤엄을 치는데 좌우로 몸을 흔드는 모습이 너무나 사랑스러웠다. 그 모습을 바라보며 물고기가 혼자 놀고 있어서인지, 아니면 사랑스러워서인지 모르겠지만 약간 처연한 느낌이 들었다.

  류성은 그렇게 한참을 앉아 있다가 몸을 일으켜 황톳길에 다시 올랐다. 버드나무 그늘에서 밖으로 나오자 머리가 어질어질하고 눈이 부셨다. 그 순간 저 멀리 집과 나무가 옹기종기 모여 있는 모습이 희미하게 눈에 들어왔다. 그 옆으로는 성벽도 어렴풋하게 보였다. 류성은 그곳을 향해 빠르게 걸음을 옮겼다.

  가까이 다가가자 사람들 소리가 떠들썩하게 들려왔다. 성문 근처는 봇짐을 지거나 바구니를 든 사람들로 바글바글했다. 성안으로 들어서자 다섯 걸음만 걸어도 누각이 하나 나타났고, 열 걸음을 걸으면 높은 건물이 하나 나타났다. 집들은 오밀조밀 모여 있고, 사람과 물자도 넘쳐났다. 저잣거리에 들어서니 미인과 유람객들의 발길이 끊이지 않았고, 길 양쪽으로 술집과 찻집이 수도 없이 늘어서 있었다. 몇몇 술집에는 통통하게 살이 오른 양고기가 걸려 있고, 계산대에 여러 개의 쟁반이 열을 맞춰 가지런히 놓여 있었다. 그리고 쟁반에는 돼지의 허벅지 고기나 술지게미로 절인 오리, 생선 등이 가득 담겨 있었다. 찻집 계산대에도 접시들이 잔뜩 쌓여 있었는데, 그 위에는 설탕에 졸인 귤이나 감자, 쫑쯔, 샤오빙 등이 수북했다.

  계속 걸어가자 불당이 나타났다. 불당은 최근에 새로 보수한 듯 눈부시게 화려했다. 류성은 대문 아래로 난 계단에 서서 안을 들여다보았다. 백 년 정도 된 푸른 측백나무가 늠름하게 서 있고, 벽돌이 깔려 있는 바닥은 먼지 하나 없이 깔끔했다. 또 기둥과 대들보에서는 반들반들 윤이 났다. 부족한 점이라면 스님이 보이지 않아 넓디넓은 불당이 텅텅 빈 듯이 느껴진다는 것이었다.

류성은 그날 밤 그곳에서 노숙을 해야겠다고 생각했다. 어깨에 멘 봇짐을 펼쳐 문방사우를 계단에 꺼내놓았다. 그러고는 '수양버들 언덕에 새벽바람과 지는 달(楊柳岸曉風殘月)'류의 송사 절구를 휘갈기고, 몰골법(동양화에서 윤곽선을 그리지 않고 먹이나 물감을 찍어서 한 붓에 그리는 기법)으로 화초를 몇 장 그려 지나가는 사람들에게 팔기 위해 펼쳐놓았다. 그러자 순식간에 불당 앞으로 사람들이 몰려들었다. 발 디딜 틈도 없을 정도였다. 모인 사람들은 대개 돈도 좀 있고, 풍류도 즐길 줄 아는 이들인 듯했다. 잠깐 사이에 류성은 돈을 몇 푼 벌었다. 그는 사람들이 썰물처럼 빠져나가는 모습을 바라보며, 돈을 잘 챙겨 넣고 봇짐을 다시 들쳐 멘 다음 왔던 길로 천천히 되돌아갔다.

술집 주모와 찻집 점원이 나와 함박웃음을 지어 보였다. 그들은 류성의 남루한 옷차림을 조금도 꺼리지 않고 친절한 태도로 그를 맞아들였다. 그래서 류성은 근처 찻집에 자리를 잡고 차를 한 잔 시켰다. 다 마시고 나니 배가 고파 견딜 수가 없었다. 어떻게 할까 생각하고 있는데, 마침 마을 사람 하나가 바오빙(밀가루 반죽을 얇게 늘여 무쇠 그릇에 구운 것으로 입춘 때 야채나 고기를 싸서 먹는다)을 팔러 들어왔다. 그는 바오빙을 몇 장 산 다음, 차를 한 잔 더

시켜 천천히 마셨다.

두 사람이 말을 타고 찻집 옆을 지나갔다. 한 사람은 남색 비단으로 만든 장옷을 입었는데, 위쪽에 수없이 많은 박쥐와 나비가 수놓여 있었다. 다른 한 사람은 새들이 화려하게 수 놓인 남색 비단 장옷을 입고 있었다. 두 사람이 지나간 다음 아녀자 셋이 걸어왔다. 한 명은 가사를 입었고, 다른 한 명은 옥색으로 수놓은 용무늬 옷을 입었으며, 나머지 한 명은 감색 비단에 두 가지 색의 금실로 수놓은 적삼을 입고 있었다. 세 사람 모두 머리의 진주 장식이 사방으로 빛을 내며 반짝거렸고, 패물들이 치마에서 달그락거렸다. 계집종들이 그 뒤를 따르며 손에 검은색 비단으로 만든 향이 나는 부채를 들고 햇볕을 가려주었다.

류성은 바오빙을 마저 먹고 찻집을 나서 발길이 닿는 대로 걸음을 옮겼다. 집을 떠난 지 벌써 여러 날인데, 그동안 누군가와 진지하게 이야기를 나눠본 적이 없었다. 허기를 채우자 외로움이 파도처럼 밀려왔다. 거리에는 오가는 사람이 많았지만 모두 낯선 얼굴일 뿐이었다. 어머니가 돌리던 베틀 소리가 또다시 뒤쫓아왔다.

그렇게 얼마간 걷다 보니 너른 땅이 나타났다. 눈여겨보니 어떤 부잣집 문 앞이었다. 눈앞에 펼쳐진 저택과 정원은 대단히 기품 있어 보였다. 문 앞에는 두 마리 돌사자가 이를 드러낸 채 발톱을 세우고 있었고, 붉은 대문은 굳게 닫혀 위엄이 느껴질 정도였다. 안을 들여다보니 나무들이 하늘을 찌를 듯 치솟아 있었고, 겹겹이 이어진 처마 사이를 새들이 이리저리 날아다녔다.

류성은 한참을 멍하니 바라보다가 걸음을 옮겼다. 하얀 담장 곁으로 난 길을 따라 천천히 걸어갔다. 그 길에도 최고급 벽돌이 깔려 있었는데 먼지 하나 없이 깨끗했고, 담장 안의 나뭇가지들은 바깥쪽으로 축 늘어져 있었다. 조금 더 걷다 보니 옆문이 나타났다. 옆문은 방금 전에 보았던 정문만은 못했지만 나름대로 위엄이 있었다. 정문처럼 붉은색이었고, 역시나 굳게 닫혀 있었다. 담장 안에서 장난치는 소리가 어렴풋이 들려왔다. 그는 잠시 걸음을 멈췄다가 곧 다시 걷기 시작했다. 하얀 담장이 끝나는 모서리 부분에 작은 문이 하나 보였다. 열린 문으로 그 집 사람인 듯한 이가 급히 걸어 나왔다. 문 앞으로 다가가 안을 들여다보니 세심하게 꾸며놓은 화원이 눈에 들어왔다. 이게 바로 말로만 들었던 후원이구나 싶었다. 류성은 잠깐 주저하다가 안으로 들어갔다. 안에는 산이며 물이며 나무며 꽃이며 없는 게 없었다.

　돌산이나 돌병풍은 사람이 쌓아올린 것이었지만 꼭 진짜 같아 보였다. 화원 한가운데 있는 커다란 연못은 연꽃이 그 위를 가득 덮어 물이 보이지 않을 정도였고, 연꽃 위로는 아홉 굽이 돌다리가 놓여 있었다. 연못 옆에는 작은 정자가 있었는데, 정자를 사이에 두고 어마어마하게 큰 단풍나무 두 그루가 서 있었다. 두 나무의 단풍잎들은 정자 위에서 악수를 하며 마주 보고 있었다. 정자는 서너 사람이 들어갈 만한 크기였다. 병풍 앞에는 자기로 만든 받침돌 두 개가 놓여 있었고, 병풍 뒤로는 짙푸른 대나무가 백여 그루나 우거져 있었다. 대나무 숲 뒤로는 붉은 난간이 나타났다 사라졌다

하며 이어져 있었고, 난간 뒤에는 셀 수 없을 만큼 많은 꽃들이 어우러져 있었다. 복숭아꽃, 살구꽃, 배꽃은 이미 활짝 피었고 해당화, 국화, 난초는 아직 다 피지 않았다. 복숭아꽃과 살구꽃이 아름다움을 다투는데, 그 사이에 피어난 배꽃은 태연하게 구경하며 살랑거리는 소리조차 내지 않았다.

정신없이 구경하다 보니 어느새 규방 앞에 이르렀다. 발아래의 길이 뚝 끊어져 류성은 고개를 들어 위를 쳐다보았다. 규방 창문은 네 칸짜리 격자 모양이었는데, 바람이 그쪽에서 불어와 후원을 휘감고 지나갔다. 류성은 어디선가 몸속으로 확 파고들듯 풍겨오는 향긋한 냄새를 맡았다. 그 순간 황혼이 서서히 내리고, 뭔가를 읊조리는 듯한 소리가 규방 창문에서 나부끼듯 흘러 나왔다. 옥으로 장식한 거문고에서 나는 소리 같기도 했고, 똑똑 옥구슬이 쟁반에 떨어지는 소리나 가느다란 물줄기가 졸졸 흘러가는 소리 같기도 했다. 그 소리는 솔솔 불어오는 바람을 타고 땅에 떨어지거나 저녁 빛에 섞여 사방으로 퍼져 나갔다. 류성은 무엇을 읊는 소린지 굳이 알려고 하지 않고, 그저 술에 취한 듯 소리에 빠져들어 훨훨 날아가 신선이 되는 상상을 했다.

저녁 빛이 짙어졌다. 주위가 회색빛으로 어두워졌는데도 류성은 시선을 규방 창문에 고정시킨 채 미동도 하지 않았다. 주위의 어떤 것도 눈에 들어오지 않는 듯했다. 한참을 쳐다보고 있으니 눈앞에 옥으로 장식한 띠처럼 강줄기가 하나 나타나 두 가지 풍경이 펼쳐졌다. 하나는 몸매가 호리호리한 여인이 강변을 걸어가는 모습이었고, 다른 하나는 버드나무 가지가 저녁 바람에 산들거리는 모습이었다. 이 두 가지 풍경이 합쳐졌다 나뉘었다를 반복하며 류성의 눈을 어지럽게 했다.

뭔가를 읊조리는 소리가 혼을 빼앗아 갈 듯 류성에게로 점점 다가왔다. 잠깐 사이에 꽃인 듯도 하고 옥인 듯도 한 여인이 창가에 나타났다. 기쁜 일이라도 있는 것처럼 여인은 앵두 같은 입술로 방긋 웃고 있었다. 읊조리는 소리는 바로 그 입술에서 흘러나온 것이었다. 맑은 물이 출렁이는 듯한 두 눈동자가 이곳저곳을 살펴보다가 화원 쪽으로 옮겨왔다. 그러다 문득 류성을 발견하고는 자기도 모르게 "아이야" 하고 소리를 질렀다. 그러고는 금세 얼굴이 새빨개지더니 황급히 방 안으로 사라졌다. 그 순간 류성과 눈이 마주쳤던 것이다. 이 여인은 규방 깊숙이 살기 때문에 봄날 꽃구경을 해도 만날 사람이 없었다. 그런데 오늘 우연히도 류성과 마주친 것이다. 그러니 류성이 어찌 꿈속인 듯 몽롱하지 않을 수 있겠는가. 여인의 짧은 비명 소리에 현이 끊어지듯 읊조리는 소리가 뚝 그쳤다.

사위가 고요해졌다. 주위의 모든 것이 연기처럼 사라졌다. 한참 후에야 류성은 정신을 차렸다. 방금 전에 있었던 일을 되짚어보니 꿈인 듯 어렴풋한 구석도 있었지만, 손에 잡힐 듯 생생하게 느껴지는 것도 사실이었다. 다시 창문을 올려다보니 그 자리엔 아무것도 없었다. 그러나 바람은 여전히 불어왔고, 몸속으로 파고들듯 풍겨 오는 향기도 그대로였다. 류성은 한 줄기 온기를 느꼈다. 그 온기는 마치 방금 전에 보았던 여인의 몸에서 나오는 것처럼 느껴져,

류성은 그 여인이 아직도 규방에 있을 것만 같았다. 바람이 여인의 몸에 깃들다가 향기와 체온을 흩어놓고 규방 아래쪽으로 불어가는 모습이 눈앞에 선했다. 그래서 류성은 오른손을 뻗어 바람 속의 온기를 가볍게 어루만졌다.

그때 몸종으로 보이는 여자가 창문에 나타나 류성에게 말했다.

"어서 여기서 떠나세요."

그녀는 화가 난 듯 눈을 동그랗게 뜨고 있었으나 표정은 그리 흉악해 보이지 않았다. 류성은 그녀가 화난 척을 할 뿐이라고 생각했다. 그래서 자리를 뜨지 않고, 곁눈질 한 번 없이 창문을 뚫어져라 쳐다보았다. 그러자 그녀는 좀 난감한 기색이었다. 남자의 그런 눈길을 감당하기란 대단히 힘든 일이었다. 결국 몸종은 창문을 떠났다.

창가는 또다시 텅 비었다. 어스름한 저녁 빛이 한층 무겁게 내려앉자, 규방의 모습이 점차 흐릿해져갔다. 류성은 규방에서 희미하게 새어 나오는 말소리를 들었다. 나이 많은 여자 하나가 들어간 듯했다. 아주 낭랑한 목소리였다. 그다음엔 아까 보았던 몸종이 높은 목소리로 떠드는 소리가 들렸고, 마지막에는 아가씨의 목소리가 이어졌다. 아가씨의 목소리는 물방울이 똑똑 떨어지듯 경쾌했다. 류성은 그 소리에 목욕이라도 한 듯 흠뻑 젖은 느낌이었다. 자기도 모르게 얼굴에 살며시 미소가 떠올라 물결처럼 번졌으나 그 자신은 아무것도 깨닫지 못했다.

몸종이 다시 창가에 나타나 소리쳤다.

"아직 안 떠나고 뭐 하는 거예요?"

이번에는 그녀의 얼굴이 어둠에 가려 어슴푸레하게 보였다. 두 개의 까만 눈동자만 반짝거리며 화를 내고 있었다. 류성은 그런 얘기는 들어본 적도 없다는 듯, 그 자리에 심어놓은 나무처럼 우두커니 서 있었다. 어떻게 이대로 자리를 떠날 수 있단 말인가?

규방이 점차 어둠에 휩싸여갔다. 이때 열린 창문으로 촛불의 빛줄기가 새어 나왔다. 빛줄기는 창밖으로 비치긴 했지만, 땅에 닿지는 않고 류성의 머리에 내려앉았다. 촛불은 규방 안에 있는 아가씨를 비추어 대들보에 그림자를 드리웠다. 마침 류성의 눈길이 가 닿는 위치였다. 고개를 숙인 채 뭔가를 읊조리고 있는 아가씨의 모습은 그림자일 뿐이었지만, 오히려 더 생생하게 다가왔다.

위를 올려다보고 있던 류성의 얼굴에 똑똑 빗방울이 떨어졌다. 갑작스런 비였지만 류성은 전혀 깨닫지 못했다. 잠시 후 빗발이 거세지더니 정면에서 류성에게로 퍼부었다. 류성은 그제가 비가 오는 걸 깨달았으나 여전히 자리를 뜨지 않았다.

몸종이 다시 창문에 나타났다. 이번에는 류성을 힐끔 쳐다보더니 아무 말도 않고 창문을 닫았다. 아가씨의 그림자도 사라졌다. 촛불까지 안으로 거둬들이자 창호지에 가려 아가씨의 모습이 더 이상 보이지 않았다.

빗발은 비스듬히 내리치며 류성을 공격해 왔지만, 그의 몸을 쓰러뜨리지는 못했다. 단지 머리에 쓴 모자를 떨어뜨리고 머리카락을 한쪽으로 쏠리게 했을 뿐이었다. 빗물이 류성의 몸을 타고 구불구불 흘러 내려갔다. 한참 후에 류성은 비바람 속에서 자기 몸에서 빗물이 뚝뚝 떨어지는 소리를 들었다. 그러나 그런 것들에는 눈길 한 번 주지 않고, 여전히 규방 안에서 새어 나오는 불빛이 창호지 위에 아른거리는 모습만 바라보고 있었다. 아가씨의 그림자는 보이지 않았지만, 아가씨의 모습은 오히려 더 생생하게 보이는 것 같았다.

무슨 이유에서인지 창문이 다시 열렸다. 그 순간 창밖에는 비바람이 더 세차게 몰아쳤다. 처음에는 몸종이 창문에 모습을 드러내더니, 다음에는 아가씨까지 둘이 같이 나와 류성을 바라보았다. 류성이 기뻐하고 있는 사이 두 사람은 다시 모습을 감췄다. 이번에는 창문을 닫지 않았다. 류성은 규방 기둥에서 두 그림자가 겹쳐졌다가 금방 다시 떨어지는 모습을 보았다. 잠시 후, 두 사람이 다시 창가로 나오는가 싶더니 밧줄 하나가 비바람에 흔들거리며 천천히 내려왔다. 류성은 거기에는 눈을 돌릴 생각도 못하고, 멍하니 아가씨만 바라볼 뿐이었다. 그러자 몸종이 더 이상 못 참겠다는 듯이 말했다.

"안 올라오고 뭐 하는 거예요?"

류성이 무슨 말인지 몰라 어리둥절해하자, 이를 본 아가씨가 입을 열었다.

"공자께서는 이리 올라와 비를 그어 가시죠."

목소리는 작았지만, 휘몰아치는 비바람 소리를 일순간에 잠재웠다. 류성은 그제야 상황을 파악하고 밧줄이 있는 곳으로 성큼 발을 내딛었는데, 웬일인지 사지가 뻣뻣하게 굳어 움직이지 않았다. 그래서 꼼짝도 못하고 한참을 그 자리에 서 있었다. 당연히 손발도 마음대로 놀릴 수가 없었다. 다행히도 얼마 후 몸이 풀려, 밧줄을 타고 천천히 위로 올라갔다. 창문에 이르러 보니 아가씨는 이미 뒤로 물러났고, 몸종이 그가 방 안으로 들어가는 걸 도와주었다.

몸종이 밧줄을 거둬들이고 창문을 닫는 동안 류성은 아가씨를 찬찬히 훑어보았다. 아가씨는 그와 다섯 자 정도 떨어진 곳에 서 있었는데 몸이 아주 호리호리했다. 류성의 눈에는 저녁놀과 달이 그려진 치마와 몸에 두른 금과 옥만 보일 뿐이었다. 붉은 입술은 움직이지 않았지만, 그는 이미 입술연지에서 나는 짙은 향을 맡았다. 아가씨는 수줍어하며 그를 향해 몸을 살짝 돌렸다. 그때 몸종이 아가씨 옆으로 다가섰다. 류성은 때를 놓칠세라 아가씨에게 인사를 건넸다.

"소생의 성은 류이고, 이름은 성입니다."

아가씨도 예를 갖추었다.

"소녀의 이름은 후이입니다."

류성이 몸종에게도 인사를 건네자 그녀도 답인사를 했다.

인사를 마치자 아가씨와 몸종이 함께 입을 가리고 웃었다. 류성은 자신의 몰골이 엉망이라 그런 줄도 모르고 화답하듯 웃음을 지었다.

몸종이 말을 건넸다.

"여기서 잠시 쉬면서 비가 지나가길 기다렸다가 속히 떠나세요."

류성은 대답은 않고 두 눈으로 아가씨를 지그시 바라보았다. 아가씨가 입을 열었다.

"공자께서는 옷을 갈아입고 눈을 좀 붙이세요. 감기에 걸리겠습니다."

아가씨와 몸종은 말을 마치고는 나란히 방 밖으로 나갔다. 아가씨는 가느다란 소매를 펄럭이며 그 아래로 옥 같은 손목을 늘어뜨린 채 걸음을 옮겼다. 그 모습을 보고 있으니, 문득 낮에 본 물고기의 우아한 몸놀림이 떠올랐다. 몸종이 먼저 문발을 올리고 밖으로 나갔다. 아가씨는 문 앞에서 잠시 머뭇거리는 듯하더니 문발을 걸어 올린 채 고개를 돌리고 류성을 바라보았다. 단 한 번이었지만 감정이 듬뿍 담겨 있는 눈길이었다. 류성은 거의 정신을 잃을 지경이었다.

한참 후에야 류성은 아가씨가 눈앞에 없다는 걸 깨달았다. 마음속이 텅 빈 듯 허전한 게 어떻게 해야 좋을지 알 수가 없었다. 주변을 돌아보니 규방은 원래 서재인 듯했다. 층층이 쌓인 책들이 가로대 위에 가지런히 놓여 있었고, 거문고 한 대가 침대처럼 긴 탁자에 뉘어 있었다. 붉은 나무로 조각한 침대가 눈에 들어왔다. 침대는 매화 그림이 그려진 휘장으로 반쯤 가려져 있었다. 그 순간 류성은 마음이 깃발처럼 펄럭이고, 온몸에 맑은 샘물이 좌르르 흘러가는 느낌이 들었다. 매화 휘장 앞으로 다가가 보니 측백나무 향이 났다. 침대에 깔린 비취색 이불은 마치 사람이 누워 있는 것처럼 봉긋 솟아올라 있었고, 그 위에 수놓은 꽃무늬가 촛불에 깜빡거렸다. 아가씨는 떠났지만 향기는 아직 남아 있었다. 측백나무 향에서 류성은 다른 종류의 그윽한 향을 맡았는데, 그 향기는 나는 듯 안 나는 듯 진짜 같기도 하고 가짜 같기도 했다.

류성은 침대 앞에 잠깐 서 있다가 매화 휘장을 내려놓았다. 휘장은 아가씨의 살갗처럼 매끄럽고 윤이 났는데, 곡선을 그리며 부드럽게 바닥까지 늘어졌다. 탁자 앞의 촛불 아래로 물러난 그는 자기로 만든 의자에 앉아 다시 침대를 바라보았다. 침대는 매화 휘장에 가려져 그 안쪽에 있는 비취색 이불이 보일 듯 말 듯했다. 마치 아가씨가 그 안에서 곤히 자고 있을 것만 같았다. 류성은 아가씨의 낭군이 되어, 이미 잠든 아가씨 곁에서 등불을 밝힌 채 책을 읽는 기분이었다.

류성은 탁자에 사집(詞集)이 놓여 있는 걸 보고는 방금 전에 아가씨가 읽었던 부분 다음부터 읽어 내려갔다. 글자가 창밖에 내리는 빗방울처럼 통통 튀어 오르는 것 같았다. 그는 상상 속의 풍경에 잠긴 채 창밖의 빗소리를 들으며 아름다운 경치 속에서 서서히 잠이 들었다.

몽롱한 상태에서 어렴풋이 누군가 부르는 소리가 들렸다. 소리는 저 멀리서 가까이로 가볍게 날아오는 듯했다. 류성이 눈을 번쩍 떠보니 아가씨가 곁에 서 있었다. 아가씨는 쪽 찐 머리가 약간 헝클어진 데다가 얼굴에는 덜 지운 화장기가 남아 있었다. 그러나 아까보다 사람 마음을 더 끄는 데가 있었다. 류성은 아직도 꿈을 꾸는가 싶었지만 아가씨의 음성을 듣고는 곧 생시라는 걸 알았다. 아가씨가 말했다.

"비가 그쳤습니다. 공자께서는 이제 길을 가셔도 됩니다."

과연 창밖에서는 빗소리가 사라지고 바람에 나뭇잎이 사각거리는 소리만 들려올 뿐이었다. 류성이 아직 잠에서 덜 깬 것처럼 보이자 아가씨가 친절히 일러주었다.

"그건 나뭇잎 소리입니다."

류성이 촛불을 가리는 바람에 아가씨는 어둠 속에 서 있었다. 아가씨에겐 은근히 사람을 끄는 매력이 있었다. 아가씨를 잠시 응시하던 류성의 입에서 절로 한숨이 새어 나왔다. 그가 몸을 일으키며 말했다.

"오늘 이별하면 다시 만나기 어렵겠지요?"

그렇게 말하고는 창문 쪽으로 걸어갔다. 그러나 아가씨는 한 발짝도 움직이지 않았다. 문득 뒤를 돌아본 유성은 아가씨 눈에서 반짝이는 눈물을 보았다. 그 모습이 너무나 슬퍼 보여 자기도 모르게 그 앞으로 다가가, 아래로 내려뜨린 옥 같은 손을 잡아 가슴께로 들어올렸다. 아가씨는 고개를 숙인 채 아무 말도 없이 류성이 하는 대로 내버려두었다.

"공자께서는 어디서 오셨는지요? 또 어디로 가시는 길인가요?"

류성은 사실대로 이야기하면서 아가씨의 다른 손을 잡았다. 그제야 아가씨는 얼굴을 들고 류성을 찬찬히 바라보았다. 손을 맞잡고 서로를 쳐다보는 눈길이 그 사이에 깊이 든 정을 말해주었다.

갑자기 촛불이 꺼졌다. 류성은 그 틈을 타 부드럽고 따스한 아가씨를 품에 안았다. 아가씨가 "아" 하고 가볍게 소리를 질렀다. 그러나 곧 아무 소리 없이 류성의 품에서 떨기만 했다. 그때 류성도 정신이 반쯤은 나가 있었다. 마치 세상 만물이 사라지고 두 사람만 남아 한데 어우러져 있는 듯했다. 류성은 아가씨를 쉬지 않고 어루만지며 불규칙하게 오르내리는 숨소리를 들었다. 어떤 소리가 자기 것이고, 어떤 소리가 아가씨의 것인지 분간할 수 없었다. 음이 부족한 남자와 양이 적은 여자가 부둥켜안고 하나가 되었으니 어찌 너와 나의 구별이 가능하겠는가.

창밖에서 야경꾼이 딱따기를 치는 소리가 울려 퍼지자 아가씨가 깜짝 놀라며 정신을 차렸다. 아가씨는 류성의 품에서 벗어나자마자 입을 열었다.

"벌써 사경이옵니다. 공자께서는 어서 떠나십시오."

류성은 캄캄한 어둠 속에서 가만히 서 있다가 한참 후에야 대답을 했다. 그러고는 손을 더듬어 봇짐을 찾은 뒤 또다시 한참을 서 있었다.

아가씨가 다시 말했다.

"공자께서는 어서 길을 나서시지요."

목소리가 더할 나위 없이 처량했다. 류성은 아가씨가 조용히 흐느끼는 소리를 듣고는 자기도 모르게 눈물을 흘렸다. 류성은 아가씨 쪽으로 더듬더듬 다가갔다. 두 사람은 또다시 너와 나를 구분할 수 없을 만큼 꽉 끌어안았다. 그런 다음 류성은 다시 창문 쪽으로 걸어갔다. 창문 앞에까지 갔을 때 아가씨가 말하는 소리가 들렸다.

"공자께서는 잠시 기다려주세요."

옛사랑 이야기

돌아선 류성은 아가씨의 어렴풋한 그림자가 방 안에서 스르르 움직이는 모습을 보았다. 곧이어 싹둑 가위질하는 소리가 났다. 잠시 후 아가씨가 다가와 뭔가를 싼 주머니를 그의 손에 쥐어주었다. 류성은 묵직한 느낌이 들었지만 무엇인지 자세히 살피지는 않고 바로 봇짐에 넣었다. 그러고는 창밖으로 나가 밧줄을 타고 내려갔다.

땅에 내려선 뒤 류성은 고개를 들어 위를 올려다보았다. 아가씨는 창가에 서 있었지만 형체만 어슴푸레 보일 뿐이었다. 아가씨의 목소리가 들려왔다.

"공자님, 부디 기억해주세요. 급제하시든 낙방하시든 빨리 걸음 하셨다가 빨리 돌아오세요."

그 말을 남기고 아가씨는 창문을 닫았다. 류성은 잠시 창문을 바라보다가 몸을 돌려 그곳을 떠났다. 류성은 그때껏 열려 있던 뒷문을 통해 정원 밖으로 나왔다. 비가 완전히 그치지 않았는지 빗방울이 얼굴을 스쳐 가는데 그 어느 때보다 차갑게 느껴졌다. 잠시 후 희미한 말 울음소리가 밤공기를 가르며 정적을 깨뜨렸다.

류성은 텅 빈 저잣거리를 걸었다. 행인은 한 사람도 보이지 않았고, 저 멀리 초롱을 들고 가는 야경꾼의 모습만 희미하게 보였다. 얼마 후에 그는 다시 황톳길로 접어들었다. 한참을 걷자 새벽빛이 희미하게 얼굴을 드러냈다. 류성은 걸음을 멈추지 않고 저 멀리, 또 가까이에 있는 초가집과 나무들이 원래의 모습을 되찾아가는 모습을 바라보았다. 그는 발아래의 땅이 점점 걷기에 편안해지는 걸 느꼈다.

붉은 태양이 솟아올랐을 때, 그는 이미 아가씨의 규방에서 멀리 떠나와 있었다. 그제야 봇짐을 풀고 아가씨가 준 주머니를 꺼냈다. 열어 보니 흑단 같은 머리카락 한 다발과 눈처럼 하얀 은사(銀絲) 가락 두 꾸러미였다. 그것들은 원앙 한 쌍을 수놓은 손수건에 고이 싸여 있었다. 류성은 마음속 어딘가에서 맑은 샘물이 솟아나는 느낌이었다. 그는 물건을 챙겨 다시 봇짐에 넣었다. 아가씨가 헤어질 때 한 말이 귓전을 울리는 듯했다.

"빨리 걸음하셨다가 빨리 돌아오세요."

류성은 날듯이 길을 떠났다.

2

 몇 달 후, 류성은 낙방하여 돌아왔다. 그는 어떻게 해야 할지 결정을 내리지 못한 채 황톳길을 터덜터덜 걸었다. 한시 바삐 아가씨와 재회하고 싶은 마음뿐이었지만 낙방한 자신의 처지가 부끄러워 선뜻 돌아갈 수가 없었다. 망설이는 마음에 가다 서다, 빨리 걸었다 천천히 걸었다를 반복했다. 서울로 갈 때는 봄기운이 완연했는데, 이제 돌아가는 길은 가을색이 짙었다. 눈길이 닿는 데까지 주위를 둘러보니, 하늘이 구름 한 점 없이 맑아 아득히 멀게 느껴졌다. 성이 가까워질수록 류성은 만감이 교차하는 기분이었다. 옆으로 강이 흐르기에 다가가 보니 물속에 비치는 사람은 수놓은 비단옷이 아니라 홑겹의 무명옷을 입고 있었다. 서울에 갈 때도 이런 꼴이었는데, 돌아가는 길에도 마찬가지로구나 싶었다. 계절은 바뀌었는데 비단옷으로 바꿔 입고 위풍당당하게 돌아갈 능력이 없으니, 아가씨를 무슨 면목으로 다시 만나겠는가.

 류성은 이런저런 생각을 하며 다시 길에 올랐다. 어느새 성문이 코앞에 다가왔다. 왁자지껄한 소리가 성문밖으로 파도처럼 밀려오며 성안의 변화한 풍경이 눈앞에 펼쳐졌다.

류성은 시끌벅적한 저잣거리에 들어서 자기도 모르게 걸음을 멈췄다. 수개월이 지났어도 거리의 모습은 여전했다. 계절의 영향은 전혀 받지 않는 듯했다. 류성은 그 가운데 서서 수개월 전 규방에서 아가씨와 만났던 일을 떠올렸다. 마치 환상 속에서 벌어진 한바탕의 사랑 이야기 같았다. 그러나 아가씨가 헤어질 때 한 말만큼은 생생했다. 또다시 아가씨의 음성이 희미하게 귓전을 울렸다.

"급제하시든 낙방하시든 빨리 걸음하셨다가 빨리 돌아오세요."

류성의 마음에 잔물결이 일었다. 더 이상 망설이고 있을 수가 없어 걸음을 재촉했다. 아가씨가 창가에 서서 애를 태우고 있는 모습이 걸어가는 도중에도 눈앞에 선했다. 기다림에 지쳐 원망으로 바뀐 눈이 류성의 상상 속에서 눈물을 가득 머금었다. 재회의 순간은 어두컴컴한 가운데 서로 아무 말도 못 하겠지만, 아마도 눈부시게 아름다울 것이다. 그는 또 한 번 밧줄을 타고 올라갈 게 틀림없었다.

그러나 그 호화로운 대저택 앞에 이르렀을 때 류성을 맞이한 것은 말라버린 우물과 허물어진 담장, 즉 완전한 폐허였다. 규방이 이미 사라지고 없는데, 아가씨가 무슨 수로 그 창가에 서 있겠는가. 그 황폐한 광경을 바라보며 류성은 한동안 머리가 어질어질하고 눈앞이 캄캄했다. 생각지도 못한 일이 눈앞에 펼쳐졌다. 정말 순식간에 벌어진 일이었다. 수개월 전 이곳에 처음 왔을 때 보았던 모든 부귀영화가 여전히 방금 본 것처럼 눈앞에 선했다. 다시 한 번 폐허를 바라보니 썩은 나무와 다 문드러진 돌멩이뿐이고, 잡초까지 무성하게 자라 있어 처량하기 그지없는 풍경이었다. 지난날

위엄 있는 모습으로 집을 지키던 돌사자도 어디로 갔는지 보이지 않았다.

류성은 예전에 정문이 있던 자리쯤에서 한참을 멍하니 서 있다가 폐허를 따라 걸었다. 그러다 얼마 안 가 걸음을 멈추었다. 그 자리가 옆문이 있던 곳이라는 생각이 들었다. 그러나 그곳도 황량하기는 마찬가지였다. 다시 걸음을 옮겨 후원이 있던 곳으로 갔다. 그곳에는 허물어진 담장이 의지할 데 없이 외롭게 서 있고, 반쯤 열린 문이 담장에 비스듬히 기대고 있었다. 후문만은 어렴풋하게나마 형체를 알아볼 수 있었다.

류성은 폐허로 발을 옮겼다. 울퉁불퉁 고르지 않은 땅을 걸으며 어디가 아홉 굽이 돌다리인지, 어디가 연꽃으로 뒤덮여 있던 연못이고 어디가 정자와 붉은 난간이 있던 곳인지, 또 어디가 비취색 대나무 백여 그루가 있던 곳이고 어디가 복숭아꽃과 살구꽃이 아름다움을 다투던 곳인지를 찬찬히 가늠해보았다. 지난날의 모든 것이 연기처럼 사라졌는데, 뜻밖에 단풍나무 두 그루만큼은 그 자리에 그대로 서 있었다. 하지만 가지에는 여기저기 생채기가 뚜렷했다. 그때는 노랗던 단풍잎이 가을로 접어들어 몇 차례 서리를 맞고는 이제 온통 붉게 물들어 있었다. 이파리 위에 피를 잔뜩 묻힌 것처럼 눈이 부실 만큼 새빨간 색이었다. 낙엽이 몇 장 어지러이 흩날리며 떨어져 내렸다. 이 단풍나무는 지금이 절정기였지만 마찬가지로 이미 퇴락의 기미를 감출 수 없었다.

류성은 마지막으로 지난날의 규방 앞에 이르렀다. 허물어진 기와 몇 장과 썩은 나뭇가지 사이로 잡초와 들꽃이 제멋대로 자라나 있었다. 지난날 화사하게 피어났던 복숭아꽃과 살구꽃은 모두 어디로 사라졌을까? 지금은 하얀 들꽃 몇 송이만 허물어진 기와 틈을 비집고 비쭉비쭉 자라나 있었다.

고개를 들어 위를 올려다보니 막막한 허공만이 눈에 들어왔다. 그러나 그때 밧줄을 타고 올라갔던 규방의 풍경이 그 허공에 보일 듯 말 듯 나타나는 것 같았다. 분명히 옛 기억이 떠오르는 것일 뿐이지만 너무나 생생해 마치 그 안에 들어가 있는 느낌이었다. 그러나 류성의 기억은 마지막 순간까지 이르지 못하고 "오늘 이별하면 다시 만나기 어렵겠지요?"라는 말에서 느닷없이 멈췄다. 규방이 순식간에 사라지고 눈앞에 폐허가 다시 나타났다. 그는 정신을 차리고 그 말을 찬찬히 곱씹었다. 그 말이 이렇게 맞아떨어질 줄은 꿈에도 생각지 못했다.

어둠이 천천히 내려왔다. 류성은 좀더 그곳에 서 있다가 몸을 돌려 떠나왔다. 수개월 전에 후문으로 나갔던 것처럼, 왔던 길을 되돌아 나갔다. 그런 다음 폐허를 따라 걸으며 마지막으로 다시 한 번 지난날의 화려했던 모습을 떠올렸다.

저잣거리에 이르렀을 때는 이미 등불을 켤 시간이었다. 길 양편의 술집과 찻집에 일제히 등불이 내걸려 거리가 대낮처럼 환했다. 여전히 많은 사람들이 지나다녔는데, 손에 초롱을 든 사람은 없었다. 류성은 술집과 찻집, 국수집, 훈툰(만둣국 비슷한 음식)을 파는 가게를 일일이 찾아다니며 아가씨의 행방을 물었다. 그러나 아는 사람이 하나도 없었다. 낙담하고 있던 차에 술집에서 심부름하는 아이가 누군가를 가리키며 류성에게 귀띔을 해줬다.

"저 사람은 틀림없이 알 거예요."

그쪽으로 눈길을 돌리자 봉두난발에 남루한 옷을 입은 사람이 술집 계산대 바깥쪽에 앉아 있었다. 아이가 그 사람이 그 저택의 집사였다고 알려줬다. 류성은 재빨리 그쪽으로 건너갔다. 집사는 눈을 뜨고 있긴 했지만 기운이 다 빠져나간 표정이었다. 류성을 보자마자 그는 때가 잔뜩 낀 손을 내밀어 구걸을 했다. 류성은 봇짐에서 동전을 몇 개 꺼내 그의 손에 쥐어주었다. 집사는 돈을 쥐자마자 정신이 들었는지, 벌떡 일어나 동전을 계산대에 탁 내려놓더니 술을 한 사발 시켜 단숨에 들이켰다. 그러고는 다시 몸을 흐느적거리며 주저앉아 계산대에 몸을 기댔다. 류성이 아가씨의 행방을 묻자 그는 눈을 지그시 감고 웅얼거렸다.

"지난날의 영화롭던 부귀여!"

계속해서 그 한마디만 반복할 뿐이었다. 류성이 다시 한번 묻자 집사는 눈을 뜨더니 또다시 더러운 손을 쑥 내밀었다. 류성은 이번에도 동전 몇 개를 쥐어주었고, 그는 마찬가지로 술을 시켜 마셨다. 그러나 대답은 여전히 "지난날의 영화롭던 부귀여!"였다.

류성은 한숨을 쉬며 더 이상 뭘 알아낼 수 없다는 걸 알고 그곳을 빠져나왔다. 다시 저잣거리로 나와 한참을 걷다 보니 모르는 사이에 어떤 후미진 골목에 들어와 있었다. 골목의 한쪽에는 등불이 걸려 있고, 그 아래서 찻물을 팔고 있었다. 그제야 류성은 자기가 배도 고프고 목도 마른 상태라는 걸 깨닫고 그쪽으로 다가가, 긴 의자에 자리를 잡고 찻물을 한 사발 시켜 천천히 마셨다. 옆에 있는 냄비에서는 물이 끓고 있었고, 탁자에는 신선한 꽃이 몇 송이 꽂혀 있었다. 류성은 그 꽃들이 국화, 해당화, 난초라는 걸 알 수 있었다. 그 바람에 수개월 전 그 집 후원에 들어갔을 때의 정경이 떠올랐다. 그때는 복숭아꽃, 살구꽃, 배꽃은 이미 만개했고 국화, 난초, 해당화는 아직 피지 않았었다. 그 꽃들이 오늘 이곳에서 활짝 피어날 줄 누가 알았겠는가.

3

삼 년 뒤, 류성은 다시 과거를 보러 서울로 향했다. 전과 다름없이 황톳길을 걸었다. 이번에도 계절은 봄이었지만 주위 경관은 이전과 정반대였다. 복숭아꽃과 배꽃이 아름다움을 다투는 풍경도 볼 수 없었고, 들판 가득 널려 있던 뽕과 마도 온데간데없었다. 주위를 둘러보니 나무들이 죄다 누렇게 말라 죽었고, 들판에도 온통 황토뿐이었다. 대나무 울타리는 옆으로 기울었고, 초가집은 비바람 속에서 흔들거리다가 금방이라도 무너질 것 같았다. 봄기운은 찾아볼 수 없고 엄동설한의 황량함만이 남아 있었다. 도중에 마주친 사람이라곤 홑적삼을 입은 거지들뿐이었다.

이 흉년에도 류성은 과거를 보러 길을 떠났다. 이번에는 초가집 문을 나설 때 어머니의 베틀에서 나던 묵직한 소리가 뒤따라오지 않았다. 어머니는 이미 돌아가셨다. 어머니가 돌아가시고 얼마 동안은 아가씨가 건네준 은괴 두 개로 겨우 생활을 꾸렸다. 만약 이번에도 낙방하면 가문을 일으킬 기회는 다시 오지 않을 것이다. 황톳길에 올라 문득 뒤를 돌아보니 초가집의 띠가 바람에 어지럽게 흩날렸다. 그것만 봐도 과거를 보고 돌아왔을 때, 초가집이 어떻게 되어 있을지 어느 정도 예상할 수 있었다. 초가집도 어머니의 베틀에서 나던 묵직한 소리처럼 흔적도 없이 사라질 것이다.

류성은 며칠을 걷는 동안 말 탄 고관대작도, 과거 보러 가는 귀공자도 보지 못했다. 발아래의 울퉁불퉁한 황톳길만 끝나지 않는 흉년에 지친 듯 뻗어 있었다. 언젠가 땅바닥에 주저앉아 나무뿌리를 갉아먹고 있는 사람을 본 적이 있는데, 얼굴이 온통 진흙투성이였다. 입고 있는 옷은 이미 몸도 제대로 못 가릴 정도였지만, 류성은 그것이 최고급 비단으로 만든 옷이라는 걸 알아볼 수 있었다. 부자들도 이 정도로 망가졌는데 가난한 사람들이 어떨지는 상상하기조차 두려웠다. 류성은 마음이 착잡했다.

가는 길에 있던 나무들은 어느 하나 예외랄 것도 없이 상처투성이였다. 모두 사람이 이로 갉아먹은 흔적이었다. 어떤 나무에는 이가 몇 개 박혀 있기도 했다. 너무 힘을 줘 깨문 게 틀림없었다. 길가에는 시체와 뼈가 정신없이 나뒹굴었는데, 잠깐 걷는 사이에 사지가 온전치 못한 시체를 두세 구씩 보기도 했다. 시체들은 죄다 실오라기 하나 걸치지 않은 상태였다. 남녀노소를 불문하고 누더기 홑적삼마저도 죄다 벗겨 간 것이다.

류성이 걷는 길은 사방의 들판이 누런 황토 일색이었다. 딱 한 번 손바닥만 한 풀밭을 본 적이 있는데, 열 명도 넘는 사람들이 한꺼번에 달려들어 엉덩이를 치켜들고 미친 듯이 풀을 뜯어먹고 있었다. 멀리서 보니 정말 소나 양의 무리로 착각할 만했다. 그들이 사각사각 풀을 뜯어먹는 소리는 바람이 나뭇잎을 스치고 가는 소리처럼 들렸다. 류성은 차마 눈 뜨고 볼 수가 없어 고개를 돌리고 서둘러 걸음을 옮겼다. 그러나 고개를 돌리자마자 또 다른 장면을 보고 말았다. 거의 숨이 넘어갈 지경인 어떤 사람이 진흙 한 덩이를 입에 넣고 채 삼키기도 전에 바닥에 고꾸라져 죽는 순간이었다. 류성은 죽은 이의 곁을 지나치면서 허공을 걷는 듯 두 다리가 다 풀려버렸다. 자기가 지금 이승의 대로를 걷고 있는 건지, 저승의 샛길을 걷고 있는 건지 분간할 수가 없었다.

그날 류성은 갈림길을 만났다. 걸음을 멈추고 살펴보니 그곳이 어디쯤인지 어렴풋이 알 것 같았다. 옛 모습은 거의 찾아볼 수 없었다. 삼 년 전에는 파릇파릇한 풀이 돋아나 있고, 버들가지가 길게 늘어져 있었는데 지금은 아무런 흔적도 남아 있지 않았다. 풀은 이미 뿌리까지 뜯겨나간 뒤였다. 어제 보았던 십여 명의 사람들이 풀을 뜯어먹는 광경이 이곳에서도 벌어졌던 게 분명했다. 이파리 하나 없는 버드나무도 살아 있긴 했지만 죽은 것처럼 보였다. 강은 여전히 그 자리에 흐르고 있었다. 다가가 보니 물은 거의 말라 있었고, 그나마 남아 있는 물도 흙탕물에 가까울 만큼 더러웠다.

류성은 강가에 서서 삼년 전에 그곳에서 보았던 모든 것을 하나둘씩 떠올려보았다. 전에는 하얀 물고기가 좌우로 몸을 흔들며 헤엄치는 모습이 정말 아름다웠다. 그리고 아가씨가 규방에서 밖으로 걸어 나가는 정경도 생생하게 떠올랐다. 이미 삼 년이나 지난 일이지만 모든 장면이 마치 눈앞에서 펼쳐지는 듯했다. 그러나 눈 깜짝할 사이에 모든 것이 사라지고, 눈앞에는 다시 바싹 메마른 강줄기가 나타났다. 흙탕물이나 다름없는 강에서 어찌 하얀 물고기의 몸놀림을 보겠는가? 아가씨는 지금 어디에 있을까? 살았을까 죽었을까? 류성은 고개를 들어 하늘을 올려다보았다. 막막한 허공만이 눈에 들어왔다.

류성은 다시 황톳길을 걸었다. 걷다 보니 예전의 그 성이 눈에 들어왔다. 성에 가까워질수록 지난 일이 새록새록 되살아났다. 아가씨의 모습이 다가왔다 멀어졌다 하며 눈앞에서 하늘거렸다. 마치 함께 길을 걷고 있는 듯한 느낌이었다. 화려한 대저택과 이후의 황량한 풍경이 번갈아 눈앞에 나타났다. 가끔씩은 두 장면이 하나로 합쳐지기도 했다.

성 근처에 이르렀을 뿐인데, 류성은 벌써부터 성안의 퇴락한 분위기를 느낄 수 있었다. 성문은 적막에 잠겨 있었다. 마을 사람들이 봇짐을 지거나 바구니를 들고 드나드는 모습은 물론, 부잣집 공자들이 한가하게 노닐던 모습도 찾아볼 수 없었다. 인적이 없기는 성안이 더했다. 얼굴이 누렇게 뜨고 피골이 상접한 사람들이 여기저기 흩어져 혼자 걷고 있을 뿐이었다. 간혹 말소리가 들리기는 했지만, 힘이 하나도 없었다. 다섯 걸음을 걸으면 누각이 나타나고, 열 걸음을 걸으면 건물이 보이는 건 여전했지만 그 위에 입힌 금박이 다 벗겨져 퇴락한 기운을 그대로 드러내 보였다.

저잣거리에도 미인과 유람객들의 모습은 온데간데없고, 무명옷 입은 서생들의 넋 나간 얼굴만 보일 뿐이었다. 지난날 거리를 가득 메웠던 찻집과 술집도 거의 다 사라지고 몇 개만 겨우 남아 있었는데, 그나마도 대부분 문을 닫아 사람은 떠나고 가게는 텅 비어 있었다. 또 문틀과 창틀에는 먼지가 수북이 쌓여 있었다. 운 좋게 문을 연 몇 집도 통통한 양고기를 걸어놓거나 귤병과 쫑쯔를 팔지는 못했다. 술집의 심부름꾼들은 모두 활기라고는 찾아볼 수 없는 멍한 표정이었다. 계산대에는 예전처럼 쟁반이 놓여 있기는 했지만 가지런히 벌여져 있는 게 아니라 아무렇게나 널려 있었고, 안에는 아무것도 담겨 있지 않았다. 마을 사람들이 탕면이나 바오빙을 들고 와 파는 모습은 더욱이나 볼 수 없었다.

　류성은 걸어가면서 지난날의 번화했던 모습을 떠올렸다. 마치 꿈속에 와 있는 것 같았다. 세상사는 연기와 같다더니 눈 깜짝할 사이에 모든 게 사라졌다. 그러는 사이에 불당 앞에 이르렀다. 눈부시게 화려했던 불당이 완전히 쇠락한 모습으로 서 있었다. 문 앞의 돌계단은 군데군데 끊어져 산길처럼 어지러웠다. 불당 안의 백년 묵은 측백나무는 사지가 잘린 채 몸통만 남아 있었다. 기둥과 대들보는 곳곳이 썩어 문드러져 얼룩덜룩해 보였다. 벽돌이 깔려 있는 땅에는 잡초가 무성했다.

　류성은 잠시 서 있다가 봇짐에서 미리 그려 온 서화 몇 장을 꺼내 불당 벽에 붙였다. 지나가는 사람들이 있긴 했지만 모두 잔뜩 찡그린 얼굴이었다. 이런 상황에서 누가 한가하게 풍류를 운운하겠는가. 한참을 기다렸지만 그 적막한 풍경을 보고 있으니 서화를 사러 올 사람은 없겠다 싶어 다시 짐을 챙겼다. 류성은 그 길을 가는 내내 서화를 단 한 장도 팔지 못해 배고픔을 참아야 했다. 아가씨가 건네준 은괴도 이제 얼마 남지 않아 함부로 쓸 수도 없었다.

류성은 불당에서 나와 저잣거리로 돌아왔다. 지난날의 영화를 떠올리자 또다시 마음이 사무쳤다. 사실 이런 마음은 아가씨가 살던 규방과 기품 넘치던 저택 때문에 일었다. 퇴락한 성을 보니 폐허로 변한 규방이 다시 떠올랐던 것이다. 그는 이제 아가씨에 대한 생각으로만 가슴이 아픈 게 아니었다. 모든 것이 순식간에 변해버리는 세상사에 한숨이 절로 나왔다.

그런 생각을 하며 류성은 말라버린 우물과 허물어진 담장이 있던 폐허 앞에 이르렀다. 그러나 삼 년 사이에 우물과 담장마저도 흔적조차 없이 사라져버렸다. 눈앞에 펼쳐진 건 그저 황무지일 뿐이었다. 아가씨의 규방도 이미 알아볼 수 없었다. 널따란 황무지에는 있는 듯 없는 듯한 잡초 몇 포기와 깨진 기와, 썩은 나뭇가지가 어지러이 나뒹굴어 뭐가 뭔지 구분할 수 없을 정도였다. 가지만 앙상하게 남은 단풍나무 두 그루가 없었더라면, 류성은 그곳이 어딘지도 몰랐을 터였다. 그곳은 마치 족히 백 년은 그렇게 황량한 채 버려져, 으리으리한 대저택이나 비취색 나무와 아름다운 꽃, 후원과 규방, 그리고 후이라는 이름의 아가씨 따위는 애초부터 있지도 않았던 것처럼 보였다. 또 류성 자신도 그곳에 와본 일이 없는 것 같았다. 설사 삼 년 전에 와봤다고 하더라도, 그때도 이미 그렇게 황무지였을 것 같은 생각이 들었다.

류성은 한참을 멍하니 서 있다가 몸을 돌려 길을 떠났다. 떠날 때는 몸이 조금 가벼워진 것 같았다. 아가씨 때문에 무거워진 마음도 많이 가뿐해진 느낌이었다. 더 멀리 걸어가자 남아 있던 생각마저도 깨끗하게 사라졌다. 혼이 나갔던 때가 아예 없었던 것 같았다.

류성은 저잣거리로 돌아가지 않고 후미진 골목으로 발길을 돌렸다. 골목 양쪽에 늘어선 집들에는 거미줄이 치렁치렁 얽혀 있고, 사람 소리는 전혀 들리지 않았다. 역시나 쥐 죽은 듯 적막이 감돌았다. 그는 저잣거리로 나가 오가는 사람들의 대열에 끼고 싶은 마음이 없었다. 그저 혼자 조용히 걷고 싶었다. 그래서인지 그 후미진 골목이 마음에 들었다.

골목을 빠져나가자 공터가 나왔다. 공터에는 땅인지 무덤인지 구분할 수 없을 정도로 평평해진 무덤 수십 기가 있었는데, 오래도록 아무도 돌보지 않은 듯했다. 주위를 살펴보니 띠로 지붕을 인 막집 하나가 눈에 들어왔다. 백정 같아 보이는 사람 둘이 안에 앉아 있었고, 밖에도 몇 사람이 있었다. 류성은 그곳이 인육을 파는 시장인 줄도 모르고 그쪽으로 발걸음을 옮겼다. 흉년에는 곡식도 다 떨어지고, 나무껍질과 풀뿌리도 바닥 나 사람을 양식으로 삼는 일이 있었다. 그래서 인육시장이 생겼던 것이다.

막집 안의 두 사람은 숫돌에 날카로운 도끼를 갈고 있었다. 바깥에 서 있는 사람들은 바구니를 들거나 봇짐을 짊어지고 벌써 한참을 기다린 모양새였다. 그러나 바구니나 봇짐이나 모두 텅텅 비어 있었다. 류성은 가까이 다가갔다. 멀지 않은 곳에서 세 사람이 걸어오는 게 보였다. 몸을 제대로 가리지도 못한 남자가 제일 앞에서 걸었고, 그 뒤로 여자 하나와 어린아이 하나가 따라왔다. 여자와 아이도 몸을 다 가리지 못한 건 마찬가지였다.

　남자가 막집 안으로 들어가자 안에 있던 두 사람 중 주인으로 보이는 사람이 일어났다. 남자는 아무 말 없이 손가락으로 바깥에 서 있는 여자와 아이를 가리켰다. 주인은 그쪽을 힐끗 쳐다보더니 남자에게 손가락 세 개를 펴 보였다. 남자는 흥정도 하지 않고 삼백 전을 받아 바깥으로 나갔다. 류성은 여자아이가 "아빠" 하고 부르는 소리를 들었다. 그러나 남자는 뒤도 안 돌아보고 쏜살같이 달려가더니 눈 깜짝할 사이에 사라졌다.

　다시 주인을 바라보니, 그는 조수와 함께 밖으로 나와 부인의 누더기 홑적삼을 찢어냈다. 그러자 부인은 실오라기 하나 걸치지 않은 채 서게 되었다. 배는 약간 부어올랐지만 다른 곳은 끔찍할 정도로 바싹 마른 몸이었다. 부인은 옷을 찢을 때도 반항 한 번 하지 않고, 몇 번 움찔하더니 고개를 돌려 옆에 서 있는 딸아이를 바라보았다. 두 남자는 아이의 옷도 벗겼다. 아이는 몸부림을 치다가 엄마를 올려다보더니 이내 잠잠해졌다. 기껏해야 열 살 안팎으로 보였는데, 뼈가 드러날 정도로 마르긴 했지만 부인보다는 살이 좀 올라 있었다.

　막집 바깥에 있던 사람들이 그들을 둘러싸더니 주인과 흥정을 하기 시작했다. 그들이 하는 이야기를 들어보니, 여자아이를 마음에 들어 하는 것 같았다. 부인은 나이가 있어 고기가 질기다며 싫어했다. 주인이 귀찮다는 듯이 물었다.

　"집에 가서 먹을 거요, 아니면 다른 사람한테 팔 거요?"

두 사람은 자기 집에서 먹을 거라 했고, 다른 사람들은 팔 거라고 말했다. 주인이 고개를 끄덕이며 말했다.

"팔 거면 살점이 커야지."

그렇게 말하며 부인을 가리켰다. 또 한 차례 흥정을 하고 나서야 계산이 끝났다. 그때 부인이 입을 열었다.

"저 아이부터 먼저 해주세요."

부인의 목소리는 겨우 들릴 정도였다. 주인은 알았다며 여자아이를 막집 안으로 끌고 들어갔다. 부인이 또 말했다.

"자비를 베풀어주세요. 먼저 아이를 단칼에 찔러 죽여주세요."

주인이 고개를 흔들며 대답했다.

"안 돼. 그렇게 하면 고기가 신선하지 않아."

아이가 막집 안으로 끌려 들어간 후, 조수가 아이의 몸을 꽉 붙잡더니 한쪽 팔을 나무 등걸에 올려놓았다. 아이는 막집 바깥으로 눈길을 돌려 엄마를 바라보았다. 그 바람에 주인이 이미 도끼를 들고 있는 걸 보지 못했다. 부인은 아이를 쳐다보지 않았다.

류성은 주인이 날카로운 도끼를 내리치는 모습을 보았다. 우지직 소리가 나더니 뼈가 잘려 나가고, 피가 사방으로 튀어 주인의 얼굴까지 온통 피범벅이 되었다.

우지직 소리와 함께 아이의 몸이 휘청했다. 그제야 아이는 대체 무슨 일이 일어난 건지 고개를 돌려 바라보았다. 자기 팔이 나무 등걸 위에서 나뒹구는 모습을 보고는 입을 벌린 채 눈을 동그랗게 떴다. 아이는 한참 후에야 길게 울부짖더니 바닥에 풀썩 고꾸라졌다. 넘어진 뒤에도 귀를 찌르는 듯한 울음을 그치지 않았다.

주인이 너덜너덜한 천으로 얼굴을 닦아내는 동안, 점원이 잘라 낸 팔을 막집 밖에서 바구니를 들고 있는 사람에게 건넸다. 그 사람은 팔을 받아 바구니에 집어넣고는 돈을 치르고 서둘러 자리를 떠났다.

그때 부인이 막집 안으로 뛰어 들어가 바닥에 놓여 있던 칼을 집어 들어 아이의 가슴을 힘껏 찔렀다. 숨이 턱 막히는 소리가 나는가 싶더니 울음소리가 금세 잦아들었다. 주인이 알아챘을 때는 이미 상황이 끝난 뒤였다. 그는 주먹을 날려 부인을 막집 모서리에 쓰러뜨렸다. 그러고는 아이를 들어 올려, 조수와 함께 눈이 휘둥그레질 정도로 익숙한 솜씨로 토막 내 밖에 서 있는 사람들에게 한 덩어리씩 나눠주었다.

류성은 넋이 나간 듯 그 모습을 보고 있다가 한참 후에야 정신을 차렸다. 그때 아이는 이미 사지가 완전히 토막 난 뒤였고, 주인이 막집 모서리에서 부인을 끌어내고 있었다. 류성은 더 이상 바라볼 자신이 없어 재빨리 몸을 돌려 후미진 골목으로 숨어 들어갔다. 그러나 주인이 도끼를 내려치는 둔중한 소리와 부인의 날카로운 비명 소리가 뒤를 따라와 온몸이 부들부들 떨렸다. 정신없이 골목을 빠져나온 뒤에야 소리가 더 이상 들리지 않았다. 그러나 방금 보았던 장면을 머릿속에서 지워내기가 쉽지 않았다. 그 처참한 광경이 계속 눈앞에서 어른거렸다. 어디를 가든 그 끔찍한 장면이 사라지지 않았다. 땅거미가 지는 게 보였지만, 류성은 성안에서 노숙할

엄두가 나지 않아 서둘러 성 밖으로 나갔다. 다시 황톳길을 밟은 뒤에야 비로소 마음에 안정을 찾을 수 있었다. 얼마 후 차가운 달이 하늘에 걸렸다. 류성은 달빛 아래를 걸으며 서늘한 기운이 온몸에 파고드는 걸 느꼈다.

4

 다음날 오후, 류성은 어느 마을에 이르렀다. 기껏해야 십여 가구가 모여 사는 마을이었는데, 모두 허름한 초가집에 살았다. 집집마다 굴뚝이 있긴 했지만 연기가 솟아올라 사방으로 퍼져 나가는 풍경은 거의 볼 수가 없었다. 길에는 먼지가 한 층 깔려 있어, 류성이 걸음을 옮길 때마다 흙먼지가 연기처럼 피어올랐다. 그리고 사람이 지나간 흔적이 희미하게 남아 있었다. 그러나 말이 지나간 자국이나 개, 돼지, 양 등의 가축이 지나간 흔적은 보이지 않았다. 그 옆으로 짧은 샛길이 하나 나 있었는데, 갈라지는 곳 아래쪽에 개울이 있었다. 개울에는 물은 없었지만 누런 풀 몇 포기가 듬성듬성 자라 있었고, 그 위에 작은 널다리가 놓여 있었다. 류성은 널다리로 올라가지 않았으니 샛길로 접어들 일도 없었다. 그는 도로 옆의 초가집으로 들어갔다.
 그 초가집은 술집이었다. 계산대 위에 쟁반 몇 개가 놓여 있었는데, 모두 하얗게 삶은 큼지막한 고기가 담겨 있었다. 가게 안에는 세 사람이 있었다. 주인은 마르고 키가 작은 사람이었고, 점원 둘은 체격이 건장했다. 모두 무명 적삼을 입고 있긴 했지만, 상당히 깔끔한데다 기운 자국도 없었다. 이런 흉년에도 유독 그 술집만 돌틈에서 자라난 풀처럼 생기가 돌아 신기하게 느껴질 정도였다. 세 사람은 혈색이 좋다고까지는 할 수 없어도 최소한 살점 하나 없이 누렇게 뜬 얼굴은 아니었다. 류성은 그 길을 걸어오는 동안, 사람 같은 사람은 거의 보지 못한 터였다.

류성은 어제 황혼이 질 무렵 성을 떠나, 삼경 무렵까지 달빛에 의지에 줄곧 걷다가 낡은 정자에서 휴식을 취했다. 몸을 봇짐처럼 동그랗게 말아 정자의 귀퉁이에서 잠을 청하고, 다음날 날이 밝자마자 일어나 다시 걸음을 재촉했다. 그렇게 해서 오늘 이 술집 문 앞에 이르니, 몸이 휘청거리고 눈이 다 풀려 금방이라도 쓰러질 것 같았다. 하루가 넘도록 밥 한 술, 물 한 모금 입에 넣지 못하고 죽어라 걷기만 했으니 서 있기 힘든 게 당연했다. 술집 주인이 얼굴 가득 웃음을 지으며 그를 맞이했다.

"손님, 뭘 드릴까요?"

류성은 안으로 들어가 탁자 앞에 털썩 주저앉더니, 차 한 잔과 바오빙 몇 장을 주문했다. 주인은 알았다고 하고는 금세 음식을 가져왔다. 류성은 차를 단숨에 들이켠 다음 바오빙을 천천히 먹기 시작했다.

그때 상인처럼 보이는 사람이 걸어 들어왔다. 수놓은 비단옷을 입고 있는 게 평범한 사람은 아닌 듯했다. 그 뒤로 하인 둘이 봇짐을 지고 따라왔다. 상인이 자리에 앉자 주인은 최고급 술을 들고 나와 한 잔 가득 채워 그 앞에 내밀었다. 상인은 술을 단숨에 비우고는 소매 안에서 부스러기 은전을 한 뭉치 꺼내 탁자 위에 올려놓았다.

"고기 요리!"

점원 둘이 재빨리 하얗게 삶은 고기 요리 두 접시를 가져왔다. 상인은 힐끗 쳐다보더니 접시를 하인들에게 떠밀며 다시 말했다.

"신선한 걸로!"

주인이 다급한 목소리로 대답했다.

"바로 가져오겠습니다."

말이 끝나기가 무섭게 주인은 점원들과 함께 옆에 있는 다른 초가로 들어갔다.

류성은 바오빙을 다 먹은 뒤에도 계속 자리에 앉아 있었다. 계속 앉아 있으니 정신이 좀 돌아오는 듯해 옆에 앉은 세 사람을 훑어봤다. 하인 둘은 자리에 앉기는 했지만, 주인이 주문한 요리가 나오기 전이라 아래에 놓인 고기를 감히 건드리지도 못하고 있었다. 상인은 술 몇 잔을 연거푸 들이켜더니 더 이상 기다리지 못하겠다는 듯 소리를 질렀다.

"아직 다 안 됐어?"

주인이 옆방에서 다급하게 대답했다.

"갑니다. 곧 가요."

류성이 몸을 일으켜 봇짐을 지고 막 밖으로 나가려 하는데, 갑자기 옆방에서 내장이 갈기갈기 찢기는 듯한 비명 소리가 들려왔다. 그 고통스러운 외침에 류성은 예리한 검에 가슴을 찔리는 느낌이 들었다. 너무 갑작스러운 일이라 깜짝 놀라 얼이 빠졌다. 소리가 어찌나 길게 이어지는지, 평생 지를 소리를 한 번에 다 토해내는 것 같았다. 비명 소리가 맹렬하게 벽을 뚫고 들어오는 광경이 눈앞에 보이는 듯했다.

잠시 후 소리가 뚝 그쳤다. 잠깐 사이에 류성은 도끼가 뼈에 닿으며 내는 소리를 들었다. 그 바람에 어제 성안의 인육시장에서 보았던 광경이 다시 눈앞에 생생하게 나타났다.

비명 소리가 다시 울려 퍼졌다. 이번에는 칼로 자르는 것처럼 소리가 뚝뚝 끊어졌다. 소리는 손가락 마디처럼 짧게 끊어지며 일정한 간격에 맞춰 곁을 스쳐 지나갔다. 그 사이에서 류성은 도끼를 내려치는 소리를 똑똑히 들었다. 도끼 소리와 비명 소리가 엎치락뒤치락하며 둘 사이의 간격을 메우는 형국이었다.

머리카락이 다 곤두서는 것 같았다. 그러나 옆에 앉은 세 사람은 아무 소리도 못 들었다는 듯 태연하게 술을 마시고 있었다. 상인은 수시로 문 쪽을 힐끗힐끗 쳐다보며 여전히 짜증나 죽겠다는 표정으로 앉아 있었다.

옆방에서 나던 소리가 점차 잦아들면서, 류성은 여자의 신음 소리를 들었다. 그 소리에는 이미 조금 전과 같은 격렬함은 없었다. 오히려 거문고 타는 소리나 글 읽는 소리가 아닌가 싶을 정도로 차분한 소리였다. 어찌 들으면 물방울이 똑똑 떨어지는 소리 같기도 했다. 삼 년 전 규방 창문 아래서 아가씨가 시와 사를 읊조리는 소리에 귀를 기울이던 정경이 어렴풋이 떠올랐다. 류성은 환상 속으로 빠져들었다. 그러나 그 광경은 눈 깜짝할 사이에 사라지고, 옆방에서는 틀림없는 신음 소리가 들렸다. 류성은 왜 갑자기 아가씨의 목소리가 떠올랐을까 하는 생각에 몸을 움찔했다.

류성은 자기가 문 쪽으로 가고 있다는 것도 깨닫지 못했다. 문에서 주인, 그리고 두 점원과 마주쳤다. 점원 하나는 피가 낭자한 도끼를 들고 있었고, 다른 하나는 사람의 다리를 들고 있었는데 다리에서는 아직도 피가 떨어지고 있었다. 피가 진흙에 툭툭 떨어지는 소리가 또렷하게 들렸다. 아래를 내려다보니 점점이 피가 떨어진 자국이 나 있고, 피비린내가 코를 찔렀다. 그곳에서 사람을 숱하게 죽인 게 틀림없었다.

류성은 옆방으로 들어가 한 여자가 머리를 산발한 채 바닥에 누워 있는 모습을 보았다. 한쪽 다리는 잘리고 남은 일부가 약간 구부러져 있었고, 다른 한쪽 다리는 이미 완전히 잘려나가 그 자리에 피와 살이 뒤엉켜 있었다. 류성은 그 옆에 쪼그리고 앉아 여자의 얼굴을 덮고 있는 머리카락을 조심조심 쓸어 올렸다. 여자는 큰 눈을 동그랗게 뜨고 있었지만, 생기라고는 찾아볼 수가 없었다. 자세히 살펴보니 그 여자는 바로 후이 아가씨였다. 류성은 빙빙 도는 느낌이었다. 삼 년 동안 헤어져 있다가 이런 곳에서 만나게 될 줄은 꿈에도 생각지 못했다. 뜻밖에도 아가씨는 인육 감으로 영락해 있었다. 류성은 쏟아지는 눈물을 주체할 수가 없었다.

아가씨는 아직 숨이 넘어가지는 않았는지 계속 신음 소리를 냈다. 잔뜩 일그러진 얼굴에서 그 고통이 어느 정도인지 짐작할 수 있었다. 이제 더 나올 목소리도 없는지 아가씨의 마지막 목소리가 신음으로 바뀔 때는 가느다란 물줄기가 끝없이 흘러가는 소리같이 들렸다. 아가씨는 큰 눈을 동그랗게 뜨고도 류성을 알아보지 못했다. 아가씨의 눈에는 그가 그저 낯선 남자로 보일 뿐이었다. 아가씨는 죽어가는 목소리로 그에게 단칼에 자기를 죽여달라고 사정했다.

 아무리 소리를 질러도 아가씨는 류성을 알아보지 못했다. 어쩔 수 없다는 생각에 그는 가슴을 칼로 도려내는 듯 고통스러웠다. 문득 아가씨가 헤어질 때 준 머리카락이 생각나, 그것을 봇짐에서 꺼내 아가씨의 눈앞에 내밀었다. 잠시 후 그 동그란 눈이 몇 번 깜빡거리는 듯싶더니 순간 신음 소리가 멎었다. 류성은 아가씨의 눈에서 눈물이 반짝거리는 것은 보았지만, 아가씨의 손이 자기를 더듬어 찾는 것은 보지 못했다.

 아가씨는 마지막 남은 목소리로 자신의 잘려나간 다리를 찾아달라고 부탁했다. 그래야 완전히 죽을 수 있다는 것이었다. 그리고 자신을 단칼에 베어달라는 말을 덧붙였다. 말을 마친 아가씨는 편안한 눈길로 류성을 바라보았다. 모든 것이 만족스럽다는 얼굴이었다. 죽기 전에 류성을 다시 만났으니 그녀로서는 더 바랄 게 없었다.

 류성은 그 방에서 나와 술집 주방으로 걸어갔다. 마침 하인 하나가 아가씨의 다리에서 살을 발라내고 있었다. 다리는 이미 이리 베이고 저리 베여 너덜너덜해져 있었다. 류성은 점원을 밀쳐내고는 봇짐에서 남은 은전을 다 꺼내 아궁이 위에 던졌다. 은전은 삼 년 전에 규방에서 아가씨에게 받은 것이었다. 아가씨의 잘린 다리를 들어 올리던 류성은 탁자에 놓인 날카로운 칼을 발견했다. 그 순간 어제 인육시장에서 부인이 자기 딸을 단칼에 찔러 죽이던 광경이 떠올랐다. 그는 잠시 머뭇거리다가 단호하게 칼을 집어 들었다.

류성이 다시 아가씨 곁으로 돌아가자, 아가씨는 더 이상 신음 소리를 내지 않고 그윽한 눈길로 그를 바라보았다. 규방 창가에 서 있던 그때의 눈길 그대로였다. 류성이 다리를 안고 들어오는 모습을 보고 아가씨가 입을 달싹거렸으나 소리는 나지 않았다. 목소리는 이미 죽음의 문턱에 들어선 듯했다.

류성이 다리를 잘려나간 부위 옆에 놓자 아가씨가 살며시 미소를 지었다. 그리고 그의 손에 있는 칼을 보더니 다시 그를 바라보았다. 아가씨가 바라는 게 뭔지 류성은 분명히 알 수 있었다.

아가씨는 더 이상 신음 소리를 내지는 않았지만, 참기 힘든 고통에 얼굴이 점점 일그러졌다. 류성은 그 얼굴에 떠오르는 처참한 표정을 계속 바라보기가 힘이 들었다. 그래서 두 눈을 질끈 감고 아가씨의 가슴께를 더듬어 경미한 심장 박동을 느껴보았다. 손가락이 희미하게 오르락내리락하는 느낌이었다. 곧이어 그 손이 가슴에서 떠나고, 다른 손이 칼을 들어 그 자리를 세차게 내리 찔렀다. 아가씨의 하체가 갑자기 확 움츠러들었다. 류성은 얼어붙은 듯 꼼짝도 않고, 아가씨의 몸이 서서히 풀어지는 걸 느꼈다. 그러다 더 이상 움직이지 않을 때에야 온몸을 부들부들 떨기 시작했다.

그는 한참 후에야 눈을 떴다. 아가씨의 눈은 이미 감겨 있었고,

얼굴도 일그러지지 않았다. 매우 편안한 표정이었다. 아가씨 옆에 꿇어앉은 류성은 완전히 넋이 나간 표정이었다. 지난날의 무수한 일들이 연기처럼 눈앞을 가득 채웠다가 곧바로 사방으로 흩어졌다. 한동안은 꽃이 흐드러지게 피어 있던 후원의 경치가 나타났다가, 다시 규방의 우아한 비취빛 기둥이 보였다가 마지막에는 막막한 허공만이 남았다.

류성은 아가씨를 안아 올렸다. 잘린 다리가 팔위에서 덜렁덜렁 흔들거리는데도 전혀 의식하지 못했다. 그 도살장 같은 방에서 나와 술집으로 건너가서도 상인이 정신없이 아가씨의 다리 고기를 먹는 것도 보지 못했다. 그는 술집에서 나와 황톳길로 접어들었다. 주변을 둘러보니 사방의 밭이 전부 누런색으로 뒤덮여 있었다. 이 좋은 봄날에 초록빛이라고는 손톱만큼도 구경할 수가 없으니, 알록달록 화사하게 꽃이 핀 경치를 어찌 바랄 수 있겠는가?

류성은 앞쪽을 향해 터덜터덜 걸으면서 수시로 고개를 숙여 아가씨를 바라보았다. 아가씨는 오랜 소원을 이룬 듯 평온한 표정이었다. 오히려 류성이 혼은 빠져나가고 몸만 남은 사람 같았다.

조금 더 걸어가니 강이 나왔다. 강 양쪽 기슭에는 말라비틀어진 버드나무 몇 그루가 해골처럼 앙상한 가지를 드러내고 있어 황량하기가 이를 데 없었다. 강바닥에는 물이 조금 남아 있었는데, 탁하긴 해도 아직 흐르고 있었고 졸졸거리는 소리까지 났다. 류성은 아가씨를 강가에 내려놓고 그 옆에 앉아 아가씨의 몸을 자세히 살펴보았다. 몸 여기저기에 핏자국이 있었고, 더러운 진흙도 군데군데 묻어 있었다. 아가씨의 몸에서 누더기 무명 적삼을 벗겨내자, 옷이 찢어지는 소리가 사방에 울려 퍼졌다. 잠시 후 아가씨의 새하얀 몸이 완전히 드러났다. 그는 강물로 핏자국과 진흙을 깨끗이 닦아냈다. 잘린 다리는 온통 상처투성이라 차마 눈뜨고 볼 수가 없었다. 류성은 자기도 모르게 눈을 감았다. 어제 성안의 인육시장에서 본 광경이 또다시 떠올라 잘린 다리를 멀찌감치 떨어뜨려 놓았다.

다시 눈을 떠보니 다리의 잘린 부위가 눈에 들어왔다. 도끼로 내리친 흔적이 선명하게 남아 있었다. 마치 함부로 베어놓은 나무 기둥 같았다. 거기에는 피부와 살점이 서로 뒤엉킨 채 너덜너덜하게 걸려 있었다. 손가락으로 그 사이를 만져보니, 너저분한 살점은 비할 데 없이 부드러웠지만 잘려나간 뼈는 칼날처럼 날카로워 깜짝 놀라고 말았다. 그 모습을 한참 동안 뚫어져라 쳐다보고 있던 그의 눈에 말라버린 우물과 허물어진 담장이 어른거렸다.

그다음으로 가슴께에 있는 핏자국에 눈이 갔다. 핏자국을 꼼꼼하게 닦아내자 칼에 찔린 상처 부위의 살점이 사방으로 벌어졌다. 안쪽이 여전히 새빨간 게 꼭 활짝 핀 복숭아꽃 같았다. 류성은 자기도 모르게 몸을 부르르 떨었다. 삼 년 동안 차곡차곡 쌓아온 그리움이 이렇게 단칼에 끝이 나다니. 그러한 사실을 감히 믿을 수가 없었다.

그렇게 온몸을 깨끗이 닦아낸 다음, 아가씨의 모습을 다시 한번 찬찬히 살펴보았다. 아가씨는 땅바닥에 반듯하게 누워 있었는데, 피부가 얼음처럼 맑고 옥처럼 반들반들 윤기가 났다. 꼭 살아 있는 사람처럼 보였다. 오히려 멍한 표정으로 옆에 앉아 있는 류성이 죽은 사람 같았다.

　류성은 봇짐 속에서 자기가 갈아입으려고 넣어 왔던 옷을 꺼내 아가씨에게 덮어주었다. 커다란 옷으로 덮어놓으니 아가씨는 더욱더 작아 보였다. 그 모습에 류성은 눈물이 비 오듯 쏟아졌다.

　류성은 손으로 그 옆에 구덩이를 팠다. 그러고는 나뭇가지를 여러 개 꺾어 와 구덩이 바닥과 양옆을 채우고 아가씨를 내려놓았다. 그 위를 나뭇가지로 덮고 나니 아가씨의 몸이 완전히 가려져 보일 듯 말 듯했다. 그런 다음 흙을 덮어 무덤을 만들고 강물을 떠 와 뿌려주었다.

　모든 일을 마치고 그는 무덤 앞에 단정한 자세로 앉았다. 그러나 머릿속에는 아무 생각도 없었다. 계속 그렇게 앉아 있다가 차가운 달이 하늘에 걸릴 무렵에야 정신을 차렸다. 달빛이 무덤을 비춰 희미한 빛이 반사되었다. 류성은 강물이 졸졸 흐르는 소리를 들으며 아가씨도 그 소리를 들을 수 있을까 하는 생각을 했다. 만약 들을 수 있다면 견딜 수 없이 그렇게 쓸쓸하지는 않을 것이다.

　류성은 그런 생각을 하며 자리에서 일어나 달빛이 넘실대는 큰길로 접어들었다. 쥐 죽은 듯이 고요한 밤거리를 앞만 보며 걸었다. 아가씨에게서 점차 멀어질수록 마음속에 구멍이 뻥 뚫린 듯 헛헛한 기분이 되었다. 그렇게 걸어가는 동안은 봇짐 속에서 붓대가 벼루에 부딪힐 때 나는 쓸쓸한 소리만 귀에 들어왔다.

5

 몇 년 후, 류성은 세 번째로 황톳길에 올랐다. 전과 마찬가지로 봇짐을 지긴 했지만 이번엔 과거를 보러 가는 길이 아니었다. 수년 전, 아가씨를 묻은 뒤에도 과거를 보러 가기는 했다. 그러나 이름을 날리겠다는 생각 같은 건 사라진 지 오래였다. 그래서 또 낙방을 했어도 조금도 부끄러워하지 않고 느긋한 마음으로 귀향길에 올랐다.
 당시 류성은 낙방을 하고 돌아가는 길에 아가씨를 묻은 강변에 들렀다. 그러나 아가씨의 무덤이 어느 것인지 찾을 수가 없었다. 그 부근에 고만고만한 무덤이 열 개도 넘게 들어서 있었는데, 하나같이 황량하기 짝이 없었다. 강변에 한참 동안 서 있던 그는 문득 이 세상에 단장의 고통을 느끼는 사람이 자기 하나가 아니구나 하는 생각이 들었다. 그렇게 생각하니 슬픔이 좀 덜해지는 듯했다. 그래서 거기 있는 무덤을 하나하나 다니며 잡초를 뽑고 새 흙을 덮어주었다. 그리고 나서도 다시 한참을 서 있었지만 여전히 아가씨가 잠든 곳이 어디인지 알 길이 없어 탄식을 하며 길을 떠났다.
 거의 빌어먹다시피 하며 집으로 돌아와 보니 전에 살던 초가집은 이미 흔적도 없이 사라진 뒤였다. 눈앞에는 덩그러니 공터만 남아 있었다. 어머니의 베틀도 온데간데없이 사라졌다. 이런 상황은 서울로 떠날 때부터 이미 예상했던 바라 류성은 조금도 놀라지 않았다. 다만 앞으로 어떻게 살아가야 할지가 고민스러울 뿐이었다. 그 후로 오랫동안 류성은 구걸을 하며 목숨을 부지했다. 시절이 좀 나아진 뒤에야 기회를 만나 한 부잣집의 묘지기를 하게 되었다. 초가집에 살면서 무덤의 잡초나 좀 뽑아주고 가끔 흙이나 덮어주면, 나머지 시간은 시를 읊거나 그림을 그리며 지낼 수 있었다. 가난하긴 해도 제법 풍류를 즐길 수 있는 삶이었다. 가끔 옛일을 떠올리기도 했는데, 그때마다 아가씨의 목소리와 웃는 얼굴이 눈앞에 어른거렸다. 그럴 때면 정신이 아찔해져 결국 마지막에 남는 건 한숨뿐이었다. 그렇게 몇 년이 후딱 지나갔다.

그러던 어느 해 청명절이었다. 주인집 집사가 인부와 말들을 끌고 와 벌초를 하고 간 뒤, 하인 수십 명이 울긋불긋하게 차려 입고 기세등등하게 나타났다. 눈부시게 화려한 제수 용품들이 놓이더니, 눈 깜짝할 사이에 무덤 앞에 향불이 피어오르고 곡소리가 사방으로 울려 퍼졌다. 그 사이에 서 있던 류성은 자기도 모르게 눈물을 흘렸다. 무덤 주인 때문이 아니라, 그런 광경을 지켜보고 있으니 감정이 북받쳐 올라 흘리는 눈물이었다. 청명절인데 부모님 무덤의 벌초라도 해서 효를 다해야 할 텐데 그럴 수가 없구나 하는 생각 때문이었다. 게다가 아가씨의 쓸쓸한 무덤을 생각하니 가슴이 더 미어졌다. 부모님은 두 분이 함께 구천에서 편히 잠드셨겠지만, 아가씨는 혼자 몸이니 그 처지가 얼마나 처량하겠는가.

다음날 새벽 류성은 인사도 없이 그곳을 떠났다. 먼저 부모님 무덤을 찾아가 벌초를 하고, 황톳길에 올라 아가씨가 잠들어 있는 강변으로 걸음을 옮겼다. 여러 날을 걷는 내내 환한 봄빛이 내리쬐었고, 색색가지 꽃이 핀 아름다운 경치가 끊임없이 나타났다. 주위를 둘러보니 한쪽에서는 복숭아나무와 버드나무가 아름다움을 다투고 있고, 다른 한쪽에서는 뽕나무와 마 덩굴이 들판을 가득 덮고 있었다. 또 대나무 울타리를 친 초가집들이 푸른 나무와 비취빛 대나무 사이에 들어서 있고, 계곡에는 가는 하천이 길게 흐르고 있었다.

지난날의 황량한 풍경은 흔적도 없이 사라지고, 류성이 처음 황톳길을 걷던 그때의 아름다운 풍광이 다시 펼쳐졌다. 지난번에 보았던 황량한 풍경이 저 멀리 사라지고, 그보다 더 이전의 번화한 모습이 다시 돌아와 류성의 시야를 채운 것이다. 황량함과 번화함이 마음속에 번갈아 나타나는 가운데, 류성은 발아래의 황톳길이 현실이 아니라 환영처럼 느껴졌다. 눈을 저 멀리로 돌려보니 갖가지 색으로 화려하게 수 놓인 경치가 흥에 겨운 듯 튀어오를 듯했지만, 지난날의 황량함이 완전히 종적을 감춘 것은 아니었다. 햇빛 아래 드리워진 그늘처럼 길가와 들판에는 여전히 그 흔적이 남아 있었다. 류성은 이 번화함은 또 얼마나 갈까 잠시 생각에 빠졌다.

류성은 그 길에서 과거를 보러 가는 부잣집 공자 몇을 만나고는 처음 과거를 보러 가던 그해를 떠올렸다. 따져보니 벌써 십 년도 훨씬 전의 일이었다. 그동안의 무수한 우여곡절을 떠올리니, 세상사가 얼마나 무정하고 의리 없게 돌변하는가 하는 생각에 한숨이 절로 나왔다. 그 공자들은 모두 과거에 합격이라도 한 듯 득의양양한 표정이었다. 그 모습에 류성은 한숨밖에 나오지 않았다. 세상사가 이처럼 변화무쌍한데 공명이 다 무슨 소용이란 말인가.

상처투성이였던 길 양쪽의 나무들도 가지와 잎이 무성했다. 마을 사람 몇몇이 나무 그늘 아래서 낮잠을 자고 있었는데, 그 여유로운 모습에서 시절이 얼마나 풍요로워졌는지 알 수 있었다. 바람결에 춤을 추고 있는 풀밭에서 수많은 소와 양들이 만사가 귀찮다는 듯 누워 있거나 어슬렁어슬렁 걸어 다녔다.

어느새 류성은 갈림길에 이르렀다. 근처를 흐르는 강이 또다시 눈앞에 모습을 드러냈다. 처음 서울에 가던 해에 들렀던 그 강이었다. 강가의 파릇파릇한 풀들은 한때는 남김없이 사라졌는데 지금은 다시 무성하게 자라 있었다. 긴 가지를 늘어뜨리고 있는 버드나무는 예전에는 앙상한 뼈만 드러내고 있더니, 이제는 바람을 맞으며 기분 좋게 춤을 추고 있었다. 걸어가는 류성의 바짓가랑이 속으로 파릇파릇한 풀들이 들어와 간지럼을 태웠다. 강가에 가보니 물이 어찌나 맑은지 바닥까지 다 보일 정도였고, 물 위에는 푸른 이파리 몇 장이 떠다니고 있었다. 하얀 물고기 한 마리가 우아한 몸놀림으로 류성의 근처를 헤엄쳐 다녔다. 이곳의 풍경은 십여 년 전과 하나도 달라진 게 없어 류성은 감개가 무량했다. 하얀 물고기의 몸놀림을 보고, 아가씨가 규방 안에서 사뿐사뿐 걸어 다니던 모습을 어떻게 떠올리지 않을 수 있겠는가? 수년 전의 황량했던 모습을 떠올리자, 만감이 교차하는 기분이었다. 나무와 풀, 강물과 물고기는 재난 뒤에 다시 번성했지만, 아가씨만은 홀로 무덤에 누워 다시 살아나지도 못하고 지난날의 부귀영화를 다시 누릴 수도 없었다.

류성은 강가에 한참을 서 있다가 쓸쓸한 마음으로 길을 떠났다. 다시 길에 오르자 예전의 그 성이 어렴풋이 눈에 들어와 그곳을 향해 걸음을 재촉했다.

성문밖에 이르자 성안에서 사람들이 왁자지껄하게 떠드는 소리가 들려왔다. 사람과 말들이 분주하게 오가는 모습도 보였다. 성도 예전의 번영을 되찾은 듯했다. 성안으로 들어가 저잣거리를 걸어 보니, 전과 다름없이 다섯 걸음을 걸으면 누각이 하나 나오고 열 걸음을 걸으면 건물이 하나 나왔다. 누각은 새롭게 수리하고 장식한 터라 그 위엄이 대단했다. 금박이 다 떨어져 나가고, 거미줄이 치렁치렁하던 모습은 눈 씻고도 찾아볼 수 없었다. 거리 양쪽에 술집과 찻집이 빽빽하게 늘어서 있었는데, 술집에는 청기(술집을 표시하는 깃발)가 높이 걸려 있고 찻집에는 아궁이 가득 숯불이 타고 있었다. 그 밖에도 국수를 파는 가게, 쟈오즈(밀가루를 반죽하여 얇게 민 다음, 잘게 저민 고기나 야채 따위를 넣어 싼 것)를 파는 가게, 점집 등이 있었다. 술집의 계산대 위에는 다시 토실토실한 양고기가 걸려 있고, 찻집 계산대에도 여러 가지 간식거리가 놓여 있었다. 거리를 걷는 사람들도 모두 혈색도 좋고 표정도 밝았다. 진주와 옥으로 화려하게 꾸민 부녀자들이 아리따운 몸종을 데리고 유람하듯 지나다녔고, 부잣집 공자들은 커다란 말에 올라 인파 속을 누볐다. 류성이 그 사이를 걸어가니 양쪽의 술집에서 호객꾼들이 자기 가게로 들어오라며 경쟁적으로 소리를 질렀다. 그러한 광경은 십여 년 전의 모습 그대로였다. 류성은 어안이 벙벙해져 지난날의 풍경으로 돌아가는 듯한 느낌이 들었다. 마치 지난 십여 년 동안의 우여곡절은 애당초 있지도 않았던 것 같았다.

잠시 후 류성은 불당 앞에 이르렀다. 불당은 눈부실 정도로 화려했다. 활짝 열려 있는 문 사이로 들여다보니, 백 년 묵은 짙푸른 측백나무가 우뚝 솟아 있고, 벽돌이 깔려 있는 바닥은 티끌 하나 없이 깨끗했다. 기둥과 대들보가 반들반들 윤이 나는 것까지 십여 년 전과 모든 게 똑같았다. 흉년에 그 일대를 덮쳤던 몰락의 기운은 조금도 찾아볼 수 없었다. 잡초가 무성하고 거미줄이 칭칭 얽혀 있던 광경은 류성의 기억에만 어렴풋이 남아 있을 뿐이었다.

류성은 봇짐을 풀더니 예전에 그랬던 것처럼 문방사우를 꺼내 몇 글자 휘갈기고 화초 몇 장을 그린 다음, 벽에 붙여놓고 길 가는 사람들에게 팔았다. 순식간에 꽤 많은 사람이 주위를 둘러쌌다. 보는 사람에 비해 사 가는 사람이 적긴 했지만, 그래도 몇 시간 만에 서화를 다 팔았다. 돈을 얼마간 벌어들인 그는 만족스러운 얼굴로 봇짐을 싸서 느릿느릿 그 자리를 떠났다.

모르는 사이에 류성은 일찍이 대저택이었다가 허물어져 폐허가 된 곳에 이르렀다. 가까이 다가가 살펴보고는 두 눈이 휘둥그레지고 말았다. 메말라 있던 우물과 허물어진 담장은 이미 온데간데없었고, 아무것도 없던 공터조차도 찾아볼 수가 없었다. 눈앞에 펼쳐진 건 위엄이 넘치는 대저택이었다. 류성은 할 말을 잃고, 그 광경이 혹시 환영이 아닐까 의심했다. 그러나 한참을 바라보고 있어도 대저택은 사라지기는커녕 점점 현실처럼 느껴졌다. 굳게 닫힌 붉은 대문 안쪽으로 처마들이 겹겹이 포개어 있었고, 그 주위를 새들이 날아 다녔다. 나무는 하늘에 닿을 듯이 높이 솟지는 않았지만 굵고 단단해 보였다. 또 문 앞의 두 마리 돌사자는 제법 사나워 보였다. 류성은 손을 뻗어 둘 중 한 마리를 만져보았다. 차갑고 단단한 느낌이었다. 그제야 눈앞의 풍경과 물건들이 환영이 아니라는 것을 분명히 깨달았다.

류성은 저택의 담장 바깥에 난 길을 따라 천천히 걸어갔다. 몇 걸음 만에 옆문이 나왔다. 옆문도 굳게 닫혀 있긴 했지만, 안에서 웃는 소리가 들렸다. 그는 잠시 서 있다가 다시 앞으로 나아갔다.

곧이어 뒷문 바깥쪽에 이르렀다. 뒷문은 십여 년 전과 마찬가지로 활짝 열려 있었다. 다른 점이 있다면 이번에는 안에서 사람이 나오지 않았다는 것이다. 뒷문을 통해 후원으로 들어가니 연못과 정자, 석가산과 돌병풍이 눈에 들어왔다. 하나같이 정교하게 만들어진 것들이었다. 정원 한가운데 연못이 두 개나 자리 잡고 있었다. 둘 다 반쯤은 연꽃으로 뒤덮여 있었고, 두 연못이 만나는 곳에는 작은 다리가 놓여 있었다. 다리 위에도, 연못가에도 정자가 있었는데 그 양옆에는 각각 단풍나무가 한 그루씩 서 있었다. 후원의 배치는 십여 년 전과 약간 다른 점이 있었지만, 단풍나무는 십여 년 전에 봤던 바로 그 나무들이었다. 수차례 재난을 겪었는데도 겉모습은 예나 지금이나 변함이 없었다. 정자를 살펴보니 안에는 자기로 된 받침돌 네 개가 놓여 있고, 그 뒤로 돌병풍이 서 있었다. 돌병풍 뒤에는 비취빛 대나무가 백 그루나 자라고 있었고, 그 뒤로는 붉은 난간, 난간 뒤에는 화초가 흐드러지게 피어 있었다. 복숭아꽃과 살구꽃, 배꽃은 활짝 피어 있었고, 해당화와 난초, 국화는 아직 피지 않았다.

류성은 걸음을 멈추고 위를 올려다보았다. 뜻밖에도 규방이 보였다. 주위를 둘러보니 처음 과거를 보러 가던 때와 모든 것이 똑같았다. 창문이 사방으로 열려 있어 바람이 저편에서부터 방을 통과해 류성의 바로 앞까지 불어왔다. 류성은 몸속으로 파고들듯 풍겨오는 향기를 맡으며, 자기도 모르게 규방에서 아가씨와 만나던 아름다운 장면 속으로 빠져들었다. 그 모든 것이 지나간 일이 아니라 바로 지금 일어나고 있는 일인 것만 같았다.

아가씨의 글 읽는 소리가 희미하게 들려오는 듯했다. 그런 생각을 하고 있는데, 과연 신비로운 목소리가 창문을 통해 흘러 나왔다. 그 소리는 다시 사방으로 흩어져 가랑비처럼 어지럽게 떨어져 내렸다. 들릴 듯 말 듯 희미하게 들려오는 게 마치 쟁반에 옥구슬이 똑똑 떨어지는 소리 같았고, 가늘고 길게 울리는 건 시냇물이 졸졸 흘러가는 소리 같았다. 자세히 들어보니 글 읽는 소리가 아니라 거문고를 타는 소리였다. 그러나 거문고 소리는 아가씨의 글 읽는 소리와 완전히 똑같이 들렸다. 류성은 열심히 귀 기울여 듣다

보니, 자기도 모르게 그 속으로 빠져 들어갔다. 십여 년 동안의 구구절절한 사연은 이미 연기처럼 사라지고, 다시 규방 아래 선 지금 마치 그 아름다운 장면을 처음 맞는 듯한 기분이었다. 비록 그는 그다음에 일어날 일들을 어렴풋하게나마 예상할 수 있었지만, 그러한 사실이 그를 깨어나게 하지는 못했다. 그는 이미 어제와 오늘의 일을 구분할 수 없게 되었다.

류성은 곧 몸종이 창문에 나타날 거라고 생각했다. 과연 몸종으로 보이는 여자가 창가에 나타나 화가 난 얼굴로 소리쳤다.

"어서 여기서 떠나세요."

류성은 자기도 모르게 싱긋 웃었다. 눈앞의 정경이 어쩌면 그렇게 생각했던 것과 똑같을 수 있을까. 몸종은 소리친 후에 창문에서 사라졌다. 그러나 류성은 그녀가 잠시 후 다시 창문에 나타날 것을 알고 있었다.

거문고 소리는 아직 멈추지 않았다. 그러니 아가씨의 글 읽는 소리도 계속되었다. 그 소리는 은은하게 들려오다가 가끔씩은 한없이 느려지기도 했다. 혹시 아가씨가 지금 이 순간 그리움에 지쳐 있는 건 아닐까?

몸종이 다시 창문 앞에 나타났다.

"아직 안 떠나고 뭐 하는 거예요?"

류성은 이번에도 싱긋 미소를 지었다. 몸종은 그의 웃는 얼굴을 보더니 더 이상 창문에 서 있지 못하고 안으로 들어갔다. 몸종이 떠난 후 거문고 소리가 뚝 끊겼다. 잠시 후 류성은 규방 안을 이리저리 오가는 발소리를 들었다. 좀 묵직한 쪽은 분명히 몸종의 발소리일 것이고, 가벼운 쪽은 아가씨의 발소리일 것이다.

석양이 내리기 시작했다. 곧 날이 어두워질 것이고 비도 올 것이다. 비가 쏴쏴 내리기 시작하면 규방 창문이 닫힐 것이고, 창호지를 통해 촛불의 빛줄기가 몇 가닥 새어 나올 것이다. 비바람 속에서 창문이 다시 열리고 아가씨와 몸종이 함께 나타나 밧줄을 내려줄 것이다. 그러면 류성은 빛줄을 타고 올라가 규방에서 아가씨와 만나게 되리라. 방 밖으로 나가는 아가씨의 모습은 하얀 물고기처럼 우아하고 아름다울 것이다. 잠시 후 아가씨가 다시 류성 곁으로 다가올 테고, 그러면 두 사람은 손을 잡고 서로 마주볼 것이다. 천 마디 만 마디 할 말은 많지만, 오히려 소리도 냄새도 없는 정적만이 감돌 것이다. 곧이어 류성은 다시 밧줄을 타고 내려와 규방을 떠나 황톳길에 오를 것이다. 수개월 후 과거에 낙방하여 다시 그곳에 왔을 때는 모든 것이 사라지고 말라버린 우물과 허물어진 담장만이 그를 맞이하리라.

말라버린 우물과 허물어진 담장이 불현듯 떠오르자 류성은 깜짝 놀랐다. 바로 그때 규방에서 류성의 머리에 정면으로 찬물을 끼얹었다. 그제야 그는 정신이 퍼뜩 들었다. 주위를 둘러보니 햇빛이 쨍쨍한 대낮이었다. 방금 전에 봤던 장면들은 한 편의 백일몽이었던 것이다. 그러나 온몸이 흠뻑 젖어 있는 걸 보면 찬물은 현실이었다. 다시 규방 창문을 올려다보니 사람 그림자는 없었지만, 몰래 웃는 소리가 들렸다. 잠시 후 몸종이 다시 창문에 나타나 성난 목소리로 소리쳤다.

"이번에도 안 가면 사람을 부를 거예요."

조금 전의 아름다운 광경이 연기처럼 사라지자 류성은 크게 낙담을 했다. 규방은 여전한데 아가씨는 바뀌었다. 그는 한숨을 내쉬며 그곳을 떠났다. 밖으로 나와 다시 한번 주위를 둘러보니 그곳은 지난날의 그 대저택이 아니었다. 떠나는 길에 류성은 봇짐 속에서 아가씨가 이별할 때 주었던 머리카락을 꺼내 찬찬히 살펴보았다. 아가씨가 살아 있을 때 남긴 좋았던 기억들이 새록새록 눈앞에 떠올라 눈물이 주르륵 흘러내렸다.

6

 성 밖으로 나와 며칠을 더 걸으니 아가씨가 잠들어 있는 강변에 이르렀다. 강변은 나무며 풀이며 온갖 것들이 무성하게 자라 있었고, 그 가운데 색색가지 꽃들이 바람에 살랑거렸다. 수면에 비친 버드나무의 짙푸른 그림자는 물결에 따라 요동을 치고 있었다. 순식간에 흘러가는 세월처럼 지난날의 황량함이 눈 깜짝할 사이에 사라져버린 것이다.
 멍하니 강변에 서 있는데 물속에 늙은 얼굴 하나가 비쳤다. 흰머리도 눈에 띄었다. 변화했던 풍경은 폐허가 되었다가도 다시 회복될 수 있지만, 청춘은 한 번 가면 다시 돌아오지 않는다. 빛나던 시절의 아름다운 장면들도 한 번 지나가면 두 번 다시 찾을 수 없다. 돌이켜보니 모든 것이 그저 잠시 나타났다가 덧없이 사라져버릴 뿐이다.
 주위를 둘러보니 수십 기의 무덤이 눈에 띄었다. 모두 얼마 전에 새로 흙을 덮었고, 그 앞에 종이를 태우고 남은 재도 보였다. 청명절에 벌초를 하러 왔던 흔적인 듯했다. 그러나 어느 것이 아가씨의 무덤이란 말인가? 류성은 천천히 걸으며 무덤을 하나하나 살펴보았지만, 도저히 구별해낼 길이 없었다. 그때 황량한 무덤 하나가 눈에 띄었다. 시간이 조금만 더 지나면 평지가 될 것 같은 낮은 무덤이었다. 그나마 약간이라도 솟아올라 있어 잡초와 들꽃에 묻혀 버리지 않은 게 다행이었다. 무덤 앞에는 종이를 태운 재도 없었다. 류성은 그 무덤을 바라보다가 순간 말로 표현하기 어려운 감정에 사로잡혔다. 아무도 돌보지 않는 그 황량한 무덤은 아가씨가 몸을 누인 곳이 틀림없었다.

무덤을 찾고 나니 아가씨의 아름다운 목소리와 웃는 얼굴도 아득한 기억 속에서 빠져나와 류성의 곁으로 다가왔다. 물속에서 서서히 피어오르는 아가씨의 얼굴이 정말 진짜같이 보였다. 정신을 가다듬고 다시 한번 살펴보니 하얀 물고기 한 마리가 나타났다가 깊은 곳으로 유유히 사라져갔다.

류성은 그 자리에 주저앉아 아가씨의 무덤을 덮고 있는 잡초와 들꽃을 하나하나 뽑아냈다. 그러고는 손으로 길가의 새 흙을 퍼와 무덤에 뿌려주었는데, 석양이 내릴 무렵까지 손을 보았다. 그러고 나니 봉긋하게 솟아오른 게 제법 무덤 같아 보였다. 그다음에는 강물을 떠와 무덤 위에 살짝 뿌려주었다. 물이 떨어질 때마다 가볍게 먼지가 피어올랐다.

하늘이 어둑어둑해지자 류성은 그곳에서 노숙을 할지 가던 길을 계속 가야할지 고민이 되었다. 한참을 생각한 뒤에 그는 거기서 하룻밤을 보내고, 다음날 아침에 길을 떠나기로 마음먹었다. 이번 생에서 아가씨와 딱 두 번, 그것도 아주 잠시 만났을 뿐인데 또 이렇게 급히 떠난다는 게 내키지 않았다. 그래서 아가씨 곁에서 하룻밤을 보내는 게 서로 사랑했던 마음을 다하는 거라 생각했다.

고요한 밤이었다. 바람이 나뭇잎을 스치는 소리만 들려왔다. 마치 쏴쏴 비가 내리는 소리 같았다. 강물이 흘러가는 소리도 들렸는데 거문고 소리 같기도 했고, 글 읽는 소리 같기도 했다. 두 소리가 번갈아 들려오는 가운데 류성은 또 한 번 지난날 규방 아래 서 있던 아름다운 시절로 되돌아간 듯한 기분이 들었다. 아가씨의 무덤 옆에 앉아 있으니, 무덤 안에서 희미한 인기척이 들려오는 것도 같았다. 그 소리는 그 옛날 아가씨가 규방 안을 오가던 소리와 흡사했다.

류성은 밤새 눈을 붙이지 못했다. 비몽사몽간에 아가씨와 다시 만나는 환상 속에 빠져들었다. 동이 튼 뒤에야 겨우 정신이 돌아왔다. 비록 하룻밤의 환상이었지만 그리운 마음이 샘솟았다. 이런 환상이 평생을 따라다니는 것도 괜찮은 일일 거란 생각이 들었다.

잠깐 사이에 날이 훤해졌다. 이제 길을 떠나야 했다. 주위를 둘러보니 향기로운 풀들이 파릇파릇 자라나 있고, 버드나무도 푸른 가지를 길게 늘어뜨리고 있었다. 아가씨의 무덤은 이제 막 떠오른 햇빛을 받아 반짝반짝 빛나고 있었다. 이곳에 몸을 누인 아가씨는 그럭저럭 지낼만은 하겠지만, 좀 외롭겠다는 생각이 들었다. 그런 생각을 하며 류성은 다시 황톳길에 올랐다.

황톳길을 걸어가는데 온 들녘에 꽃이 만발하거나 새들이 춤추는 광경은 전혀 보이지 않고, 걷고 있는 그 길이 저 멀리서 아득히 사라져가는 모습만 눈에 들어왔다. 류성은 조금 걷다 말고 자신에게 물었다. 이렇게 걸어서 어디로 가겠다는 건가.

더 이상 묘지기는 하고 싶지 않았다. 다른 사람의 묘를 지키느라 부모님과 아가씨의 묘를 쓸쓸하게 방치하는 꼴밖에 되지 않을 것이다. 다른 일을 찾는 것도 별다른 의미는 없을 것 같았다. 그런 생각을 하며 류성은 걸음을 멈췄다. 한참을 골똘히 생각하다가 결국 아가씨 곁으로 돌아가기로 결심했다. 부모님은 두 분이 의지하며 편히 잠들어 계실 것이다. 아가씨는 홀로 외로울 테니, 다른 사람의 묘를 지킬 바에야 아가씨의 묘를 지키며 여생을 보내는 게 훨씬 나을 것 같았다.

류성은 아가씨의 무덤으로 되돌아왔다. 그렇게 마음을 정하니 기분이 한결 상쾌했다. 그는 곧장 나뭇가지를 꺾어다 길옆에 작은 집을 짓고, 근처 인가에 가서 큰 냄비 하나를 사 왔다. 길 가는 사람들에게 차를 팔아 생계를 꾸릴 요량이었다.

모든 것을 다 갖추었을 때쯤 어둠이 내리기 시작했다. 피로를 느낀 류성은 강물을 몇 모금 마시고 바오빙 한 장을 먹은 다음, 물가의 풀밭에 앉아 흘러가는 강물을 바라보았다. 차가운 달이 서서히 솟아올랐다. 달빛이 강물에 흩어져 수면이 반짝반짝 빛났다. 강가에 자라난 풀과 버드나무도 그 빛을 받아 반짝거렸다. 그러한 풍경에 류성은 깜짝 놀랐다. 달빛 아래 그렇게 멋진 풍경이 펼쳐질 줄은 생각지도 못했기 때문이다.

문득 류성은 어디선가 흘러드는 독특한 향기를 맡았다. 그 향기는 바람을 타고 뒤쪽에서 날아오는 것 같았다. 그는 무슨 향기인가 싶어 고개를 돌렸다가 깜짝 놀라고 말았다. 자기가 길옆에 지어놓은 그 작은 집에 촛불이 켜져 있었던 것이다. 그는 자기도 모르게 자리에서 일어나 집 쪽으로 다가갔다. 문 앞에 서니 한 여자가 바른 자세로 앉아 등불 아래서 책을 읽고 있는 모습이 보였다. 여자 옆에는 류성의 봇짐이 풀어진 채 놓여 있었다. 책은 아마도 그 안에서 꺼낸 듯싶었다.

여자가 고개를 들어 류성이 문 앞에 서 있는 걸 보더니, 황망히 일어나며 말했다.

"공자께서는 돌아오셨습니까."

류성은 놀라서 입을 다물 수가 없었다. 집 안에 있던 여자는 다른 누구도 아닌, 바로 후이 아가씨였다. 아가씨는 하얀 비단치마를 입고 다소곳하게 서 있었다. 비단치마는 보통의 하얀색이 아니라 흡사 달빛과도 같았다. 그래서 비단치마를 입고 있다기보다는 달빛을 입고 있다고 하는 게 더 맞는 말일 듯싶었다.

류성이 입을 다물지 못하는 걸 보고는 아가씨가 살짝 웃으며 말했다. 잔물결이 퍼지는 것 같은 웃음이었다.

"공자께서는 안 들어오시렵니까?"

류성은 그제야 문간을 넘었다. 그러나 여전히 멍한 표정인 건 마찬가지였다.

아가씨가 또 입을 열었다.

"소녀, 기별도 없이 갑자기 찾아왔으나 공자께서는 너무 나무라지 마세요."

류성은 다시 아가씨를 찬찬히 뜯어보았다. 쪽 찐 머리며, 복숭아꽃 같은 얼굴이며, 가을 물빛을 머금은 듯한 맑은 눈동자며, 앵두 같은 입술을 살짝 벌리고 있는 모습에 류성은 홀린 듯이 마음이 쏠렸다. 그러나 여전히 의심을 완전히 떨쳐내지는 못해 이렇게 물었다.

"사, 사람이오, 귀신이오?"

그 말에 아가씨의 눈에 금세 눈물이 맺혔다.

"공자께서는 말씀이 지나치십니다."

몇 번이고 다시 살펴보아도 눈앞에 서 있는 사람은 틀림없는 아가씨였다. 예전과 조금도 다른 구석이 없었다. 아가씨는 손에 머리카락 한 뭉치를 들고 있었다. 십여 년 전 헤어지던 순간에 류성에게 주었던 정표였다. 방금 봇짐에서 찾아낸 게 틀림없었다.

류성이 머리카락에서 눈을 떼지 못하자 아가씨가 말했다.

"소녀는 공자께서 이미 이것을 버렸을 거라고 생각했습니다. 이렇게 고이 간직하고 계실 줄은 꿈에도 생각지 못했습니다."

말을 마치자마자 아가씨의 눈에서 비 오듯 눈물이 흘러내렸다. 류성은 가슴이 뭉클해져 자기도 모르게 머리카락을 쥐고 있는 아가씨의 손을 덥석 잡았다. 손이 얼음장같이 차가웠다. 두 사람은 손을 잡고 마주 보았다. 눈물이 앞을 가려 서로 얼굴이 잘 보이지 않았다.

아가씨가 소매를 사뿐히 휘젓자 촛불이 꺼졌다. 곧이어 아가씨는 류성의 품에 안겼다. 아가씨의 몸은 축축하고 차가웠으며 사시

나무 떨듯 떨고 있었다. 또 흐느끼는 소리도 들렸다. 끊어질 듯 이어지는 흐느낌 사이로 아가씨는 류성이 떠난 뒤 매일같이 창가에 서서 그를 기다렸다고 말했다.

류성은 꿈에 흠뻑 취한 듯 십여 년 전의 아름다운 시절로 빠져들어갔다. 두 사람은 이내 바닥에 쓰러졌다. 류성은 깊은 잠에 빠졌다. 깨어나 보니 이미 날이 훤히 밝아 있었다. 아가씨는 보이지 않고, 잠자리로 깔았던 마른 풀에 아가씨가 누웠던 흔적만 남아 있었다. 납작하게 누운 풀에서는 아직도 아가씨가 남기고 간 향기가 은은하게 풍겨 나왔다. 류성은 거기서 머리카락 몇 가닥을 집어 올렸다. 하나같이 살짝 구부러져 있었다. 그리고 지난날 아가씨가 정표로 건네줬던 머리카락도 집어 올려 둘을 함께 두었다. 거의 같은 모양이었으나 어젯밤에 떨어뜨린 머리카락에서만 희미하게 초록빛이 났다.

류성은 바깥으로 나왔다. 아침 햇살에 강물이 온통 붉게 물들어 있었다. 강가의 나무와 풀에도 드문드문 붉은 빛이 배어 있었다. 아가씨의 무덤에 가보니, 새로 얹은 흙이 약간 젖어 있었다. 간밤의 이슬이 아직 완전히 마르지 않은 모양이었다. 무덤을 찬찬히 살펴보았지만, 구멍이 난 곳은 어디에도 없었다. 이상한 기분이 들었다. 어젯밤의 일을 떠올려보면, 한 치도 어긋남이 없는 현실이었다. 환영이라고 생각되는 구석은 하나도 없었다. 게다가 방금 전에 막 깨어났을 때 아가씨가 간밤에 남기고 간 흔적을 보지 않았던가. 류성은 무덤 옆에 앉아 흙을 한 움큼 쥐어보았다. 매우 따뜻했다.

아가씨가 정말 이 무덤에 잠들어 있는 걸까? 마음속에 의심이 일었다. 혹시 아가씨가 벌써 오래전에 이 무덤을 버리고 환생해서 나타난 건 아닐까? 그렇게 생각하니 이 무덤이 텅 비어 있는 것은 아닐까 하는 의심이 새록새록 생겨났다.

류성은 한참 동안 무덤가에 앉아 있었다. 어젯밤 일을 떠올릴수록 눈앞에 있는 무덤이 텅 비어 있을 것만 같았다. 결국 류성은 궁금함을 참지 못하고 무덤을 열어보기로 했다. 곧바로 그는 두 손으로 흙을 파헤치기 시작했다. 진흙이 한 층 한 층 벗겨지면서 아가씨와 점점 가까워졌다. 아가씨를 덮었던 나뭇가지는 한참 전에 썩어 문드러진 듯 만져보니 거의 흙이나 다름없었다. 벌거벗은 몸을 가렸던 무명옷도 흙으로 변해 있었다. 그 흙을 조심스레 털어내니 아가씨의 몸이 서서히 드러났다. 두 눈을 꼭 감고 있기는 했지만, 얼굴 표정이 생생하게 살아 있어 류성의 마음을 사로잡았다. 어느새 새살이 돋았는지 아가씨의 몸은 전체적으로 옅은 분홍색을 띠었다. 잘린 다리도 흠 하나 없이 완전해졌고, 가슴의 칼자국도 찾아볼 수 없었다. 무덤 속에 누워 있었는데도 머리가 방금 빗은 것처럼 단정한데다 엷은 초록빛을 띄었다. 류성은 또 한 번 기묘한 향기를 맡았다.

눈앞에 펼쳐진 광경에 류성의 마음속에서는 맑은 샘물이 솟아올랐다. 그는 아가씨의 환생이 멀지 않았다는 걸 알았다. 아가씨를 다시 찬찬히 살펴보니 편안히 잠들어 있는 것 같았다. 수년 전 인육시장에서 벌어진 일 따위는 애당초 있지도 않았던 것처럼 느껴졌다. 아가씨는 지금은 잠들어 있지만 머지않아 깨어날 것이다. 그는 이런저런 생각을 하며 한참을 앉아 있다가 다시 흙을 덮었다. 그런 다음에도 무덤가를 떠나지 않았다. 마치 아가씨가 멀리 떠나 버리지나 않을까 겁먹은 사람처럼 무덤에서 단 한 발짝도 떨어지지 못했다. 그는 무덤 앞에 앉아 아가씨와 규방에서 처음 만나던 날의 아름다운 광경을 떠올렸다. 그리고 언젠가 다시 만날 그날의 갖가지 장면에 대해서도 상상의 나래를 폈다. 그렇게 환상에 푹 빠져 있느라, 곁을 흐르는 물소리도 듣지 못했고 사람이 지나다니는 것도 보지 못했다. 세상의 모든 것이 연기처럼 사라지고 오직 아가씨의 모습만이 사뿐사뿐 다가왔다.

류성은 그렇게 앉아 시간이 가는 줄도 몰랐다. 어둠이 무겁게 내려앉는 것도 전혀 느끼지 못했다. 차가운 달이 하늘에 걸리고, 은은한 달빛이 소리 없이 내려왔다. 천지가 고요 속에서 빛을 발했다. 솔솔 불어오는 밤바람은 차갑고 축축했다. 류성은 하늘이 어두워지는 줄도 모르고, 여전히 아가씨와 손을 잡고 마주 보는 상상에 푹 빠져 있었다.

그렇게 넋을 놓고 있는 가운데 어디선가 기묘한 향기가 풍겨왔다. 그 향기에 류성은 퍼뜩 정신이 들었다. 사방을 둘러보고 그제야 날이 어두워진 걸 알았다. 집 쪽을 바라보니 안에서 촛불이 환히 타오르고 있었는데, 불빛이 달빛에 희미하게 흔들렸다. 류성은 기쁘고 놀란 나머지 한달음에 집으로 달려갔다. 그러나 안으로 들어가 보니 등불 아래서 글을 읽고 있는 아가씨의 모습은 보이지 않았다. 이상한 일이라 생각하고 있는데, 문득 뒤에서 인기척이 들렸다. 돌아보니 아가씨가 문 앞에 서 있었다. 아가씨는 어제와 마찬가지로 달빛을 걸치고 있어 온몸에서 반짝반짝 빛이 났다. 다른 점이라면 아가씨의 표정이었다. 어제와 달리 슬픔이 가득한 얼굴이었다. 아가씨가 류성을 돌아보며 천천히 입을 열었다.
"소녀, 원래 환생할 터였으나 공자께 발견되어 이루어지지 못했습니다."
그렇게 말하고는 눈물을 흘리며 떠나갔다.

어떤 현실

現實一種

1

 그날 아침은 다른 날 아침과 다를 바가 없었다. 그날 아침에도 가랑비가 내리고 있었다. 그 비는 오락가락하며 일주일 이상이나 내리고 있었기에, 산강과 산평 형제는 맑은 날이 무척 오래전의 일인 것처럼 느껴졌다. 마치 그들의 유년 시절이 저 멀리 있는 것처럼.
 날이 밝아올 무렵, 뼈마디가 쑤신다고 불평하는 어머니의 목소리가 들려왔다. 그 소리는 마치 후드득후드득 빗방울이 듣는 소리처럼 들렸다. 그때껏 침대에 누워 있던 그들은 어머니가 부엌으로 걸어가는 발소리를 들었다.
 어머니는 나무젓가락 몇 개를 부러뜨리며 며느리들에게 말했다.
 "밤마다 몸속에서 이렇게 나무젓가락 부러지는 것 같은 소리가 난단 말이야."
 며느리 둘 다 아무 대꾸 없이 아침을 준비했다.
 어머니는 하던 말을 계속했다.
 "이건 뼈가 하나씩 하나씩 부러지는 소리야."
 그때 잠자리에서 일어난 두 형제가 각자의 방에서 나오며 한마디씩 투덜거렸다.

"짜증나 죽겠어."

그칠 생각을 안 하는 비를 탓하는 듯도 했고, 내리는 비처럼 끝 모를 어머니의 불평에 짜증을 내는 듯도 했다.

평소와 다름없이 모두 둘러앉아 아침을 먹었다. 아침 식사는 죽과 여우탸오(밀가루 반죽을 발효시켜 소금으로 간을 하고, 길쭉한 모양으로 만들어 기름에 튀긴 푸석푸석한 식품)였다.

어머니는 일 년 내내 채식을 했다. 그래서 식탁 한쪽에는 소금에 절인 야채 한 접시가 놓여 있었다. 그것은 어머니가 직접 만든 음식이었다. 어머니는 뼈마디가 쑤신다는 불평 대신 다른 얘기를 늘어놓기 시작했다.

"위 속에 이끼가 자라는 것 같구나."

형제는 곧바로 지렁이가 기어 다니는 이끼를 떠올렸다. 우물이나 낡고 오래된 담벼락에 자라나는, 그 반들반들하게 윤이 나는 푸른 이끼 말이다. 아내들은 어머니의 말이 전혀 귀에 들어오지 않는 눈치였다. 진흙을 이겨놓은 듯 그들의 얼굴에는 아무런 표정이 없었다.

산강의 네 살짜리 아들 피피는 어른들과 따로 밥을 먹었다. 아이는 작은 플라스틱 의자에 앉아 아침을 먹고 있었는데, 여우탸오는 먹지 않았다. 엄마는 아이의 죽에 설탕을 뿌려줬다.

방금 아이는 할머니 옆으로 기어가 할머니의 야채를 날름 주워 먹었다. 할머니는 눈물을 글썽이며 구시렁구시렁 쉬지 않고 이야기를 했다.

"피피, 넌 앞으로도 많이 먹을 거잖아. 할미는 이제 이렇게 먹을 날도 얼마 안 남았어."

아이는 아버지 손에 질질 끌려 플라스틱 의자로 돌아갔다. 그러자 기분이 팍 상해서는 숟가락으로 밥그릇을 두드리며 소리쳤다.

"너무 적단 말이야! 나 아직 배 안 불러!"

아이는 연거푸 소리를 질렀다. 소리가 점점 더 짜랑짜랑해졌지만 어른들은 들은 척도 하지 않았다. 그래서 아이는 한바탕 울기로 작정했다. 그런데 마침 그때 사촌동생이 쟁쟁거리며 울기 시작했다. 사촌동생은 작은엄마 품에 안겨 있었다. 아이는 작은엄마가 사촌동생을 한쪽으로 안고 가 기저귀를 갈아주는 걸 보고, 다가가 그 곁에 섰다. 사촌동생은 어찌나 심하게 우는지 온몸이 휘청거리고 고추까지 덜렁덜렁 흔들렸다. 아이는 우쭐대며 작은엄마에게 말을 걸었다.

"남자 아기죠?"

그러나 숙모는 눈길 한 번 주지 않고 기저귀를 간 다음 방금 앉았던 자리로 되돌아갔다. 아이는 그 자리에 우두커니 서 있었다. 사촌동생도 울음을 그치고 유리구슬 같은 눈망울로 아이를 쳐다보았다. 아이는 약간 울상이 되어 그 자리를 떠났다. 그러나 플라스틱 의자로 돌아가지 않고 유리창 쪽으로 갔다. 키가 너무 작은 탓에 고개를 높이 들어 유리를 쳐다보았다. 바깥의 빗물이 유리를 때리는 게 꼭 지렁이가 꿈틀거리며 미끄러지는 것처럼 보였다.

아침 식사는 이미 끝났다. 산강은 아내가 행주로 식탁을 닦는 모습을 물끄러미 바라보았다. 산평은 아내가 아기를 안고 침실로 들어가는 걸 바라보았다. 문이 닫히지 않았다 했더니, 아내는 잠시 후 다시 나와 부엌으로 들어갔다. 산평은 고개를 돌려 식탁을 닦고 있는 형수의 손을 쳐다보았다. 손등의 정맥 몇 가닥이 보일 듯 말 듯했다. 산평은 한동안 물끄러미 바라보다가 고개를 들어 유리창을 지그재그로 타고 내려오는 빗방울로 시선을 돌렸다.

"한 백 년은 비가 내린 것 같지?"

산강이 말을 받았다.

"그 정도는 된 것 같네."

어머니가 또다시 구시렁거리기 시작했다. 그때 어머니는 방 안에 앉아 있었기 때문에 소리가 잘 들리지는 않았다. 어머니가 기침을 하기 시작했다. 소리가 상당히 과장되게 들렸다. 이어서 가래 뱉는 소리가 났다. 그 소리에서는 탄력이 느껴졌다. 어머니는 가래를 손바닥에 뱉어놓고 그 속에 피가 있나 없나를 살펴보기 시작했을 것이다. 그들은 그 광경이 눈에 보이듯 훤했다.

잠시 후 아내들이 방에서 나왔다. 손에 우산을 두 개씩 들고 있었다. 이제 출근할 시간이 된 것이다. 형제는 그제야 자리에서 일어나 우산을 받아들고 네 사람이 함께 대문을 나섰다. 함께 골목을 빠져나온 다음 형제는 서쪽으로, 아내들은 동쪽으로 걸어갔다. 형제는 나란히 걷고 있었지만 마치 생판 모르는 사람들 같았다. 그들은 아무 말 없이 중학교 교문 앞까지 줄곧 걷기만 했다. 그런 다음 산평은 방향을 바꿔 다리에 올라섰고, 산강은 계속 앞으로 걸어갔다. 아내들이 함께 걷는 시간은 매우 짧았다. 그들은 골목에서 나오자마자 늘 각자의 직장 동료와 마주쳤다. 그러면 서로 인사 몇 마디를 나누고는 동료와 함께 걸어갔다.

아빠와 엄마가 나간 뒤에도 피피는 여전히 같은 자리에 서서 빗소리를 듣고 있었다. 벌써 네 종류의 빗소리를 구분해냈다. 비가 지붕에 떨어지는 소리는 아빠가 집게손가락으로 자기 머리를 두드리는 소리 같았다. 그리고 나뭇잎에 떨어지는 소리는 폴짝 폴짝 뛰는 소리처럼 들렸다. 나머지 두 소리는 앞마당의 시멘트 바닥과 뒤꼍의 연못에서 나는 소리였다. 시멘트에 떨어지는 소리는 연못에 떨어질 때의 맑은 소리와 비교하면 둔탁하기 짝이 없었다.

아이는 몸을 일으켰다. 식탁 밑을 통과해 할머니 방 입구 쪽으로 한 걸음 한 걸음 걸어갔다. 문은 반쯤 닫혀 있었고, 할머니는 침대 가장자리에 죽은 사람처럼 앉아 있었다. 아이가 말했다.

"할머니, 비가 네 가지나 내리고 있어요."

할머니는 그 말을 듣고는 꺽 하고 트림을 했다. 아이는 순간 고약한 냄새를 맡았다. 요즘 들어 할머니의 트림 냄새가 갈수록 지독해지고 있다. 그래서 아이는 당장 그 자리를 떠나 사촌동생 쪽으로 걸어갔다.

사촌동생은 요람에 누워 천장을 보면서 방긋방긋 웃고 있었다. 아이가 사촌동생에게 말했다.

"지금 비가 네 가지나 내리고 있어."

사촌동생은 그 소리를 들은 게 분명했다. 조그마한 두 다리가 활발하게 움직이더니 눈동자도 이리저리 굴렸다. 그러나 아이를 발견하지는 못한 눈치였다. 아이는 손으로 사촌동생의 얼굴을 만져봤다. 솜처럼 부드러웠다. 그래서 그만 참지 못하고 볼을 세게 꼬집고 말았다. 그러자 사촌동생이 "앙" 하고 눈부시게 빛나는 울음을 터뜨렸다.

 그 울음소리는 아이에게 알 수 없는 희열을 안겨주었다. 아이는 놀라움과 기쁨의 눈으로 사촌동생을 잠시 바라보다가 찰싹 뺨을 한 대 갈겼다. 아빠가 엄마를 그렇게 때리는 걸 종종 봐온 터였다. 사촌동생은 따귀를 한 대 얻어맞더니 숨이 막히는 모양이었다. 한참동안 아무 소리도 없이 입을 쫙 벌리고 있었다. 곧이어 폭풍이 유리창을 열어젖히는 듯한 소리가 그 안에서 터져 나왔다. 맑게 울리는 기분 좋은 소리에 아이는 묘한 자극을 받았다.

 잠시 후 울음소리가 잦아들었다. 그래서 아이는 사촌동생의 뺨을 또 한 번 때렸다. 사촌동생이 맞지 않으려고 아이의 손을 마구 할퀴는 통에 손등에 핏자국이 생겼다. 하지만 아이는 조금도 눈치채지 못했다. 다만 이번에는 숨이 막히지 않았는지 잠깐 크게 울기는 했지만 방금 전처럼 감동적인 울음소리는 아니라는 걸 느꼈을 뿐이다. 그래서 아이는 또다시 온 힘을 다해 사촌동생의 뺨을 때렸다. 하지만 결과는 마찬가지였다. 울음소리가 더 길어졌을 뿐이다.

 결국 아이는 이 방법을 포기하고 손을 뻗어 사촌동생의 목을 졸랐다. 그러자 사촌동생이 아이의 손등을 마구 할퀴었다. 손을 풀자 그렇게 바라던 울음소리가 터져 나왔다. 아이는 그렇게 사촌동생의 목을 졸랐다가 풀어주기를 수도 없이 반복했다. 그러면서 매번 그 폭발하는 듯한 울음소리를 충분히 만끽했다. 나중에는 손을 풀어도 그 자극적인 울음소리가 나오지 않았다. 단지 입을 벌린 채 부들부들 떨면서 숨을 토해낼 뿐이었다. 재미가 없어진 아이는 그대로 그 자리를 나왔다.

아이는 다시 창 밑에 섰다. 유리창에는 이제 물방울이 흐르지 않고, 여러 갈래의 길처럼 어지럽게 뒤엉킨 물의 흔적만 남아 있었다. 아이는 차가 그 위를 쌩쌩 달리다가 충돌하는 장면을 상상했다. 잠시 후 나뭇잎 몇 장이 유리창 위에서 흔들거리는 게 보였다. 이어서 무수한 황금색 빛줄기가 유리에 부딪혀 반짝이는 것도 보였다. 아이는 무엇과도 비교할 수 없는 놀라움을 느꼈다. 그래서 재빨리 창문을 열었다. 나뭇잎을 안으로 들여 그 작은 빛줄기들이 통통 튀어 올라 자기를 둘러싸고 나풀나풀 춤을 추게 하고 싶었다. 과연 빛줄기는 한꺼번에 쏟아져 들어왔다. 빗방울처럼 한 방울 한 방울이 아니라 한 뭉텅이로 들어왔다. 아이는 날이 갠 걸 알았다. 그 순간 햇빛이 아이의 몸에 착 달라붙었다. 조금 전의 그 나뭇잎들이 이제는 분명하게 보였다. 바깥의 느릅나무도 몸을 펼치고 있었다. 나뭇잎이 초록빛을 반짝이며 천천히 물방울을 떨어뜨렸고, 물방울이 떨어질 때마다 나뭇잎이 가볍게 흔들렸다. 그 우아한 흔들림에 아이는 웃음을 터뜨렸다.

얼마 후 아이는 다시 요람 옆에 나타나 사촌동생에게 말했다.
"해가 나왔어."

사촌동생은 조금 전의 일은 이미 다 잊고, 빙그레 웃으며 아이를 쳐다보았다.

"해 보러 가고 싶지?"

사촌동생은 두 다리를 뻗으며 "야야"라고 소리쳤다. 아이가 또 말했다.

"근데 너 걸을 수 있어?"

그 순간 사촌동생은 소리 지르던 걸 멈추고, 유리구슬 같은 눈동자로 아이를 말똥말똥 쳐다보았다. 동시에 안아달라는 듯이 두 팔을 뻗었다.

"알았어. 안아달라는 거구나."

아이는 그렇게 말하며 사촌동생을 힘껏 요람에서 꺼내 품에 안았다. 그 모습은 꼭 플라스틱 의자를 안고 있는 것 같았다. 아이는 자기가 큼지막한 고깃덩어리를 안고 있다고 생각했다. 그때 사촌동생이 다시 "야야"라고 소리치기 시작했다.

"너 기분 좋은 모양이구나? 그렇지?"

아이는 용을 쓰며 밖으로 나갔다.

그때 저 멀리 어떤 집에서 폭죽 터뜨리는 소리가 들려왔다. 그리고 옆집 마당의 화로에서는 알탄이 타고 있었다. 짙은 연기가 스멀스멀 담장을 타고 넘어왔다. 사촌동생은 연기를 보더니 "와와" 하고 소리를 질렀지만, 햇빛에는 별로 관심이 없었다. 아이도 햇빛에 흥미를 느낄 새가 없었다. 참새 몇 마리가 지붕에서 비스듬히 내려와 나뭇가지에 앉았기 때문이다. 나뭇가지는 참새들이 짹짹거리는 소리를 따라 찰랑찰랑 위아래로 흔들렸다.

　아이는 뭔가 점점 무거워지는 느낌이 들었다. 팔에 안고 있는 물건 때문이구나 싶어 바로 팔을 풀어버렸다. 물건이 아래로 떨어질 때, 두 가지 소리가 들렸다. 하나는 무겁고 둔탁한 소리, 다른 하나는 맑고 시원하기 이를 데 없는 소리. 가뿐하고 자유로운 기분이었다. 아이는 참새 몇 마리가 나뭇가지 사이를 오가는 모습을 바라보았다. 나뭇가지가 흔들리자 나뭇잎들도 부채처럼 나풀거렸다. 한동안 그렇게 지켜보다가 목이 말라 집 안으로 들어갔다.

　아이는 물을 금방 찾지 못했다. 침실 탁자에 유리컵이 놓여 있었지만 안에 물은 없었다. 그래서 다시 부엌으로 갔다. 부엌 식탁에는 법랑 컵 두 개가 뚜껑이 덮인 채 놓여 있었다. 안에 물이 있는지 없는지 알아낼 길이 없었다. 손이 닿지 않자 아이는 다시 밖으로 나가 플라스틱 의자를 가지고 들어왔다. 플라스틱 의자를 안았을 때 문득 사촌동생이 생각났다. 방금 동생을 바깥으로 안고 나갔던 기억이 나는데, 지금은 자기 혼자뿐이었다. 이상하다는 느낌이 들었지만, 그 이상은 생각하지 않았다. 의자에 올라가 컵 두 개를 끌어당겼더니 묵직한 느낌이 들었다. 두 개 모두에 물이 들어 있어 몇 모금을 마셨다. 그러고는 아까 봤던 참새 생각이 나서 다시 밖으로 나갔다. 하지만 느릅나무에서 짹짹거리던 참새는 더 이상 보이지 않았다. 이미 날아가 버린 것이다.

　아이는 시멘트 바닥에서 희멀건한 무엇인가를 보았다. 곧이어 사촌동생이 눈에 들어왔는데, 사지를 쫙 펴고 바닥에 반듯이 누워 있었다. 가까이로 가서 쪼그리고 앉아 손으로 건드려보았다. 아무런 움직임이 없었다. 잠시 후 아이는 사촌동생이 머리를 대고 있는 시멘트 바닥에 피가 약간 고여 있는 걸 보았다. 몸을 숙여 자세히 살펴보니, 피는 머리에서 흘러나와 마치 꽃이 피는 것처럼 천천히 바닥으로 퍼져 나가고 있었다. 아이는 개미 몇 마리가 사방에서 순식간에 기어 나와 피가 고여 있는 쪽으로 가더니 꼼짝도 않고 있는 걸 보았다. 딱 한 마리만 피가 있는 곳을 피해 사촌동생의 머리카락으로 기어 올라갔다. 그러고는 피가 엉겨 붙은 머리카락 몇 가닥을 타고 사촌동생의 머릿속으로 파고들어, 피가 흘러나오는 곳으로 기어 들어갔다. 그제야 아이는 벌떡 일어나 멍한 표정으로 주위를 둘러보고는 집 안으로 들어갔다.

할머니 방의 문은 여전히 반만 닫혀 있었다. 들어가 보니 할머니는 아직도 침대에 앉아 있었다. 아이가 할머니한테 말했다.

"동생이 코 자요."

할머니는 고개를 돌려 아이를 바라보았다. 할머니 눈에 눈물이 그렁그렁했다. 아이는 재미가 없어져 부엌으로 가서 그 작은 의자에 앉았다. 그제야 오른손이 욱신욱신 아파왔다. 누군가 잔뜩 할퀴어놓은 듯 곳곳이 찢겨 있었다. 한참을 생각한 뒤에야 요람 옆에서 사촌동생이 자기 손을 할퀴던 일이 떠올랐다. 이어서 어떻게 아기를 안고 밖으로 나갔으며, 나중에 어떻게 아기를 떨어뜨렸는지도 기억났다. 무엇인가를 돌이켜 생각한다는 건 너무나 피곤한 일이기에 아이는 더 이상 생각하지 않기로 했다. 그러고는 머리를 담벼락에 기대고 곧장 잠이 들었다.

한참 후에 할머니가 자리에서 일어났다. 할머니는 또 몸속에서 나무젓가락 부러지는 것 같은 소리를 들었다. 그 소리는 할머니의 축 늘어진 피부를 뚫고 나와 아주 희미한 소리로 바뀌었다. 귀가 어둡긴 하지만, 할머니는 그 소리를 분명히 들었다. 그래서 또다시 눈에 눈물이 그렁그렁해졌다. 할머니는 자기가 오래 살지 못할 거라 생각했다. 매일같이 뼈가 부러지고 있기 때문이다. 할머니는 얼마 안 있으면 일어서지도 앉지도 못할 뿐 아니라 눕지도 못하게 될 거라 생각다. 그때는 아마 몸속에 제대로 된 뼈라고는 하나도 안 남고, 길고 짧고 가늘고 굵은 제각각의 뼈들이 제멋대로 한데 몰려 있을 것이다. 발뼈가 배에서 튀어 나오고, 팔뼈는 이끼가 잔뜩 끼어 있는 위장에 꽂히게 될 것이다.

방을 나오자 그 소리가 더 이상 들리지 않았다. 하지만 할머니는 여전히 걱정을 떨치지 못해 전전긍긍했다. 그때 열린 창문으로 햇살이 쏟아져 들어와 눈앞이 흐려졌다. 뭔가 눈에 어른거렸지만, 무엇인지는 알 수 없었다. 그래서 할머니는 곧장 대문 쪽으로 걸어갔다. 햇빛이 할머니의 몸 위로 비쳐 두 손이 섬뜩하리만큼 노랗게 보였다. 곧이어 할머니는 뭔가 누르스름한 게 앞에 누워 있는 걸 보았다. 그게 뭔지는 여전히 알 수 없었다. 문턱을 넘어 그 근처로 느릿느릿 걸어갔다. 할머니는 그 이상한 물건이 자기 손자라는 걸 알아보기도 전에 먼저 땅바닥에 번져 있는 피를 보았다. 그러고는 깜짝 놀라 서둘러 자기 방으로 들어가 버렸다.

2

그날 아기 엄마는 일찍 퇴근했다. 그녀는 유모차 공장에서 회계를 담당하고 있다. 퇴근 시간이 거의 다 되었을 무렵, 특별한 이유도 없이 아기한테 무슨 일이 생긴 건 아닐까 걱정이 되기 시작했다. 그러자 더 이상 앉아 있지 못하고, 동료에게 아기를 보러 집에 가야겠다고 말했다. 집으로 가는 길 내내 걱정은 점점 커져만 갔다. 대문을 열었을 때 그 걱정은 현실이 되어 나타났다.

그녀는 자기 아들이 햇살 아래 그림자와 함께 누워 있는 모습을 보았다. 걱정하던 일이 현실로 나타나자 갑자기 머리가 어지러웠다. 대문에 잠시 서 있는 동안, 아들의 머리가 놓인 땅바닥에서 얼핏 핏자국을 보았다. 햇살 아래 보이는 핏자국은 어딘가 모르게 비현실적으로 느껴졌다. 그래서 누워 있는 아들도 가짜 같았다. 잠시 후 그 곁으로 다가가 아들의 이름을 몇 번 불러보았다. 그러나 아들은 아무런 반응이 없었다. 그 순간 조금 안심이 되었다. 누워 있는 아기가 자기 아들이 아닌 것 같았기 때문이다. 그녀는 몸을 일으켜 고개를 들고 하늘을 바라보았다. 하늘이 너무나 밝게 빛나 머리가 어지럽고 눈앞이 캄캄했다.

잠시 후 겨우 힘을 내서 집으로 들어갔다. 집 안 분위기는 침울하고 조금은 냉랭하기까지 했다. 침실 문이 열려 있기에 안으로 들어갔다. 그러고는 장롱 앞에 서서 서랍을 열고 안에서 뭔가를 찾았다. 서랍 속에는 모직 셔츠만 잔뜩 들어 있었다. 그 안을 이리 뒤집고 저리 뒤집고 해봐도 그녀가 찾는 것은 나오지 않았다. 장롱 문을 열어보니 거기에는 자신과 남편 산평의 코트가 걸려 있었다. 역시나 그녀가 찾는 것은 없었다. 그래서 이번에는 책상 서랍을 전부 열었다. 하지만 한 번 쓱 쳐다보고 말았을 뿐이다.

그다음에는 의자에 앉아 방 안을 찬찬히 살펴보았다. 그녀의 눈길은 방금 전의 그 장롱 위에서 흔들리더니 원탁의 유리에서 미끄러졌다가 삼인용 소파 쪽으로 향했다. 그리고 다시 소파에서 튀어올라 방 안으로 옮겨갔다. 그제야 요람이 눈에 들어왔다. 그녀는 깜짝 놀라 자리에서 벌떡 일어섰다. 요람은 텅 비어 있었다. 아들은 거기에 없었다. 순간 밖에 누워 있던 아이가 생각나 미친 듯이 아이 곁으로 뛰어갔지만, 도대체 뭘 어떻게 해야 할지 알 수가 없었다. 그때 남편 산평이 생각나 몸을 돌려 문밖으로 뛰쳐나갔다.

그녀는 죽을힘을 다해 골목을 뛰었다. 맞은편에서 아는 사람이 인사를 하는 것 같았다. 그러나 아무 대꾸도 하지 않고, 여기저기 부딪히며 골목을 빠져나갔다. 골목 어귀에서 갑자기 걸음을 멈췄다. 큰길이 눈앞에 펼쳐졌는데 어느 방향으로 가야 할지 알 수가 없었다. 다급한 마음에 숨을 헐떡거렸다.

그때 산평이 나타났다. 산평은 누군가와 이야기를 하며 그녀 쪽으로 걸어오고 있었다. 그제야 그녀는 그 방향으로 가야 한다는 걸 깨달았다. 산펑이 자기를 알아봤다는 생각이 들자, 마침내 그녀는 목놓아 울음을 터뜨렸다. 잠시 후 산펑이 그녀의 팔을 움켜잡았다. 남편이 묻는 소리가 들렸다.

"무슨 일이라도 생긴 거야?"

입을 열긴 했지만 아무 소리도 나오지 않았다. 남편이 또다시 묻는 소리가 들렸다.

"대체 무슨 일이 생긴 거냐구!"

그녀는 여전히 입만 벌리고 있을 뿐 아무 말도 하지 못했다.

"아이한테 무슨 일이 생긴 거야?"

남편이 고래고래 소리를 치기 시작했다. 그제야 그녀는 힘겹게 고개를 끄덕였다. 산펑은 그녀를 내버려둔 채 곧장 집 쪽으로 뛰어갔다. 그녀도 몸을 돌려 뛰어가려 하는데, 사방에 사람과 소리가 너무 많다는 생각이 들었다. 느릿느릿 걸어가다 보니 남편이 아기를 안고 뛰어오는 게 보였다. 남편은 그녀 곁을 그냥 지나쳤다. 그래서 그녀는 다시 몸을 돌렸다. 좀더 빨리 걸어 남편을 따라잡아야겠다고 생각했다. 남편은 틀림없이 병원으로 갔을 것이다. 그러나 아무리 해도 빨리 뛸 수가 없었다. 이제는 울음도 나오지 않았다. 골목 어귀에 이르자 또다시 어디로 가야 할지 몰라 길 가는 사람에게 물었다. 그 사람이 손으로 서쪽을 가리키자 비로소 병원이 어디에 있는지가 떠올랐다. 그녀는 인도를 따라 천천히 서쪽으로 걸어갔다. 자기 몸이 마치 나뭇잎처럼 바람에 이리저리 흔들리는 것 같았다. 백화점에 이르러서야 감각이 좀 회복되는 듯했다. 병원은 거기서 멀지 않았다. 문득 남편이 저쪽에서 아들을 안고 오는 모습이 눈에 들어왔다. 남편의 얼굴이 뻣뻣하게 굳어 있는 걸 보니, 말하지 않아도 일이 어떻게 됐는지 알 수 있었다. 그녀는 큰 소리로 울부짖었다. 그러자 앞으로 다가온 산평이 이를 악물고 말했다.

"집에 가서 울어."

그녀는 더 이상 울지 못하고, 산평의 소매를 잡은 채 집으로 돌아왔다.

산강이 집에 돌아왔을 때 아내는 이미 부엌에 있었다. 그는 침실로 들어가 소파에 앉았다. 그러고는 하는 일 없이 점심상이 차려지기만을 기다렸다. 그때 피피가 눈앞에 나타났다. 피피는 엄마가 부엌으로 가는 소리에 잠에서 깼다. 자고 일어나자 온몸이 부들부들 떨렸다. 엄마한테 말했지만 점심 준비에 여념이 없는 엄마는 옷을 껴입으라고만 했다. 별 수 없이 아이는 투덜대며 아버지 앞으로 갔다. 산강은 아이의 그런 모습이 좀 귀찮게 느껴졌다.

"왜 그래?"

"나 추워, 아빠."

산강은 대답은 하지 않고, 시선을 아들의 몸에서 유리창 쪽으로 옮겼다. 창문이 닫혀 있기에 다가가 열었다.

"나 춥단 말이야."

피피가 다시 채근했다. 산강은 아이한테는 눈길 한 번 주지 않고 창문 앞에 섰다. 쏟아지는 햇살에 기분이 한결 좋아졌다.

그때 산평이 아이를 안고 들어왔다. 그의 아내도 뒤따라 들어왔다. 산강은 둘의 표정이 심상치 않다고 생각했다. 형제는 눈이 마주쳤지만 서로 아무 말도 하지 않았다. 산강은 그들이 느릿느릿 방으로 걸어 들어가 쾅 하고 문을 세게 닫는 소리를 들었다. 이 소리에 그는 방금 자기가 했던 생각이 틀림없다고 확신했다.

피피가 또 징징거리기 시작했다.

"나 춥단 말이야."

산강은 침실에서 나와 식탁에 앉았다. 아내가 부엌에서 밥과 반찬을 들고 들어왔다. 피피는 이미 플라스틱 의자에 앉아 있었다. 그때 산평의 방에서 엉엉 우는 소리가 들려왔다. 산강과 아내는 서로 눈이 마주쳤다. 아내는 자리에 앉으며 산강에게 물었다.

"부를까요 말까요?"

"그럴 필요 없어."

어머니가 소금에 절인 야채 한 접시를 들고 들어왔다. 어머니는 밥 먹을 때가 되면 따로 부를 필요도 없이 알아서 식탁에 나왔다.

산평의 방에서 통곡하는 소리 외에 또 다른 소리가 새어 나왔다. 산강은 그게 무슨 소리인지 알았다. 그는 음식을 씹으며 열려 있는 창문 너머로 바깥을 내다봤다. 잠시 후 옆에서 어머니가 불평하는 소리가 들려 고개를 돌려보니, 어머니는 잔뜩 찡그린 얼굴로 밥그릇을 쳐다보고 있었다.

"나 피를 봤어."

산강은 다시 고개를 돌려 바깥의 햇빛을 바라보았다.

산펑은 방으로 들어가 아기를 요람에 눕힌 다음 발로 침실 문을 쾅 닫았다. 그러고는 이미 침대 가장자리에 앉아 있던 아내에게 말했다.

"이제 울어도 돼."

아내는 혼이 나간 듯 그를 바라보고만 있었다. 그가 한 말을 못 들은 것 같았다. 멍하니 뜨고 있는 두 눈으로 봐서는 죽은 사람 같았지만, 앉아 있는 자세만은 꼿꼿했다. 산펑이 다시 말했다.

"이제 울어도 돼."

그러나 아내는 눈동자만 움직일 뿐이었다. 산펑이 한 발짝 다가가 물었다.

"왜 안 우는 거야?"

아내는 그제야 몸을 움찔하더니, 고개를 들어 피곤한 눈으로 산펑의 머리카락을 바라보았다.

"울란 말이야. 난 지금 당신이 우는 소리를 듣고 싶다구."

그러자 두 줄기 눈물이 아내의 텅 빈 눈동자에서 천천히 흘러내렸다.

"좋아. 소리까지 내면 더 좋지."

그러나 아내는 소리 없이 눈물만 흘릴 뿐이었다. 그러자 산펑이 버럭 화를 내며 아내의 머리카락을 쥐고 소리쳤다.

"왜 큰 소리로 울지 않는 거야?"

아내는 갑자기 눈물을 뚝 그치더니, 겁에 질린 눈으로 남편을 바라보았다.

"말해봐. 누가 애를 안고 나간 거야?"

산평이 또 한 번 소리를 질렀다. 아내는 멍하니 고개를 저었다.

"그럼 애가 제 발로 걸어 나갔단 말이야?"

이번엔 고개를 흔들지 않았지만, 그렇다고 끄덕이지도 않았다.

"당신은 아무것도 모른단 말이지?"

산평은 더 이상 소리 지르지 않고, 대신 이를 바득바득 갈며 물었다. 그녀는 한참 동안 생각하더니 고개를 끄덕였다.

"당신이 집에 왔을 때 이미 애가 거기에 누워 있었단 말이지?"

아내는 또 고개를 끄덕였다.

"그래서 뛰쳐나와 나를 찾았고?"

아내의 눈에서 다시 눈물이 흘러내렸다. 산평이 울부짖었다.

"왜 바로 애를 병원에 데려가지 않았어? 당신 애를 죽일 작정이었던 거야?"

아내는 당황스러운 마음에 고개를 들었다. 남편이 주먹을 휘두르는 게 보였다. 순식간에 주먹이 얼굴로 날아들어 아내는 침대에 고꾸라졌다.

산평은 몸을 숙여 머리채를 쥐고 아내를 일으켜 세웠다. 그러고는 또다시 주먹을 날렸다. 한 방에 아내는 바닥에 쓰러졌다. 그러나 여전히 아무 말도 하지 않고, 숨소리조차 내지 않았다.

다시 일으켜 세우자, 아내는 두 손으로 얼굴을 감쌌다. 그러나 산평은 이번엔 가슴 쪽을 갈겼다. 천지사방이 어둠속에 묻혀버린 듯했다. 아내는 숨이 넘어갈 것처럼 흐느껴 울다가 바닥에 고꾸라졌다.

산평은 아내를 다시 일으켜 세우다가, 이번엔 이상하게 무겁다는 생각이 들었다. 물에 빠진 사람처럼 아내의 몸이 자꾸만 아래로 처졌다. 그래서 무릎으로 배를 받쳐 벽 쪽으로 밀어붙이고는 머리카락을 잡아채 머리를 세 번쯤 벽에 박았다. 그러고는 고래고래 소리를 질렀다.

"왜 죽은 사람이 네가 아니냔 말이야?"

산평이 손에서 힘을 빼자 아내의 몸이 벽을 타고 스르르 미끄러져 내렸다.

잠시 후 산평은 방문을 열고 마루로 나갔다. 산강은 이미 밥을 다 먹었지만, 아직 자리에 앉아 있었다. 그의 아내는 산평네가 쓸 그릇과 젓가락만 남기고 나머지를 치우고 있었다. 산강은 산평이 살기등등하게 걸어와 어머니 곁으로 가는 걸 보았다.

어머니는 여전히 같은 자리에 앉아 피를 봤다며 투덜대고 있었다. 밥은 조금도 줄지 않았다. 산평이 어머니에게 물었다.

"누가 내 아들을 안고 나갔어요?"

어머니는 고개를 들어 아들을 쳐다보고는 얼굴을 잔뜩 찌푸렸다.

"내가 오늘 피를 봤어야."

산평이 소리를 질렀다.

"어머니한테 묻고 있잖아요. 누가 내 아들을 안고 나갔냐구요?"

어머니는 여전히 아들이 묻는 말에는 관심이 없었다. 다만 아들이 자기가 피를 봤다는 사실과 자기 입맛에 관심을 가져줬으면 했다. 그래서 다시 이야기를 꺼냈다.

"오늘 피를 봤다니까."

산평은 어머니의 어깨를 쥐고 흔들었다.

"누구냐구요?"

그때 옆에 앉아 있던 산강이 입을 열었다. 그는 조용하게 한 마디 던졌다.

"그러지 마라."

산평은 어머니의 어깨를 놓고 산강 쪽으로 몸을 돌려 소리쳤다.

"내 아들이 죽었단 말이야!"

산강은 순간 멍해져 더 이상 아무 말도 하지 않았다. 산평은 다시 어머니 쪽으로 돌아서며 물었다.

"도대체 누굽니까?"

어머니는 눈물을 글썽이며 중얼거렸다.

"네가 내 뼈를 죄다 흔들어 부러뜨렸어."

그러고는 산강에게 말했다.

"이리 와서 좀 들어봐라. 내 몸속에서 뼈가 똑똑 부러지는 소리가 난단 말이야."

산강이 고개를 끄덕이며 말했다.

"들었어요."

그러나 그는 꿈쩍도 하지 않았다.

산평이 마지막인 양 거칠게 울부짖었다.

"누가 내 아들을 안고 나갔어?"

이때 플라스틱 의자에 앉아 있던 피피가 산평보다 더 큰 목소리로 대답했다.

"내가 안고 나갔어요."

처음에 산평이 할머니에게 그렇게 물었을 때 피피는 그 일에 전혀 관심이 없었다. 나중에 산평의 표정을 보고서야 흥미가 발동했다. 그래서 산평이 무슨 말을 하는지 애써 귀를 기울이고 있다가 알아듣자마자 지체 없이 대답했던 것이다. 그런 다음 무슨 대단한 일이라도 했다는 듯이 아빠를 쳐다봤다.

산평은 어머니를 놓아주고 피피 쪽으로 다가갔다. 그 사나운 기세에 산강이 자리에서 벌떡 일어났다. 피피는 여전히 의자에 앉아 있었다. 산평의 빨갛게 충혈 된 눈이 재미있다고 생각했다. 산평이 산강 앞에 서서 고함을 질렀다.

"비켜!"

"쟨 아직 어린애야."

"그게 무슨 상관이야."

"나는 상관있어."

산강이 대답했다. 목소리는 여전히 조용했다.

그래서 산평은 산강의 얼굴에 있는 힘껏 주먹을 날렸다. 산강은 얼굴이 옆으로 홱 돌아가긴 했어도 넘어지지는 않았다. 산강이 말했다.

"이러지 마."

산평이 또 소리를 질렀다.

"비켜!"

산강이 또 같은 말을 했다.

"쟨 아직 어린애잖아."

"상관없어. 목숨은 목숨으로 갚아야지."

산펑이 또 한 번 산강에게 주먹을 날렸다. 여전히 고개만 옆으로 돌아갔다. 그 광경에 깜짝 놀란 어머니가 연신 소리를 질러댔다.

"날 놀라 죽게 만들려는 거냐?"

말은 그렇게 해도 그 자리에서 꿈쩍도 하지 않았다. 앉아 있는 곳이 산펑의 주먹과 어느 정도 떨어져 있었기 때문이다. 그때 산강의 아내가 부엌에서 뛰어나와 소리쳤다.

"무슨 일이에요?"

산강이 그녀에게 말했다.

"애 데리고 들어가 있어."

그러나 피피는 가지 않겠다고 고집을 피웠다. 피피는 한창 흥미진진하게 작은아빠의 주먹 실력을 감상하는 중이었다. 아빠가 쓰러지지 않자 더 신이 났다. 그래서 엄마 손에 이끌려 들어가면서, 화를 참지 못하고 대성통곡을 했다.

그때 산펑이 갑자기 돌아서더니 피피를 때리려고 했다. 산강은 손을 뻗어 산펑의 주먹을 막고, 곧바로 팔을 잡아 피피 근처로 가지 못하게 했다.

산펑이 무릎으로 산강의 배를 찍었다. 산강은 너무 아파 허리를 숙인 채 신음 소리를 냈다. 그러나 여전히 산펑의 팔을 잡고 있었다. 아내가 아이를 침실로 데리고 들어가 방문을 잠근 뒤에야 비로소 손을 놓았다. 그러고는 몇 걸음 옮겨 의자에 털썩 주저앉았다.

산평은 방문을 발로 걷어차며 소리를 질렀다.

"애 이리 내놔!"

산강은 산평이 미친 듯이 문을 걷어차는 걸 바라보며, 안에서 아내가 자기 이름을 부르는 소리와 아이가 우는 소리를 들었다. 그러나 움직이지 않고 그대로 앉아 있었다. 그때 어머니가 자리에서 일어나더니 입 안에 솜을 쑤셔 넣은 것처럼 웅얼웅얼 소리를 냈다.

산평은 한참을 죽어라 발길질을 해댄 후에야 발을 제자리에 놓았다. 그리고 한참 동안 방문을 노려보더니 뒤로 돌아섰다. 그러고는 산강을 힐끗 쳐다보더니 그 곁으로 다가가 의자에 앉았다. 그의 눈은 계속 방문을 향하고 있었다. 마치 시선이 그 위에 붙박여버린 것 같았다. 산강은 곁에 앉아 계속 산평을 주시했다.

잠시 후 산강은 산평의 숨소리가 좀 차분해졌다 싶어 자리에서 일어나 침실로 걸어갔다. 걸어가는 동안 산평의 시선이 그의 몸을 뚫고 들어오는 것처럼 느껴졌다. 그는 방문을 몇 번 두드리며 말했다.

"나야. 문 열어."

그와 동시에 산평이 일어나는지 안 일어나는지 뒤에서 나는 소리에 귀를 기울였다. 산평은 여전히 그 자리에 숨소리도 내지 않고 앉아 있었다. 산강은 안심하고 계속 문을 두드렸다.

빠끔히 열린 문 사이로 아내의 불안한 얼굴이 눈에 들어왔다. 산강이 소리를 낮춰 말했다.

"괜찮아."

아내는 산강을 안으로 들인 뒤 재빨리 문을 잠갔다. 그러고는 고개를 들어 남편을 바라보며 말했다.

"그 인간이 당신을 이 모양으로 만들어놨군요."

산강은 가볍게 웃어 보였다.

"며칠 지나면 괜찮아질 거야."

산강은 울고 있는 아들 곁으로 다가가 머리를 쓰다듬어주며 말했다.

"울지 마라."

그런 다음 옷장에 붙어 있는 거울을 들여다봤다. 그 안에는 퉁퉁 부어오른 난생 처음 보는 사람의 얼굴이 있었다. 산강은 고개를 돌려 아내에게 물었다.

"이게 나라구?"

아내는 아무 대답도 없이 얼이 빠진 얼굴로 그를 쳐다보았다.

"예금통장 다 꺼내봐."

아내는 잠시 망설이는가 싶더니 곧 남편이 시키는 대로 했다. 산강은 계속 거울 앞에 서 있었다. 이마는 상처 하나 없이 멀쩡했고 턱도 그대로였다. 하지만 나머지는 이미 그를 저버렸다. 산강은 아내가 건네주는 통장을 받아들며 물었다.

"모두 얼마야?"

아내가 답했다.

"삼천 위안."

그가 믿기지 않는다는 듯이 물었다.

"그것밖에 안 돼?"

아내는 변명하듯 말했다.

"우리 쓸 것도 좀 남겨둬야죠."

산강은 단호하게 말했다.

"전부 다 가져와."

아내가 남겨둔 이천 위안까지 건네자 산강은 통장을 들고 밖으로 나갔다.

산평은 여전히 그 자리에 앉아 있었다. 산강이 문을 열고 나오자 산평의 시선이 산강의 배로 옮겨갔다. 산강이 다가올수록 시선이 닿는 거리도 점차 줄어들었다. 산강이 코앞까지 다가서자 산평의 시선은 산강의 가슴께로 올라갔다. 산평은 산강이 자기 앞으로 손을 뻗는 걸 보았다. 그 손에는 열 개도 넘는 통장이 쥐어져 있었다.

"모두 오천 위안이다. 여기서 그만 끝내자."

"안 돼."

산평이 칼로 무를 자르듯 단호하게 대답했다. 목소리가 잔뜩 쉬어 있었다.

"이게 내가 가진 전부야."

"꺼져!"

산강의 가슴이 시야를 가로막아 산평은 방문을 볼 수 없었던 것이다. 산강은 그 옆에 말없이 서서 산평의 얼굴을 바라보았다. 어딘가 모르게 맹한 표정이었다. 잠시 후 산강은 몸을 돌려 침실로 돌아가 아내의 손에 통장을 쥐어주었다.
"싫대요?"
아내가 놀라서 물었다. 그는 대답 없이 아들 곁으로 다가가 아이의 머리를 탁탁 치며 말했다.
"아빠 따라와."
아이는 엄마를 힐끗 쳐다보고는 곧장 일어나 아빠에게 물었다.
"어디 가는 건데?"
그 순간 그게 무슨 뜻인지 알아차린 아내가 산강을 막아섰다.
"안 돼요. 아주버님이 아이를 때려 죽일 거예요."
산강은 한 손으로 아내를 밀치고 다른 한 손으로는 아이를 데리고 밖으로 나갔다. 뒤에서 아내의 목소리가 들렸다.
"제발 부탁이에요."
산강은 산평 앞으로 가서 아이의 등을 떠밀며 말했다.
"애를 넘겨줄게."
산평은 고개를 들어 피피와 산강을 바라보았다. 일어나고 싶어하는 듯했지만, 몸을 조금 움직이는 데 그쳤다. 그러더니 시선을 돌려 마당 쪽을 바라보았다. 그 순간 그는 핏자국을 보고 말았다. 햇빛 아래 있는 핏자국을 보니 약간 눈이 부셨다. 그는 거기서 마치 햇빛과도 같은 밝은 빛이 나오는 걸 보았다.
거기 서 있는 게 따분하게 느껴진 피피는 고개를 들어 아빠를 쳐다보았다. 아빠의 얼굴에는 표정이 없었다. 산평 삼촌도 마찬가지였다. 그래서 주변을 두리번거렸다. 어느 틈에 나왔는지 엄마가 뒤에 서 있었다.

산평이 일어나 산강에게 말했다.

"피피한테 저 피를 깨끗하게 핥아 먹으라고 할 거야."

"그다음엔?"

산평이 잠시 머뭇거리다가 대답했다.

"그걸로 됐어."

"좋아."

산강은 고개를 끄덕였다. 아이의 엄마가 산평에게 말했다.

"제가 할게요. 애는 아직 아무것도 몰라요."

산평은 대답도 하지 않고 아이를 밖으로 끌고 나갔다. 그녀도 뒤따라갔다. 산강은 잠시 주저하는 눈치더니 침실로 되돌아갔다. 그러나 그가 간 곳은 침실 창문 앞이었다.

산강은 아내가 몸을 숙여 핏자국을 혀로 핥는 것을 보았다. 그 모습이 매우 탐욕스러워 보였다. 그리고 산평이 아내의 어깨를 밟는 것을 보았다. 아내는 한쪽으로 쓰러졌다가 무릎을 꿇고 앉아 죽겠다는 듯이 헛구역질을 해댔다. 그녀의 목구멍에서 소름끼치는 괴상한 소리가 흘러나왔다. 곧이어 산평이 피피의 머리를 짓눌러 피피가 바닥에 엎어지는 게 보였다. 그리고 산평이 아내의 헛구역질 소리와 비슷한 목소리로 하는 말이 들렸다.

"핥아!"

피피는 바닥에 엎드려 햇살 아래서 반짝거리는 피를 바라보았다. 문득 선명한 색깔의 과일 잼이 생각났다. 혀를 내밀어 맛을 보니, 아주 색다른 맛이었다. 그래서 마음 놓고 핥기 시작했다. 시멘트 바닥이라 그런지 피가 너무 거칠게 느껴졌다. 잠깐 핥았는데도 혀에 감각이 없어지고 혀끝에서 몇 줄기 피가 흘러내렸다. 아이는 그 피가 더 맛있다고 생각했다. 하지만 그게 자기 혀에서 나온 피인지는 몰랐다.

그때 산강은 산평의 아내가 상처투성이인 채로 나타나 "널 물어 죽일 테다" 하며 피피에게 달려드는 걸 보았다. 그와 동시에 산평이 몸을 날려 피피의 사타구니를 걷어찼다. 피피의 몸이 하늘로 붕 떠오르더니 머리가 아래로 향한 채 시멘트 바닥에 처박혔다. 쿵, 무거운 소리가 났다. 산강은 몸을 몇 번 움찔하다가 사지를 쫙 뻗고는 더 이상 움직이지 않는 아들의 모습을 보았다.

3

어머니는 쿵 하는 소리에 깜짝 놀랐다. 그 소리는 뱃속을 뚫고 나온 것같이 들렸다. 한참 동안 막혀 있다가 마침내 터져 나온 것처럼, 원한으로 가득 찬 소리였다. 어머니는 창자가 썩은 게 틀림없다고, 게다가 이미 오래전에 썩어 문드러진 거라고 생각했다. 쿵 하는 소리가 두 차례 더 이어졌다. 이번에는 훨씬 더 또렷한 소리였다. 어머니는 이번엔 거품이 터지는 소리라고 생각했다. 이 정도라면 창자가 이미 완전히 썩었을지도 모를 일이었다. 썩어 문드러진 창자의 색깔은 잘 그려지지 않았지만, 그 형태는 짐작해볼 수 있었다. 길쭉한 모양의 창자 안에서 액체가 꿈틀거리며 거품을 뿜어내고 있을 것이다. 잠시 후 어머니는 심지어 썩은 냄새까지 맡았다. 그 냄새는 바로 자기 입에서 새어 나오고 있었다. 썩은 냄새가 온 방 안에 진동해 집 안 전체가 썩고 있는 게 아닌가 싶을 정도였다. 어머니는 그동안 자기가 아무것도 먹고 싶지 않았던 이유를 이제야 알 것 같았다.

어머니는 시험 삼아 몸을 일으켜봤다. 곧바로 뱃속의 부패물이 아래로, 그러니까 허벅지 쪽으로 쑥 내려가는 듯한 느낌이 들었다.

이제는 뭘 먹는 게 너무나 위험한 일인 것 같았다. 뱃속은 밑 빠진 독이 아니기 때문이다. 언젠가 몸속의 모든 공간이 부패물로 꽉 들어차면, 몸이 탱탱하게 부풀어 올라 터질지도 모를 일이다. 그렇게 되면 자기 몸은 아마 폭탄처럼 폭발해버릴 것이다. 갈기갈기 찢어진 피부는 벽 쪽으로 날아가 무슨 표어라도 되는 양 들러붙을 테고, 이미 부러지다시피 했던 뼈들은 제멋대로 잘라놓은 땔나무처럼 바닥에 쌓일 것이다. 그리고 머리는 고무공처럼 바닥을 굴러다니다가 벽의 한 귀퉁이에 부딪혀 더 이상 움직이지 않게 될 것이다.

그래서 어머니는 또다시 눈물을 글썽거렸다. 눈물에서도 썩은 냄새가 나는 것 같았다. 그 눈물이 뺨을 타고 흘러내리는데 이전보다 훨씬 더 무겁다는 생각도 들었다. 그리고 문 쪽으로 걸어갈 때는 몸이 모래주머니처럼 무겁게 느껴졌다. 그때 어머니는 피피를 안고 들어오는 산강을 보았다. 마치 장난감을 안고 있는 것처럼 보였다. 그는 어머니 앞으로 가지 않고 방향을 틀어 자기 침실로 들어갔다. 산강이 몸을 돌리는 순간, 어머니는 피피 머리에서 핏자국을 봤다. 그것은 그날 어머니가 두 번째로 보는 피였다. 이번에 본 핏자국은 아까 본 것처럼 빛나지 않고 어딘가 침울한 느낌이었다. 당장이라도 구역질이 날 것만 같았다.

산강은 아이가 천 쪼가리처럼 날아가 땅에 곤두박질치는 모습을 보았다. 그다음에는 아무것도 보이지 않았다. 무성하게 자라난 잡초와 초록빛 이끼로 뒤덮인 우물 하나만 눈앞에 있는 것 같았다.

그때 산강의 아내는 이미 고개를 들고 있었다. 그녀는 아들이 산평에게 차이는 모습은 보지 못했지만, 그 순간 경련을 일으켰던 위가 갑자기 편안해지는 걸 느꼈다. 그녀가 막 고개를 들었을 때 눈에 들어온 건 아들이 몸부림을 치다가 사지를 쫙 뻗는 모습이었다. 마치 자기 위가 편안해진 것처럼 말이다. 그녀는 어떻게 된 영문인지 몰라 그냥 멍청히 아들을 바라보았다. 아들의 머리에서 붉은 피가 천천히 흘러나왔다. 그 피는 꼭 붉은 잉크처럼 보였다. 그녀는 자기도 모르게 소리를 내질렀다.

"산강!"

그와 동시에 몸을 돌려 창문 앞에 서 있는 남편을 한 번 더 불렀다. 그러나 산강은 미동도 하지 않았다. 눈을 가늘게 뜨고 있는 게 마치 이미 잠든 사람처럼 보였다. 그래서 이번에는 몸을 돌려 역시나 꼼짝도 않고 서 있는 산평에게 말했다.

"남편이 넋이 나갔나 봐요."

그런 다음 아들에게 말을 걸었다.

"네 아빠가 넋이 나갔어."

이어서 그녀는 혼잣말처럼 중얼거렸다.

"어떻게 해야 하지?"

이때 잡초와 우물이 사라지고 조금 전의 광경이 다시 떠올랐다. 산강의 눈앞에 아이가 천 쪼가리처럼 날아가 바닥에 곤두박질치는 장면이 또 한 번 나타났다. 잠시 후 그는 아내가 자기를 쳐다보고 있다는 걸 깨닫고 속으로 생각했다.

'왜 저렇게 날 쳐다보는 거야?'

산평이 주위를 두리번거리더니 아무 일도 없었다는 듯 걸어오는 모습이 보였다. 그의 상처투성이 아내가 그 뒤를 따라왔다. 자기 아들은 기어오르지도 않고 여전히 바닥에 누워 있었다. 산강은 아들을 보러 가야겠다는 생각이 들어 밖으로 나갔다.

산평은 안으로 들어가던 길에 뒤따라오는 아내의 발소리가 짜증스럽게 느껴져 고개를 돌려 말했다.

"따라오지 마."

문에서 산강과 마주쳤다. 산강이 싱긋 웃어 보였지만, 산평은 그 미소가 무엇을 의미하는지 알 수 없었다. 잠시 후 산강은 바람처럼 그의 곁을 스쳐 지나갔다. 산평은 아직도 뒤따라오는 아내에게 소리를 질렀다.

"따라오지 말라니까."

산강은 아내 앞으로 걸어갔다. 아내가 넋이 나간 듯 멍한 얼굴로 말했다.

"당신, 정신이 나간 것 같아요."

그는 고개를 가로저으며 말했다.

"아냐."

그러고는 아들 곁으로 걸어가 허리를 굽혔다. 아이의 머리에는 피가 흐르고 있었다. 손가락으로 상처 부위를 눌렀지만 피는 멎지 않고 여전히 흘러내렸다. 그는 고개를 절레절레 흔들었다. 방법이 없겠다는 생각이 들었다. 이어서 손바닥을 펴 아이의 입술 가까이로 가져갔다. 약하게나마 숨결이 느껴졌지만, 그마저도 점차 희미해지더니 곧 완전히 멎어버렸다. 이번에는 손을 옮겨 맥을 짚어보았으나 찾을 수가 없었다. 그때 개미 몇 마리가 그쪽으로 기어오는 게 보였다. 그는 개미한테는 아무런 흥미도 느끼지 못했다. 그래서 몸을 일으켜 아내에게 말했다.

"이미 죽었어."

아내는 고개를 끄덕이며 대답했다.

"알아요. 이제 어떻게 하죠?"

"아이를 묻어야지."

아내는 여전히 문에 서 있는 산평을 바라보며 산강에게 말했다.

"그냥 이렇게요?"

"그럼 뭘 더 해야 하는데?"

산강은 산평이 자기를 쳐다보고 있다는 느낌이 들어 그쪽으로 눈길을 돌렸다. 그러나 산평은 이미 집 안으로 들어간 뒤였다. 산강은 갑자기 무슨 생각이라도 난 듯 휙 돌아서더니 아들 쪽으로 걸어갔다. 아들을 안아 올린 그는 꽤나 무겁다는 생각을 하며 집 안으로 들어갔다.

그가 문 안쪽으로 들어섰을 때 어머니가 침실에서 나왔다. 뭐라고 말하는 게 들리긴 했지만, 그는 이미 자기 침실에 들어와 있었다. 아이를 침대에 눕히고 담요를 끌어당겨 덮어주었다. 그리고 방으로 들어오는 아내에게 말했다.

"봐, 잠들었어."

아내가 다시 물었다.

"그냥 이렇게 하고 말자구요?"

그는 영문을 모르겠다는 듯 아내를 바라보았다. 아내의 말뜻을 이해하지 못한 것 같았다.

"당신 너무 많이 놀랐어요."

"아니."

"당신은 겁쟁이예요."

그는 계속 논쟁조로 대답했다.

"아니야."

"그럼, 지금 당장 나가요."

"어디로?"

"산펑한테 가서 결판을 내고 오세요."

아내가 이를 악물고 말하자 그는 살며시 웃으며 아내 곁으로 다가갔다. 그러고는 아내의 어깨를 톡톡 치며 말했다.

"화내지 마."

그러나 아내는 싸늘하게 웃으며 말했다.

"화를 내는 게 아니에요. 당신한테 산펑을 만나러 가라고 말하고 있는 거예요."

그때 산펑이 문 앞에 나타났다.

"찾아올 필요 없어."

그는 손에 식칼 두 개를 들고 있었다. 그가 산강에게 말했다.

"이제 우리 차례지."

그는 식칼 하나를 산강에게 건네주었다. 산강은 받지 않았다. 단지 산평의 얼굴을 물끄러미 쳐다볼 뿐이었다. 그는 산평의 얼굴이 평소와 달리 하얗게 질려 있다고 생각했다.

"너 안색이 너무 안 좋다."

"엉뚱한 소리 하지 마."

산평이 말했다. 산강은 아내가 식칼을 받아와 자기한테 넘겨주려는 걸 보았다. 그는 곧장 두 손을 바지 주머니에 넣고 말했다.

"필요 없어."

"이런 겁쟁이."

아내가 말했다.

"난 겁쟁이가 아니야."

"그럼 얼른 받아요."

"필요 없다니까."

아내는 산강의 얼굴을 한참 동안 바라보더니 알았다는 듯 고개를 끄덕였다. 그러고는 식칼을 산평에게 돌려줬다.

"잘 들어요. 난 차라리 당신이 죽으면 죽었지, 이렇게 사는 꼴은 절대 못 봐요."

산강은 어쩔 수 없다는 듯 고개를 절레절레 흔들었다. 그는 산평에게 또 같은 말을 했다.

"너 안색이 너무 안 좋아."

산평은 더 이상 거기 서 있지 않고, 돌아서 부엌으로 들어갔다. 그가 부엌에서 나올 때는 손에 식칼을 들고 있지 않았다. 그는 겁에 질린 채 구석에 서 있는 아내에게 말했다.

"밥이나 먹지."

그런 다음 식탁에 가서 앉았다. 아내도 옆에 와 앉았다.

산평은 식탁에 앉은 다음에도 바로 밥을 먹지 않고 여전히 산강을 지켜보았다. 그는 산강이 오른손을 주머니에 넣고 뭔가를 만지작거리는 걸 보았다. 열쇠를 찾는 것 같았다. 잠시 후 산강은 밖으로 나갔다. 그제야 산평은 밥을 먹기 시작했다. 음식이 입에 들어가는 게 마치 모래를 씹는 것 같았다. 옆에 앉은 아내는 아직까지도 몸을 떨고 있었다. 그는 화가 치밀어 아내에게 말했다.

"떨긴 왜 떨어?"

말을 마치고 밥을 꿀꺽 삼켰다. 그러고는 고개를 돌려 꼼짝도 않고 앉아 있는 아내에게 또 한마디 했다.

"안 먹고 뭐 하는 거야?"

"먹고 싶지 않아요."

"안 먹을 거면 딴 데 가 있어."

그는 점점 더 화가 치솟았다. 밥을 또 한 숟가락 떠서 입에 쑤셔 넣었다. 아내가 일어나 침실로 들어가는 소리를 들었다. 방의 한쪽 귀퉁이에 놓여 있는 의자에 앉는 것 같았다. 또다시 우적우적 밥을 씹었다. 이번에는 구역질이 날 것 같았지만, 그냥 꿀꺽 삼켰다.

산평은 밥을 더 먹지 않기로 했다. 이미 숨을 못 쉴 정도로 많이 먹은 터였다. 이마에 맺힌 땀이 아래로 흘러내렸다. 손으로 땀을 닦아내며 땀방울이 얼음 알갱이 같다고 느꼈다. 그때 산강의 아내가 침실에서 나오는 게 보였다. 그녀는 문 앞에서 음산한 표정으로 잠시 서 있다가 산평에게 다가왔다. 산평은 그녀가 걸어오는 모습이 마치 날아오는 것 같다고 생각했다. 그녀는 산평의 코앞에까지 날아와 역시나 날듯이 사뿐히 의자에 앉았다. 그러고는 자기 몸처럼 날아다니는 듯한 시선으로 산평을 바라보았다. 산평이 그녀에게 말했다.

"저리 비켜요."

그녀는 팔을 탁자 위에 올려놓더니, 두 손으로 턱을 받치고 뚫어져라 그를 쳐다보았다.

"저리 비키라고 했잖아요!"

버럭 소리를 질렀지만 그녀는 몸이 굳어버리기라도 한 것처럼 꿈쩍도 하지 않았다.

그래서 그는 식탁 위의 그릇들을 전부 바닥으로 떨어뜨려 깨부쉈다. 그런 다음 자리에서 일어나 의자를 들고 거칠게 내던졌다. 와장창 한바탕 시끄러운 소리가 지나가자 그녀가 조용히 말했다.

"나도 걷어차서 죽여버리지 그래?"

이 말에 산평은 펄쩍 뛰며 노발대발했다. 그러더니 그녀 앞으로 다가가 주먹을 들이밀며 소리쳤다.

"죽고 싶어 환장했어요?"

그때 산강이 돌아왔다. 그는 물건을 한 보따리 들고 있었다. 게다가 뒤에는 누런 개까지 한 마리 따라왔다. 산평은 산강이 들어오는 걸 보고 주먹을 거두며 말했다.

"저리 가라고 좀 해줘."

산강은 물건을 식탁에 내려놓고 아내 옆으로 다가가 말했다.
"침실로 들어가."
그녀는 고개를 들며 이해할 수 없다는 듯이 물었다.
"왜 그를 패주지 않는 거죠?"
산강은 그녀를 일으켜 세우며 말했다.
"당신 들어가서 좀 쉬어야겠어."
침실로 들어가던 그녀가 갑자기 걸음을 멈추고는 고개를 돌려 산강에게 말했다.
"최소한 한 대는 때려야 해요."
산강은 아무 말 없이 식탁 위에 물건을 펼쳤다. 고기 뼈 한 꾸러미였다. 아내가 또 뭐라고 말하는 소리가 들렸다.
"한 대는 때려야 한다구요."
아내는 곧 방으로 들어갔다. 산평은 다른 의자에 앉아 바닥을 가리키며 산강에게 말했다.
"이거 좀 치워줘."
산강이 고개를 끄덕이며 대답했다.
"잠깐만 기다려."
"나는 당장 치우라고 말한 거야."
산평이 노기등등한 목소리로 말했다. 그래서 산강은 부엌에서 빗자루와 쓰레받기를 들고 나와 바닥에 흩어져 있는 깨진 그릇 조각들을 깨끗이 치웠다. 또 산산이 부서진 의자도 싹 쓸어 담아 마당으로 들고 나갔다. 산강이 돌아오자 산평은 집 안을 어슬렁거리는 개를 가리키며 물었다.

"웬 놈이야?"

"길에서 만났어. 나를 졸졸 따라 다니더니 결국 여기까지 왔어."

"쫓아버려."

"알았어."

산강은 가까이 다가가 허리를 굽히고는 개를 손짓으로 불렀다. 그러더니 단번에 안아 올려 침실로 데리고 들어갔다. 다시 밖으로 나올 때는 방문을 잠갔다. 그가 산평에게 물었다.

"또 뭐 할 거 있어?"

산평은 그를 본체만체하며 다시 앉지도 않고 자기 침실로 들어가 버렸다.

그때까지도 산평의 아내는 방 안 귀퉁이에 앉아 요람만 뚫어져라 쳐다보고 있었다. 아들은 요람 안에 반듯이 누워 있었다. 아무 소리도 나지 않는 게 꼭 잠이 든 것처럼 보였다. 가만히 아들의 배를 쳐다보고 있는데, 올라갔다 내려갔다 하는 게 마치 숨을 쉬고 있는 것 같았다. 그때 남편의 발자국 소리가 들렸다. 그녀는 고개를 들었다. 그리고 자기도 모르는 사이에 자리에서 일어났다.

"일어나서 뭘 하겠다는 거야?"

산평은 그렇게 말하며 요람 안을 슬쩍 들여다보았다. 아들이 사지를 쫙 펴고 누워 있는 모습이 마치 이를 드러내고 발톱을 세운 짐승처럼 보였다. 그는 구역질이 날 것 같아 침대로 가서 누웠다.

아내도 다시 의자에 앉았다. 너무나 지친 산평은 침대에 누워 창밖으로 시선을 던졌다. 창밖의 풍경이 온통 뒤섞여 있는 것 같기도 하고, 아무것도 없는 것처럼 보이기도 했다. 그래서 시선을 거둬 방 안 곳곳을 둘러보았다. 그러다 귀퉁이에 앉아 있는 아내의 모습이 눈에 들어왔다. 수년 전부터 이미 그 자리에 앉아 있던 사람 같았다. 그렇게 생각하자 짜증이 밀려와 자리에 앉으며 말했다.

"왜 계속 거기 앉아 있는 거야?"

아내는 깜짝 놀라 그를 쳐다보았다. 그가 방금 뭐라고 했는지 제대로 알아듣지 못한 눈치였다. 그가 다시 말했다.

"거기 앉아 있지 말라니까."

아내는 당장 몸을 일으켰다. 그러나 뭘 어떻게 해야 할지를 모르겠다는 표정이었다. 산강은 또다시 화가 치밀어 올라 고함을 쳤다.

"이런 빌어먹을! 거기 앉아 있지 말란 말이야!"

아내는 즉시 귀퉁이에서 나와 옷장 옆으로 옮겨갔다. 거기에도 의자가 있었지만 감히 앉을 엄두를 내지 못했다. 아내는 조심스레 남편의 눈치를 살폈지만, 남편은 이제 그녀를 바라보지 않았다. 산평은 벌써 드러누워 눈을 감고 있었다. 아내는 잠깐 머뭇거리더니 조심스럽게 의자에 앉았다. 그 순간 산평이 또다시 입을 열었다.

"나 쳐다보지 마!"

아내는 곧장 시선을 돌리긴 했지만, 어디로 옮겨야 할지 몰라 부들부들 떨었다. 자칫 잘못해서 시선이 침대 쪽으로 갈까 봐 두려워하는 기색이 역력했다. 그러다가 커다란 장롱에 달려 있는 거울에 시선을 고정시키기로 했다. 그러나 각도가 잘 맞지 않아서 그 순간 거울이 눈부시게 빛나는 광선처럼 보였다. 그녀는 감히 요람 안을 들여다볼 수 없었다. 혹시나 자기 시선이 튀어 올라 침대 쪽으로 갈까 봐 두려웠다. 곧이어 남편의 성난 목소리가 또다시 들려왔다.

"나 쳐다보지 말라니까."

그녀는 벌떡 일어났다. 이번에는 주저하지도 머뭇거리지도 않았다. 문을 봤기 때문이다. 그 문을 통해 밖으로 나가던 길에 침실로 들어가는 산강의 뒷모습을 보았다. 뒷모습이 매우 건장해 보였는데, 문 앞에 잠시 나타났다가 안으로 쏙 들어가 버렸다. 그녀는 주위를 잠시 둘러본 후 마당으로 걸어 나갔다. 햇빛 때문에 현기증이 나고 눈이 부셨다. 금방이라도 쓰러질 것만 같아 문 앞의 계단에 쪼그리고 앉았다. 그 바람에 또다시 두 개의 핏자국을 보고 말았다. 핏자국이 햇살 아래서 유난히도 선명하게 보여, 마치 아직도 어딘가로 흘러가고 있는 것 같았다.

산강은 고기 뼈를 씻지도 않은 채 냄비에 집어넣은 다음, 양념도 하지 않고 부엌으로 들고 들어갔다. 그러고는 물을 조금 붓고 가스 레인지에 올려 끓이기 시작했다. 잠시 후 그는 부엌에서 나와 침실로 들어갔다.

아내는 침대 가장자리에 앉아 있었다. 아들 곁이었다. 그러나 아들을 보고 있지는 않았다. 아내의 시선은 조금 전에 산강이 그랬던 것처럼 창밖을 향하고 있었다. 창밖에는 나뭇잎이 있었는데 시선은 그중에서도 어느 나뭇잎 하나에 꽂혀 있었다.

산강은 침대로 갔다. 아들의 머리는 오른쪽으로 기울어져 있었는데 상처 부위가 살짝 보였다. 아들은 더 이상 피를 흘리지 않았다. 베개에 핏자국이 약간 나 있을 뿐이었다. 그것은 꼭 베개에 찍어놓은 무늬처럼 보였다. 산강은 그렇게 잠시 바라보다가 아들의 머리를 오른쪽으로 돌렸다. 그렇게 하자 상처가 가려지고 무늬도 보이지 않았다. 무늬가 보이지 않는 게 좀 아쉬웠다.

아까 그 개가 침대 아래서 튀어나와 그의 다리 쪽으로 뛰어오더니 바짓가랑이를 물고 장난을 쳤다. 그 순간 그는 눈길을 창밖으로 돌려 나뭇잎 하나를 바라보았다. 하지만 그것은 아내가 바라보던 나뭇잎은 아니었다.

"왜 그를 한 대 패지 않는 거예요?"

아내의 목소리가 들렸다. 그 소리는 나뭇잎처럼 귓가에서 살랑거렸다.

"딱 한 대만 때리면 된다구요."

그녀가 다시 말했다.

4

어머니는 문을 잠근 다음 조심스럽게 다시 침대로 올라가 베개 밑에 솜이불을 깔았다. 그렇게 해야 누웠을 때 상체가 위로 올라왔다. 부패물이 가득 들어찬 창자가 가슴까지 넘어오는 걸 막기 위해서였다. 그리고 앞으로는 음식을 먹지 않기로 마음먹었다. 이대로 가다가는 너무나 위험해질 것 같았기 때문이다. 어머니는 자기 몸속에 이제 빈 공간이 얼마 남지 않았다는 걸 알았다. 그리고 썩은 창자가 몸속에서 물처럼 출렁거릴까 봐 누운 채로 꼼짝도 하지 않았다. 이제는 아무 소리도 들리지 않았다. 어머니는 그것에 매우 흡족해했다. 이제는 근심걱정에 휩싸이지 않고 자신의 뛰어난 머리를 자랑스러워했다. 어머니는 지붕 위의 햇빛을 바라보았다. 아침부터 해질 무렵까지 햇빛이 어떻게 커졌다가 오므라드는지를 지켜보았다. 그 순간 어머니에게는 오직 햇빛만이 살아 있고, 나머지는 전부 죽은 것이나 마찬가지였다.

다음날 새벽 산평은 잠에서 깰 때 참을 수 없는 두통을 느꼈다. 어찌나 아픈지 머리가 산산이 쪼개질 것만 같았다. 일어나 앉으니 통증이 좀 덜했다. 그러나 여전히 머리가 부풀어 터질 듯 아파 신경 쓰지 않을 도리가 없었다. 그래서 침대에서 내려와 옷장의 첫째 서랍에서 하얗고 기다란 헝겊을 찾아내 머리를 싸맸다. 그렇게 하고 나니 훨씬 안심이 되어 옷을 입기 시작했다.

옷을 입을 때 보니 소매에 검정 리본이 달려 있었다. 어제 오후 산강이 검은 리본을 들고 집에 들어왔던 게 떠올랐다. 그때 산평은 여전히 침대에 누워 있었다. 머리가 깨질 듯 아프긴 했지만, 산강이 친절하게 리본을 달아준 건 기억하고 있었다. 자기가 화를 참지 못하고 산강에게 소리를 지르던 것까지는 기억이 나는데, 뭐라고 소리쳤는지는 이때 이미 잊어버렸다. 산강은 그러고 나간 뒤에 손수레를 빌려와 문밖에 세워두었다. 산평은 산강이 피피를 안고 나가는 것은 보지 못했고, 방으로 들어와 자기 아들을 요람에서 안고 나가는 것만 보았다. 산평도 따라 나가 수레를 쫓아갔다. 형수와 아내도 함께 수레를 따라갔던 기억이 났다. 두통은 그때부터 시작되었다.

길을 걷는 내내 상소리를 퍼부은 것 같기도 했다. 하지만 그건 햇빛에 대고 한 욕이었다. 햇빛 때문에 제대로 서 있기가 힘들었다. 그 길을 걸어갔다가 다시 되돌아왔다. 길에서 아는 사람들을 많이 만난 것 같기도 했다. 그러나 누구 하나 제대로 알아볼 수 없었다. 그들은 이상한 모습으로 그를 둘러싸고 있었다. 그들의 말소리는 참새가 짹짹거리는 소리처럼 들렸다. 그는 산강이 그들이 묻는 말에 대답하는 모습을 보았다. 그때 산강은 아무 일도 일어나지 않은 사람처럼 보였다. 하지만 그 모습에는 또 어딘가 모를 엄숙함이 있었다.
 그들이 집으로 돌아왔을 때는 거의 날이 저물어 있었다. 아이들은 이미 두 개의 유골함에 들어간 뒤였다. 산펑은 저 멀리 구름 속으로 들어갈 듯 높이 솟은 굴뚝을 보았던 기억이 났다. 그런 다음 한참을 걸었다. 다리를 지나 커다란 정원으로 들어갔다. 정원에는 소나무와 측백나무가 우거져 있었다. 때마침 한 무리의 사람들이 꺼이꺼이 곡을 하며 걸어나왔다. 그 소리에 금방이라도 구역질이 날 것 같았다.
 그다음에 그는 홀에 서 있었다. 홀에는 그들 네 사람뿐이었다. 네 사람밖에 없다 보니 홀이 광장처럼 넓어 보였다. 한참을 서 있은 후에야 귀에 익은 음악이 들려왔다. 그 음악을 듣고 있으니 자고 싶다는 생각이 들었다. 그러나 음악이 끝나자 잠잘 생각이 싹 사라졌다. 그때 산강이 몸을 돌려 그와 얼굴을 마주하고 몇 마디 말을 했다. 그는 산강의 말을 알아들었다. 산강은 두 아이의 일을 말하고 있었다.
 "두 건의 불행한 사고 때문이야."
 산펑은 속으로 그 말이 좀 웃기다고 생각했다. 한참 후에 날이 어두워진 후에야 지금의 자리로 돌아왔다. 침대에 누워 눈을 감으니, 머릿속에 꿀벌들이 날아와 윙윙대는 느낌이었다. 밤새도록 그랬던 것 같다. 그 소리는 방금 눈을 떴을 때에야 완전히 사라졌다. 그러나 머리가 아파 견딜 수가 없었다.
 산펑이 옷을 다 입고 침대에서 내려왔을 때 산강이 들어왔다. 그래서 그는 다시 침대에 앉았다. 산강은 그에게 친밀한 미소를 지어 보이더니, 자기도 의자를 끌어와 산평 옆에 바짝 붙어 앉았다.

산강은 아침에 일어나자마자 부엌으로 갔다. 여자들은 이미 부엌에서 밥을 하느라 정신이 없었다. 그들은 전과 다름없이 서로 말이 없었다. 마치 아무 일도 일어나지 않았거나 모든 일이 이미 기억에서 사라질 만큼 희미해져버린 것 같았다. 산강이 부엌으로 들어간 건 어제 불에 올려둔 냄비 뚜껑을 열어보기 위해서였다. 뚜껑을 열어보니 고기 뼈가 다 타서 눌어붙어 있었다. 향긋한 냄새가 사방에 퍼졌다. 산강은 만족한 얼굴로 부엌을 나갔다. 개가 그 뒤를 졸졸 따라왔다. 개는 어제 냄비에서 나오는 냄새 때문에 쉬지 않고 짖어댔다. 산강은 그 소리에 마음을 놓았다. 지금 그 녀석이 뒤를 바짝 따라오니 또 한 번 안심이 되었다.

산강이 부엌에서 나와 식탁에 앉았다. 그는 개를 무릎에 앉혀놓고 말했다.

"조금 있다가 날 좀 도와줘야겠어."

그러고는 눈을 가늘게 뜬 채 창밖을 바라보며 산평한테 먼저 아침을 먹으라고 할까 말까 생각했다. 개는 산강의 다리에 얌전하게 앉아 있었다. 곰곰이 생각하다가 산평에게 아침을 먹이지 않기로 했다.

"아침이 무슨 의미가 있겠어."

그는 속으로 말했다. 산강은 자리에서 일어나 개를 바닥에 내려놓고, 산평의 침실로 갔다. 개도 그 뒤를 따랐다.

침실 문은 잠겨 있지 않았다. 산강이 문을 밀고 들어가자 개도 따라 들어갔다. 그는 산평이 피곤한 얼굴로 침대 앞에 서 있는 걸 보았다. 머리에는 하얀 띠를 둘러매고 있었다. 산평은 산강이 들어오는 걸 보고는 침대에 털썩 주저앉았다. 앉아 있는 자세가 꼭 아래로 떨어질 것 같았다. 산강도 의자를 끌어와 앉았다. 그는 방금 문을 밀고 들어오던 순간에 다음에 벌어질 모든 일이 순조로울 거라는 예감이 들었다. 속으로 이렇게 생각했다.

'산평은 이제 끝장이야.'

그가 산평에게 말했다.

"난 너한테 내 아들을 넘겨줬는데, 이제 넌 누구로 갚을 거야?"

산평은 한참 동안 멍하니 산강을 쳐다보더니 미간을 찌푸리며 물었다.

"무슨 말이야?"

"간단해. 네 처를 나한테 줘."

그 순간 산평은 자기 아들이 이미 죽었고 피피도 죽었다는 사실을 기억해냈다. 두 아이의 죽음 사이에 무엇인가 있었던 것 같긴 한데, 그게 뭐였는지는 도저히 기억해낼 수 없었다. 그는 너무나 피곤했다. 그러나 그 무엇인가가 두 아이의 죽음과 관계있다는 것은 알고 있었다.

산평이 입을 열었다.

"하지만 우리 아들도 죽었어."

"그건 별개의 문제야."

산강이 단호하게 말했다. 산펑은 어리둥절했다. 아들의 죽음이 별개의 일이고 피피의 죽음과 무관한 일인 것 같기도 했다. 하지만 피피는, 그는 불현듯 기억이 났다. 피피는 자기가 발로 차 죽였다. 그런데 내가 왜 그런 짓을 했지? 또다시 머릿속이 뒤죽박죽된 느낌이었다. 그는 더 이상 생각하고 싶지 않았다. 그렇게 계속 생각하다가는 머리만 더 지끈지끈 아플 것 같았다. 산강이 방금 무슨 말인가를 한 것 같아 다시 물었다.

"방금 뭐라고 한 거야?"

"네 처를 달라고."

산강이 대답했다. 산펑은 너무 피곤하고 지친 나머지 머리를 침대에 기대며 물었다.

"어쩌려고?"

"나무에 묶어둘 거야."

산강은 손가락으로 창밖의 나무를 가리켰다.

"한 시간 정도."

산펑은 고개를 돌려 나무를 바라보았다. 나뭇잎이 햇빛에 반짝거리고 있었는데, 그것조차도 견딜 수가 없었다. 그래서 당장 고개를 돌려 산강에게 물었다.

"그다음에는?"

"다음은 없어."

"좋아."

산펑은 고개를 끄덕이고 싶었으나 힘이 하나도 없었다. 잠시 후 그가 한마디 덧붙였다.

"그냥 날 묶는 게 낫겠어."

산강이 입가에 가벼운 미소를 띠었다. 그는 이렇게 될 줄 알고 있었다.

"일단 아침부터 먹을래?"

"먹고 싶지 않아."

"그럼 시간을 아끼자구."

산강은 이렇게 말하며 자리에서 일어났다. 산평도 따라 일어났다. 일어나면서 몸이 진흙과 모래로 가득 찬 것처럼 무겁게 느껴졌다. 그래서 산강에게 말했다.

"나 곧 죽을 것 같아."

산강이 고개를 돌려 말했다.

"네 말에도 일리가 있지."

두 사람이 방에서 나간 다음 산강은 자기 침실로 들어가 밧줄 두 줄을 들고 나왔다. 그것을 산평에게 건네며 물었다.

"괜찮을 것 같아?"

산평은 밧줄을 받아들고는 상당히 무겁다고 생각했다.

"너무 무거운 것 같은데."

"몸을 묶으면 무겁지 않을 거야."

"그렇겠지."

산평은 이제 고개를 끄덕이는 정도는 할 수 있었다.

두 사람은 마당으로 나왔다. 햇빛이 너무 강렬해 산평은 세상이 빙빙 도는 느낌이었다. 그가 산강에게 말했다.
"못 서 있겠어."
산강이 앞에 있는 나무를 가리키며 말했다.
"나무 그늘에 가서 앉아."
"거긴 너무 멀어."
"가까워. 겨우 이삼 미터 거리라구."
산강은 산평을 부축해 그늘로 데려갔다. 그런 다음 산평의 몸을 지그시 누르자 산평이 쓰러졌다. 나무 기둥에 몸을 기대기 딱 좋은 자리였다.
"많이 나아졌어."
"좀 있으면 훨씬 더 좋아질 거야."
"그래?"
산평은 힘겹게 고개를 들어 산강을 바라보았다.
"조금만 있으면 하하하 실컷 웃을 수 있을 거야."
산평은 지친 표정으로 살짝 웃었다.
"나 좀 앉아 있을게."
"당연히 그래도 되지."
산강이 흔쾌히 대답했다.
곧이어 밧줄이 산평의 가슴을 감고 지나가더니, 그의 몸을 나무 기둥에 단단히 묶었다. 산평은 숨쉬기가 힘들어 산강에게 말했다.
"너무 꽉 묶었어."
"곧 익숙해질 거야."

산강은 그렇게 말하면서 산평의 상체를 줄로 완전히 묶었다.

산평은 몸이 무엇엔가 꽁꽁 싸여 있는 듯한 기분이었다. 그래서 산강에게 말했다.

"옷을 잔뜩 껴입은 것 같아."

그때 산강은 이미 집으로 들어가 버린 뒤였다. 잠시 후 산강은 나무판자 하나와 어젯밤 끓인 냄비를 들고 다시 산평 곁으로 다가왔다. 개도 따라 나와 산평 주위를 맴돌았다. 산평이 산강에게 말했다.

"내 이마 좀 만져봐."

산강이 손을 뻗어 그의 이마를 만져보았다.

"뜨겁지?"

"그래. 한 사십 도는 되는 것 같네."

"분명히 그럴 거야."

산평은 힘겹게 동의를 표했다. 산강이 갑자기 무릎을 꿇더니 산평의 두 다리 밑에 나무판자를 깔았다. 그러고는 나머지 밧줄 하나로 나무판자와 산평의 다리를 같이 묶었다.

"도대체 뭐 하는 거야?"

"안마해주는 거야."

"안마는 관자놀이에 해야지."

"그러지 뭐."

그때 산강은 이미 산평의 두 다리를 단단히 묶은 뒤였다. 그런 다음 몸을 일으켜 엄지손가락 두 개로 산평의 관자놀이를 몇 번 힘껏 눌러주었다.

"어때?"

"한결 좋아졌어. 몇 번 더 눌러줘."

산강은 앞으로 다가서 정말 열심히 안마를 해줬다. 산평은 산강의 엄지손가락이 관자놀이에서 신나게 움직이는 걸 느끼자 기분이 유쾌해졌다. 그 순간 눈앞의 시멘트 바닥에서 뭔가 시뻘건 게 보였다. 그가 산강에게 물었다.

"저게 뭐지?"

"피피의 핏자국이야."

"다른 하나는?"

그중 하나는 피피의 것이 아니란 게 기억날 듯 말 듯했다.

"그것도 피피의 핏자국이야."

산평은 자신이 잘못 알았을 거라 생각하고 더 이상 묻지 않았다. 잠시 후 그가 다시 입을 열었다.

"형, 알아?"

"뭘 말이야?"

"사실 나 어제 무서웠어. 피피를 발로 차 죽인 다음에 정말 겁이 났다구."

"네가 겁이 났을 리가 없어."

"아냐."

산평은 고개를 가로저었다.

"정말 겁이 났었어. 형한테 식칼을 줬을 때가 제일 무서웠다구."

산강이 안마를 멈추더니 산평의 얼굴을 다정하게 두드렸다.

"그럴 리가 없어."

산평은 그 말에 가볍게 웃으며 말했다.

"내 말을 믿고 싶지 않은 모양이구나."

산강이 쭈그리고 앉아 산평의 양말을 벗겼다.

"뭐 하는 거야?"

"양말 벗겨주는 거야."

"양말은 왜 벗겨?"

산강은 이번에는 아무 대답도 하지 않았다. 그는 산평의 양말을 다 벗긴 다음, 냄비 뚜껑을 열어 흐물흐물해진 고기 뼈를 발바닥에 발랐다. 그러자 근처에 있던 개가 냄새를 맡고 곧장 뛰어왔다.

"뭘 바르는 거야?"

"물파스."

"또 틀렸잖아."

산평이 웃으며 말했다.

"관자놀이에 발라야지."

"알았어."

산강이 손으로 강아지를 밀치고는 냄비에 손을 넣어 진흙처럼 물컹해진 고기 뼈 두 덩이를 꺼내 산평의 양쪽 관자놀이에 던졌다. 그리고 냄비 뚜껑을 닫았다. 산평의 얼굴이 얼룩덜룩해졌다.

"야아, 너 꼭 플레이보이 같다."

산강이 말했다. 산평은 뭔가가 자기 얼굴 위에서 천천히 흘러내리는 걸 느꼈다.

"파스가 아닌 것 같은데."

그렇게 말하면서 다리를 뻗으려 했는데, 나무판자에 묶어놓은 터라 움직일 수가 없었다. 그가 힘없이 말했다.

"너무 피곤해."

"잠깐 자. 지금이 일곱 시 반이니까 여덟 시 반에 풀어줄게."

그때 아내 둘이 거의 동시에 문 앞에 나타났다. 산강은 그들이 멍하니 서 있는 걸 보았다. 이어서 머리카락이 쭈뼛쭈뼛 설 정도로 소름끼치는 소리가 들렸다. 그리고 산평의 아내가 달려들어 자기 옷을 붙잡고 늘어지는 모습을 보았다. 그녀가 말하는 소리가 들렸다.

"도대체 뭐 하는 거예요!"

"제수씨랑은 상관없는 일이에요."

그녀는 잠깐 얼이 빠진 듯 서 있더니 다시 소리쳤다.

"그이를 놓아주세요."

산강은 가볍게 웃으면서 말했다.

"그럼 제수씨가 먼저 날 놓아줘야죠."

그녀가 손을 풀자, 산강은 그녀를 힘껏 밀어 바닥에 쓰러뜨렸다. 그런 다음 아내를 바라보니, 아내는 여전히 그 자리에 서 있었다. 산강이 아내를 보며 싱긋 웃자, 아내도 그를 보며 빙그레 웃었다. 고개를 돌려보니 개가 산평의 다리 쪽으로 걸어가고 있었다.

산평은 아내가 집에서 뛰어나오는 걸 봤다. 마치 몸속에 전등이 잔뜩 들어 있는 것처럼, 몸에서 환하게 빛이 났다. 물 위에 떠 있는 배처럼 이리저리 흔들리는 것 같기도 했다. 그는 아내가 뭐라고 소리 지르는 걸 들었다. 곧이어 산강이 손으로 아내를 밀치는 것도 보았다. 아내가 넘어지는 꼴이 너무나 우스웠다. 잠시 후 목 부분이 저려오는 것 같아 고개를 약간 돌렸더니, 방금 전에 봤던 두 개의 핏자국이 또 눈에 들어왔다. 핏자국은 그리 멀지 않은 거리에서 햇빛을 받아 반짝반짝 빛나고 있었다. 그 사이에 있는 핏방울 몇 개가 각자의 자리에서 튀어나와 하나로 이어졌다. 그 순간 불현듯 떠올랐다. 다른 하나는 피피가 아니라 자기 아들의 핏자국이었다. 그리고 피피가 자기 아들을 떨어뜨려 죽였다는 것도 생각났다. 자기가 왜 피피를 발로 차 죽였는가에 대한 답을 찾은 것이다. 그는 산강이 지금 자기를 속이고 있다는 사실도 깨달았다. 그래서 산강에게 고래고래 소리를 질렀다.

"날 풀어줘!"

그러나 산강은 대답이 없었다. 산평이 또 한 번 소리를 질렀다.

"날 풀어달란 말이야!"

그때 발바닥 쪽에서 이상한 느낌이 천천히 올라왔다. 위로 올라올수록 속도가 점점 빨라지더니 금방 가슴까지 올라왔다. 세 번째로 소리를 지르려 했는데, 미처 소리가 나오기도 전에 자기도 모르게 머리를 움츠리고 숨이 넘어갈 듯 웃고 말았다. 다리를 오므리려 했지만 움직일 수가 없었다. 하는 수 없이 두 다리를 위아래로 굴렀다. 온몸을 비비 꼬아봤지만 조금도 움직일 수가 없었다. 눈앞이 어질어질할 정도로 머리가 흔들렸다. 산평의 웃음소리는 알루미늄

판 두 장을 긁을 때 나는 소리 같았다.
산강은 즐거운 듯 산평에게 말했다.
"기분이 진짜 좋은가 봐."
그러고는 고개를 돌려 아내에게 말했다.
"어찌나 좋아하는지 내가 질투가 다 날 정도야."
아내는 그를 쳐다보지 않았다. 그녀의 눈은 개를 향해 있었다. 개는 혀를 내밀어 산평의 맨발을 탐욕스럽게 핥고 있었다. 산강은 아내의 표정이 그 개처럼 탐욕스럽다고 생각했다. 산평의 아내는 아직도 땅바닥에 쓰러져 있었다. 산평의 괴상한 웃음소리에 넋이 나간 듯했다. 미친 듯이 웃어대는 산평을 멍하니 바라볼 뿐이었다. 그녀는 뭐가 뭔지 도통 알 수 없다는 생각에 정신을 차릴 수가 없었다.
산평은 이제 두 다리를 흔들거나 머리를 움직일 힘도 없었다. 힘이란 힘은 죄다 목에 쏟아 부은 것 같았다. 여전히 목을 길게 빼고 하하하 정신없이 웃고 있었다. 개가 발바닥을 쉬지 않고 핥아대는 통에 숨 쉴 틈조차 없이 계속 웃기만 했다.
산강은 줄곧 다정한 눈빛으로 그를 바라보았다. 그러더니 이렇게 물었다.
"무슨 일인데 그렇게 기분이 좋아?"
산평은 웃음으로 대답을 대신했다. 이제 산평의 웃음소리에는 딸꾹질이 섞여 나왔다. 그래서 마치 웃음소리를 한 입씩 털어내는 것처럼 들렸다. 그는 입을 한 번 털 때마다 공기를 조금씩 들이마셨다. 딸꾹질 소리는 체육 시간의 호루라기 소리처럼 리듬감이 있었다.
　산강은 문 앞에 서 있는 아내를 보며 또 한 번 말했다.
　"이렇게 기뻐하는 사람은 난생 처음 보는걸."
　아내는 여전히 탐욕스러운 눈길로 개를 보고 있었다. 산강은 계속 말을 이어갔다.
　"너무 기분이 좋아서 숨도 안 쉬겠다잖아."
　그런 다음 허리를 숙여 산평에게 물었다.
　"뭐가 그렇게 좋은 거지?"
　그때 들려온 웃음소리에서는 더 이상 리듬감이 느껴지지 않았다. 점점 뒤죽박죽 엉망이 되어갔다. 산강은 몸을 일으켜 산평의 아내에게 말했다.
　"나한테는 알려주기 싫은가 봐요."
　산평의 아내는 여전히 땅바닥에 주저앉아 있었다. 그녀의 표정을 보고 있으면 마치 멀리 있는 사람처럼 느껴졌다.
　그때 개가 혀를 말아 넣더니 일어나 몸을 몇 번 털었다. 그러고는 만족스럽다는 듯이 주저앉았다. 개는 자기가 핥았던 두 다리를 쳐다봤다가, 또 산강을 쳐다봤다가 하며 눈동자를 이리저리 굴렸다.
　산강은 산평의 머리가 아래로 푹 고꾸라지는 걸 보았다. 그러나 산평은 아직 숨을 쉬고 있었다. 산강이 말했다.
　"이젠 말해줄 수 있겠지. 뭐가 그렇게 좋은 거야?"
　산평은 아무런 반응이 없었다. 그는 힘겹게 숨을 쉬고 있었다.

그 숨결마저도 곧 끊어질 것 같았다. 산강은 냄비 옆으로 걸어가 뚜껑을 연 뒤 고기 뼈 한 덩이를 꺼내 또다시 산평의 발바닥에 발랐다. 그러자 개가 곧바로 달려들어 발바닥을 핥기 시작했다.

그러나 이번에는 산평이 큰 소리로 웃지 않았다. 그저 머리를 앞으로 빼고 헉헉 하는 소리만 낼 뿐이었다. 그 소리는 마치 한밤중에 골목 안으로 불어오는 바람소리 같았다. 점점 길어져 소리와 소리 사이의 간격이 거의 없어진 듯했다. 잠시 후 산평의 머리가 느닷없이 위로 솟아오르고, 폭발하는 듯한 광기 어린 웃음소리가 들려왔다. 그 소리는 일 분쯤 지속되다가 뚝 그쳤다. 산평의 머리가 아래로 확 고꾸라졌다. 가슴 앞쪽에 닿아 있는 모습이 꼭 거기에 걸려 있는 것처럼 보였다. 개는 여전히 만족스러운 표정으로 그의 발을 핥고 있었다.

산강은 그 앞으로 다가가 산평의 아래턱을 들어올렸다. 머리가 평소보다 훨씬 무거웠다. 머리를 받쳐 들고 잔뜩 일그러진 산평의 얼굴을 바라보았다. 한참을 바라본 뒤 손을 놓자 머리가 아래로 툭 떨어져 다시 가슴팍에 걸렸다. 시계를 보니 겨우 사십 분밖에 지나지 않았다. 집으로 돌아가 현관에 발을 들여놓다가 아내가 묻는 소리를 들었다.

"죽었나요?"

"죽었어."

산강은 집에 들어가 식탁에 앉았다. 아침 식사가 의장대처럼 식탁에 늘어서 그를 맞이했다. 언제나처럼 메뉴는 쌀죽과 여우탸오였다. 아내도 들어왔다. 아내는 계속 그를 쳐다보긴 했지만 옆에 앉지도, 뭐라고 말을 걸지도 않았다. 그 표정으로 봐서는 아무 일도 일어나지 않은 것 같았다. 그녀는 침실로 들어갔다.

산강은 열린 문틈으로 바닥에 앉은 채 죽은 산평을 바라보았다. 꼭 졸고 있는 것처럼 보였다. 그때 시커먼 그림자 하나가 산평 쪽으로 기어갔다. 잠시 후 그의 시야에 산평의 아내가 들어왔다. 산강은 그녀가 산평 옆에 한참 동안 서 있다가 허리를 숙이는 모습을 보았다. 산평과 이야기를 나누고 있는 것 같았다. 잠시 후 그녀는 몸을 일으켜 어찌할 바를 모르겠다는 듯 주위를 두리번거렸다. 그녀의 시선은 곧 문을 통해 집 안으로 들어와 산강의 얼굴에 꽂혔다. 그녀는 한동안 그를 바라보더니 그가 있는 쪽으로 걸어왔다. 그러고는 곁에 서서 골치 아픈 일을 대하듯 미간을 잔뜩 찌푸린 채 그를 쳐다보았다. 이윽고 그녀가 말문을 열었다.

"당신이 내 남편을 죽였어."

그녀의 목소리는 산평의 웃음소리처럼 귀에 거슬렸다. 산강은 아무 말도 하지 않았다.

"당신이 내 남편을 죽였다고!"

"아니."

"당신이 내 남편을 죽였다니까!"

그녀가 이를 악물고 말했다.

"아니, 나는 단지 그를 나무에 묶었을 뿐이야. 절대로 죽이진 않았다구."

"당신이 죽인 거야!"

그녀가 갑자기 신경질적으로 소리쳤다.

"내가 아냐. 개가 그런 거지."

"경찰에 신고할 거야."

그녀는 눈물을 흘리기 시작했다.

"그럼 당신은 무고한 사람을 고발하는 거야. 그러다 무고죄로 걸리지."

산강은 그렇게 말하고는 씩 웃었다. 그녀는 어떻게 해야 할지 도무지 알 수가 없어 무엇엔가 홀린 듯한 눈으로 산강을 바라보았다. 한참 후에야 조그만 목소리로 말했다.

"당신을 고발하고 말 테야."

그러고는 몸을 돌려 문밖으로 나갔다. 산강은 그녀가 한 걸음씩 밖으로 나가는 모습을 지켜보았다. 그녀는 산평 곁에 잠시 서 있다가 손을 올려 눈물을 훔쳤다. 산강은 속으로 '우는 모습이 볼 만하군' 하고 생각했다. 그녀는 곧 마당을 빠져나갔다.

이때 산강의 아내가 침실에서 걸어 나왔다. 손에는 울룩불룩 튀어나온 검은 가방 하나를 들고 있었다. 아내가 가방을 탁자에 내려놓으며 산강에게 말했다.

"갈아입을 옷이랑 우리가 가진 현금 전부 여기에 넣었어요."

산강은 무슨 말인지 이해할 수가 없어 멍하니 아내를 쳐다보았다. 그러자 아내가 한마디 덧붙였다.

"도망가야 해요."

산강은 그제야 고개를 끄덕였다. 시계를 봤더니 여덟 시 반까지 일 분 정도가 남았다. 그래서 그는 이렇게 말했다.
"일 분만 더 앉아 있다가 갈게."
그러고는 나무 밑에 앉아 있는 산평을 계속 바라보았다. 산평은 여전히 졸고 있는 것처럼 보였다. 그러고 있는데 아내가 맞은편에 와 앉았다.

그는 일어날 때 시계를 보지 않았다. 그냥 느낌에 일 분 정도가 지난 것 같았다. 마당으로 걸어 나갔다. 개는 이미 산평의 발바닥을 깨끗하게 핥은 뒤였고, 이제는 관자놀이를 핥고 있었다. 산강은 다가가 개를 가볍게 걷어찼다. 그리고 쪼그리고 앉아 산평의 다리에 묶여 있는 줄을 풀고, 몸을 묶었던 줄도 풀었다. 그런 다음 일어나 바깥쪽으로 걸어갔다. 몇 발자국 걷지도 않았는데 뒤에서 묵직한 소리가 들렸다. 고개를 돌려보니 산평의 몸이 바닥에 고꾸라져 있었다. 그래서 돌아가 산평의 몸을 일으켜 세웠다. 이번에도 역시 나무에 기대어놓았다. 그러고는 대문밖으로 나갔다.

그는 골목으로 접어들었다. 어두침침한 게 곧 비가 쏟아질 것 같았다. 그러나 고개를 들어보니 햇빛이 눈부시게 쏟아지고 있었다. 이상하다는 생각이 들었다. 계속 앞으로 걸어가는데, 옆에서 몇 사람이 오가는 느낌이 들었다. 사람들은 느릿느릿 돌아가는 선풍기 날개처럼 그의 곁에 잠깐씩 어른거렸다.

산강은 생선 가게에서 걸음을 멈췄다. 가게 안에서 몇 사람이 담배를 피우며 이야기를 나누고 있었다. 그가 그들에게 말했다.

"생선 비린내가 너무 심해서 참을 수가 없군요."

그러나 아무도 아는 체를 해주지 않았다. 그래서 그는 다시 한 번 말했다. 그러자 안에 있는 사람 하나가 대꾸를 했다.

"그런데 왜 계속 거기 서 있는 거야?"

그래도 그는 그 자리를 떠나지 않고 계속 서 있었다. 사람들이 모두 웃기 시작했다. 그는 얼굴을 찡그리며 다시 말했다.

"생선 비린내가 너무 심하다니까요."

그러고도 얼마 동안 더 서 있었다. 그러나 곧 따분하다는 생각이 들어 다시 앞으로 걷기 시작했다. 골목 끝에서 잠시 머뭇거렸다. 어디로 가야 할지 갈피를 잡을 수 없었다. 눈앞에 큰길이 펼쳐져 있었지만 뒤죽박죽 정신이 없었다. 사람과 자전거, 자동차, 소형 트랙터, 손수레가 한데 뒤엉켜 극장에서 영화표를 살 때처럼 난장판이 따로 없었다. 잠시 후 구두 수선공이 전봇대 아래서 구두를 고치고 있는 게 보여 그쪽으로 걸어갔다. 한동안 말없이 바라보기만 하다가, 그 앞으로 자기가 신고 있는 구두를 내밀어 가죽이 어떠냐고 물었다. 수선공이 힐끗 쳐다보더니 대답했다.

"그저 그런데요."

산강은 그 대답이 만족스럽지 않았다. 그래서 그에게 그건 소가죽 구두라고 말했다. 그러자 그는 소가죽이 아니라 광을 낸 돼지가죽이라고 했다. 산강은 크게 낙담하여 자리를 떴다.

그는 서쪽으로 방향을 잡고, 인도로 걸어갔다. 도로를 달리는 자전거와 자동차가 무서웠다. 인도에서도 아주 조심조심 걸었다. 사람들과 부딪혀 넘어졌다가 산펑처럼 다시 일어나지 못하게 될까 봐 두려웠다. 얼마간 걷다가 화장실 옆에 이르렀다. 때마침 오줌이 마려워 안으로 들어갔다. 몇 사람이 변기 앞에 서서 시원하게 일을 보고 있었다. 그도 그 가운데로 끼어 들어가 '물건'을 꺼내 변기 안으로 잘 조준했다. 그렇게 한참을 서 있었는데도 다른 사람의 오줌 소리만 들려왔다. 왜 갑자기 오줌이 안 나오는지 알 수가 없었다. 양쪽 옆의 사람들이 계속 바뀌는데도 계속 그렇게 서 있었다. 얼마 시간이 지난 뒤에야 그는 뭔가를 깨닫고는 혼잣말을 했다.

'난 오줌을 누러 온 게 아니었지.'

그는 곧바로 화장실에서 나와 다시 인도를 걸었다. 깜빡 잊고 물건을 안으로 집어넣지 않아 걸을 때마다 자신 있다는 듯 툭툭 박자를 맞춰 흔들렸다. 계속 그런 모습으로 걸어갔지만, 처음에는 아무도 알아채지 못했다. 그러다 영화관 근처에 이르렀을 때 앞에서 걸어오던 몇몇 젊은이들이 그 모습을 보았다. 산강은 앞에서 오는 젊은이 몇 명이 갑자기 새우처럼 허리를 구부리더니, 산펑이 그랬던 것처럼 하하거리며 자지러지게 웃는 걸 보았다. 그 사이를 지나가면서 그들이 끊어질 듯 이어질 듯 익살맞은 목소리로 외치는 소릴 들었다.

"저것 좀 봐!"

그는 의식하지 못하고 계속 걷기만 했다. 그러나 곧 사람들이 자기를 보자마자 몸을 크게 흔들거나 양옆으로 비틀거리는 등 순식간에 자세가 달라진다는 걸 깨달았다. 여자들은 강도라도 만난 것처럼 멀찌감치 그를 피해 지나갔다. 그는 정말 웃기는 일도 다 있구나 싶어 자기도 같이 웃기 시작했다.

계속 그렇게 걷다가 아직 다 짓지 않은 건물 앞에서 걸음을 멈췄다. 한동안 건물을 위아래로 훑어보다가 안으로 들어갔다. 습기가 많긴 했지만 그런대로 마음에 들었다. 안에는 방이 상당히 많았다. 하지만 아직 문은 달려 있지 않았다. 방들을 차례로 둘러본 후 그중 하나를 골라 안으로 들어갔다. 그 방은 좀 어두침침했다. 한쪽 구석에 자리를 잡고 앉아 몸을 벽에 기대고 이제 좀 편안한 마음으로 쉴 수 있겠다는 생각을 했다. 정말 너무나 피곤했다. 눈을 감자마자 곧장 잠이 들었다.

세 시간 정도 지났을 무렵, 누군가 그를 흔들어 깨웠다. 무장경찰 몇 명이 자기 앞에 서 있었다. 그 가운데 한 사람이 말했다.

"그 물건 좀 안으로 집어넣으시죠."

5.

한 달 뒤, 산강은 트럭에 실려 압송되었다. 총을 멘 경찰들이 그를 보호하듯 주위에 둘러섰다. 산강은 사람들이 참새 떼처럼 사방에서 모여들어, 고개를 들고 그를 쳐다보는 걸 보았다. 반대로 그는 고개를 숙이고 그들을 내려다봤는데, 사람들 얼굴이 꼭 그린 것처럼 느껴졌다. 그때 앞에 있던 경찰차가 북서풍처럼 횡 소리를 내며 앞으로 나아갔다. 그러나 그를 싣고 온 트럭은 피시식 방귀 소리를 내더니 그 자리에 멈춰 섰다. 그때 그는 이미 상황을 이해했다. 그 짓다 만 건물에서 경찰이 자기를 깨웠을 때부터 이 순간이 오기만을 기다렸다. 그는 고개를 돌려 무장경찰에게 말했다.

"반장님, 깔끔한 솜씨로 처리해주세요."

무장경찰은 그저 앞쪽을 바라보고 있을 뿐 산강의 말을 들은 척도 하지 않았다. 그래서 산강은 반대쪽으로 고개를 돌려 다른 경찰에게 말했다.

"반장님, 한 방에 끝내주세요."

그 역시 아무런 움직임이 없었다.

산강은 자전거 행렬이 물이 흐르듯 앞쪽으로 흘러가는 걸 보았다. 그 순간 트럭이 몇 차례 덜컹하고 움직였다. 잠시 후 한 줄기 바람이 쉬익 귓전을 스치더니, 앞쪽에 몰려 있는 자전거들이 질서 정연하게 길 양쪽으로 비켜섰다. 길가에 뻗어 있는 나뭇잎들이 뺨을 때리듯 몇 번이나 그의 얼굴을 쳤다. 얼마 후 잡초가 무성한 풀밭이 눈앞에 나타났다. 그는 이제 곧 자기가 그 풀밭의 중앙에 서게 될 걸 알았다. 풀밭과 함께 잡초처럼 빽빽하게 모여 있는 인파가 나타났다. 구급차도 보였다. 구급차는 풀밭 근처에 세워져 있었다. 도로 양쪽은 자전거로 꽉 들어차 있었는데 모두 엉망진창 아무렇게나 세워져 있었다.

산강은 구급차가 자기 때문에 와 있다는 걸 알았다. 그는 어쩌면 그들이 총알 한 방으로 자기를 반쯤 죽인 다음, 곧바로 병원으로 실어가 다시 살려놓을지도 모르겠다는 생각을 했다. 그런 생각을 하고 있는데 트럭이 다시 한 번 덜컹거렸다. 흥근이 트럭 난간에 심하게 부딪혔지만 의외로 아프지는 않았다. 잠시 후 누군가 그를 끌어당겼다. 그래서 몸을 뒤로 돌렸다. 무장경찰 몇 명이 트럭에서 뛰어내리는 게 보였다. 그도 등을 떠밀려 뛰어내렸다. 내리자마자 무릎이 꿇리고 어딘가로 질질 끌려갔다. 사람들에게 빈틈없이 둘러싸인 채 앞으로 가고 있다는 느낌이 들었다. 포승으로 꽁꽁 묶인 상체는 완전히 감각을 잃었다. 그러나 무슨 까닭인지 덜덜 떨고 있었다. 뭔가 많은 것을 본 것 같기도 했고, 눈앞에 아무것도 없는 것 같기도 했다. 앞으로 걸어가면서 점차 정신이 혼란스러워졌다. 얼마 후 몇 개의 손이 다가와 그를 꽉 붙들었다. 그래서 더 이상 앞으로 걸어가지 못하고 그 자리에 멈춰 섰다.

그는 자기가 왜 거기에 서 있는지 좀 어리둥절했다. 발밑에 길게 자라난 잡초들이 바짓가랑이 사이로 들어와 간지럼을 태웠다. 고개를 숙여봤지만 아무것도 보이지 않았다. 하는 수 없이 다시 고개를 드니 얼굴에 익살맞은 웃음이 떠올랐다. 사람들이 웅성웅성 떠드는 소리가 서서히 귀에 들어왔다. 그 소리를 듣고서야 피가 퍼지듯 사방에 사람들이 쫙 깔려 있다는 걸 깨달았다. 그는 막 잠에서 깨어난 사람처럼 자기가 지금 어떤 상황에 처해 있는지를, 그리고 잠시 후 자기 머리통이 박살날 거라는 사실을 깨달았다.

산강은 그곳이 예전에 자주 오던 곳이라는 게 생각났다. 총살이 있을 때마다 사람들 사이를 비집고 들어가 제일 앞에 서서 구경하곤 했다. 그러나 이 자리에 서보기는 처음이었다. 지금 이 상황이 정말 신기하다는 생각이 들었다. 눈동자를 이리저리 굴려 예전에 자주 서 있던 자리를 찾으려 했지만, 뜻밖에도 찾을 수가 없었다. 갑자기 오줌이 마려웠다. 그래서 옆에 있는 경찰에게 말했다.

"저 오줌 쌀 것 같은데요."

"싸."

경찰이 대답했다.

"그것 좀 꺼내주세요."

"바지에 싸."

주위 사람들이 시시덕거리며 웃는 것 같았다. 그들이 왜 그렇게 즐거워하는지 알 수가 없었다. 그는 두 다리를 살짝 벌리고 갖은 인상을 다 썼다. 잠시 후 경찰이 물었다.

"일 다 봤어?"

"안 나와요."

산강이 고통스러운 얼굴로 말했다.

"그럼 관둬."

경찰이 말했다.

산강은 고개를 끄덕이며 동의를 표했다. 그러고는 먼 곳을 바라보았다. 그의 시선은 키 작은 사람들의 머리 위를 날듯이 지나치기도 하고, 키 큰 사람들의 귀 언저리에서 미끄러지기도 했다. 그러고는 정맥처럼 푸르스름한 아스팔트 도로를 바라보았다. 그때 누군가 오금을 걷어차는 바람에, 다리가 풀려 땅에 무릎을 꿇었다. 그 정맥 빛깔을 띠는 도로가 더 이상 보이지 않았다.

등 뒤에서 경찰이 자동 소총을 꺼내 조준을 하기 시작했다. 곧이어 펑 하는 소리가 났다. 그 소리에 산강의 몸이 곤두박질쳤다. 그는 겁에 질린 얼굴로 몸을 일으켜 주변 사람들에게 물었다.

"저 죽었나요 안 죽었나요?"

대답해주는 사람이 없었다. 모두 하하거리며 큰 소리로 웃고 있었다. 웃음소리가 천둥과 번개를 동반한 소나기처럼 귓속으로 쏟아져 들어왔다. 그는 혼비백산하여 엉엉 울기 시작했다. 자신이 살아 있는지 죽었는지조차 알 수 없었기 때문이다. 그의 귀가 툭 떨어져 내렸다. 피가 철철 흘러나왔다. 그는 사람들에게 재차 물었다.

"저 죽었나요 안 죽었나요?"

이번에는 누군가가 대답했다.

"아직 안 죽었어."

산강은 놀랍기도 하고 기쁘기도 해서 죽어라 소리를 쳤다.

"나를 빨리 병원에 보내주세요!"

잠시 후 또다시 오금을 걷어차여 바닥에 무릎을 꿇었다. 정신을 차리기도 전에 두 번째 총이 나타났다. 두 번째 총알은 산강의 뒤통수로 날아들었다. 이번에는 고꾸라지지 않고, 머리가 무겁게 땅에 떨어졌다. 그 바람에 엉덩이가 높이 솟아올랐다. 그러나 아직 죽지는 않았다. 그의 엉덩이가 찬바람이라도 맞은 듯 덜덜 떨고 있었다.

경찰 하나가 한 발짝 앞으로 걸어와 산강의 머리에 총부리를 대고 세 번째 총알을 쐈다. 그러자 누군가 배를 걷어차기라도 한 것처럼 그의 몸이 확 뒤집어지면서 바닥에 반듯하게 드러누웠다. 꽁꽁 묶인 두 손이 아래에 깔리고, 두 다리는 구부러졌다. 잠시 후 몸이 좀 풀어지긴 했지만 여전히 바닥에 드러누운 채였다.

6.

그날 아침 산강의 아내는 누군가 집 안으로 들어오는 걸 보았다. 그 사람은 머리가 반쪽밖에 없었다. 새벽빛이 어슴푸레 흘러들 무렵이었다. 어젯밤에 문을 잠갔던 기억이 나는데, 그 사람이 들어올 때 보니 문이 활짝 열려 있던 것 같기도 했다. 머리가 반밖에 없어도 그녀는 그가 산강이라는 걸 한눈에 알아보았다.

"풀려났어."

산강의 목소리는 코맹맹이 소리처럼 들렸다.

"감기 걸렸어요?"

"그런 것 같아."

아내는 서랍 속에 넣어둔 감기약이 생각나 산강에게 필요하냐고 물어보았다. 그는 고개를 저으며 감기가 아니라고 말했다. 몸은 괜찮다고, 단지 머리 반쪽이 없어졌을 뿐이라고 했다.

아내가 총에 맞아 그렇게 된 거냐고 물었다. 산강은 잘 기억나지 않는다고 대답했다. 그러고는 의자에 털썩 주저앉더니 배가 고프다며 아침을 사 먹게 돈을 좀 달라고 했다. 아내가 식권 한 장과 일 위안을 주자 그는 자리에서 일어나 밖으로 나갔다. 그가 문을 닫지 않고 나가는 걸 보고, 아내는 문을 닫으러 밖으로 나갔다. 그런데 막상 가서 보니 문이 굳게 닫혀 있었다. 그녀는 놀라지도 않고 옷을 벗은 뒤 침대에 올라가 잠을 잤다.

골목에서 뚜벅뚜벅 단조로운 발소리가 울려 퍼졌다. 사람 하나가 골목 끝으로 걸어가는 소리였다. 그녀는 그때 잠에서 깨어났다. 동이 틀 무렵이었다. 그녀는 방 안이 서서히 환해지는 걸 보았다. 주위가 고요했다. 그래서 분명하게 들은 그 소리가 마치 꿈에서 걸어 나오는 발자국 소리처럼 느껴졌다. 그녀는 그 발자국 소리가 꿈에서 걸어 나온 뒤 집 밖으로 나가 이제 막 골목을 빠져나가는 것 같았다.

그녀는 옷을 입기 시작했다. 발자국 소리는 옷을 다 입었을 때쯤 사라졌다. 창문 앞으로 다가가 커튼을 걷자 햇빛이 방 안으로 쏟아져 들어왔다. 그때까지도 햇빛은 아직 선홍빛을 띠었다. 조금 있으면 황달을 앓는 사람의 얼굴처럼 노래질 것이다. 그녀는 이불을 개고 화장대 앞에 앉아 거울에 비친 자신의 얼굴을 보았다. 무표정한 얼굴이었다. 일어나 침실 밖으로 나갔다. 산평의 아내가 벌써 나와 아침을 먹고 있는 게 보였다. 부엌에 들어가 자기가 먹을 아침밥을 차렸다. 가스레인지를 켠 다음 그 옆에서 이를 닦고 세수를 했다.

오 분 뒤 그녀는 아침밥을 들고 나가 산평의 아내 맞은편에 앉았다. 그러고는 묵묵히 밥을 먹기 시작했다. 그때 산평의 아내가 몸을 일으켜 부엌으로 들어갔다. 밥을 다 먹은 것이다. 부엌에서 요란하게 설거지하는 소리가 들렸다. 잠시 후 산평의 아내는 부엌에서 나와 침실로 들어가더니, 곧 침실에서 나와 문을 잠그고 밖으로 나가버렸다.

그녀는 계속해서 밥을 먹었다. 입맛이 없어 먹는 게 너무나 힘이 들었다. 눈은 창밖의 나무를 바라보고 있었다. 나무는 꼭 플라스틱으로 만든 것처럼 보였다. 계속 그렇게 나무를 바라보다가 불현듯 뭔가 생각난 듯 눈길을 거두고 집 안을 둘러봤다. 벌써 며칠 동안 시어머니를 보지 못했다는 생각이 났다. 그녀의 시선이 시어머니의 방문에 머물렀다. 그러나 그것도 잠시, 시선은 다시 창밖의 나무로 옮겨갔다.

산펑이 죽은 지 엿새째 되는 날 아침 어머니도 갑자기 세상을 떠났다. 그날 아침 잠에서 깼을 때 어머니는 이상한 흥분을 느꼈다. 심지어 그 흥분이 몸속을 어떻게 흘러 다니는지도 감지할 수 있었다. 그러나 그와 동시에 몸이 조금씩 죽어가는 걸 느꼈다. 발가락이 가장 먼저 죽었고, 그다음으로 두 발, 이어서 두 다리로 죽음이 퍼져갔다. 발이 죽을 때는 얼어붙은 눈처럼 아무 소리도 나지 않았다. 죽음은 배에서 잠시 머물다가 밀물이 들어오듯 허리를 덮쳤다. 그 다음부터는 사정없이 사방으로 퍼져 나갔다. 어머니는 두 손이 자신에게서 점점 멀어져가는 걸 느꼈다. 머리는 강아지에게 한 입씩 물어뜯기는 기분이었다. 마지막으로 심장이 남았다. 그러나 죽음은 이미 심장을 빙 둘러싸고 있었다. 수없이 많은 개미들이 몰려오는 것처럼 죽음이 사방에서 심장을 향해 기어왔다. 심장이 간질간질했다. 그때 동그랗게 뜨고 있던 두 눈으로 무수한 빛발이 커튼을 뚫고 쏟아져 들어오는 게 보였다. 어머니는 도저히 참을 수가 없어 살짝 웃음을 지었다. 그 웃는 얼굴은 사진처럼 그대로 굳어버렸다.

산펑의 아내는 그날 아침 무슨 일이 일어날지 잘 알고 있었다. 그래서 그렇게 일찍 일어났던 것이다. 그녀는 이미 골목을 빠져나와 큰길을 걷고 있었다. 햇빛이 노래지기 시작했다. 그녀는 어디로 가야 하는지를 잘 알고 있었다. 천령사 쪽이었다. 천령사 옆에 감옥이 있었기 때문이다. 그날 아침 산강은 그 안에서 끌려 나올 것이다.

그녀는 길을 걷다가 사람들이 산강에 대해 이야기하는 걸 들었다. 아주 많은 사람이 그녀와 함께 그쪽으로 걸어가고 있었다. 이 마을에서는 일 년 이상 총살당한 사람이 없었다. 그래서인지 오늘은 분위기가 평소와 많이 달라 보였다.

한 달 내내 그녀는 산강의 일 때문에 법원을 들락날락했다. 그녀는 자기가 산강의 아내라고 말하고 다녔다(비록 한 달 전에는 원고의 신분인 산펑의 아내였지만 아무도 여기에 주의를 기울이지 않았다). 법원 사람들은 그저께가 돼서야 그녀에게 오늘과 같은 결말을 알려주었다. 그녀는 매우 만족스러웠다. 그들에게 산강의 시체를 국가에 기증하겠다고 밝혔다. 그들은 그 말을 듣고 전혀 기뻐하지 않았지만, 그 뜻을 받아들여주기는 했다. 그녀는 의사들은 틀림없이 기뻐할 거라고 생각했다. 거리를 걸으며 의사들이 산강을 어떻게 토막 낼지 머릿속으로 상상해보았다. 덕분에 그녀의 입 꼬리에서는 내내 미소가 떠나지 않았다.

7

곧 철거될 방 한가운데는 천 와트짜리 전등 하나가 달려 있었다. 등불이 환하게 켜져 있는 가운데 빛이 사방을 눈부시게 비추고 있었다. 전등 아래는 두 대의 탁구대가 놓여 있었다. 이미 볼품없이 낡아버린 것들이었다. 탁구대 아래는 진흙땅이었다. 상하이와 항저우에서 온 의사들이 입구에 서서 노닥거리고 있었다. 구급차가 오기를 기다리는 중이었다. 그래야 할 일이 생길 터였다.

그들은 무척이나 여유롭고 한가해 보였다. 멀지 않은 곳에 연못이 하나 있었다. 물 위에는 물풀이 떠다녔고, 수양버들이 주위를 둘러싸고 있었다. 연못 옆으로는 황금빛 물결이 출렁이는 유채 밭이 있었다. 그런 곳에서 노닥거리고 있으니 여유롭고 한가해 보이는 게 당연했다.

그때 구급차가 진흙탕 길을 달려왔다. 차 뒤쪽에서 장막을 친 것처럼 먼지가 일었다. 구급차는 의사들 옆에 와서 멈춰 섰다. 의사들은 고개를 돌려 구급차를 쳐다보았다. 뒷문이 열리더니 사람 하나가 뛰어내렸다. 그 사람은 내리자마자 돌아서서 안에 있는 다리 두 짝을 끌어당겼다. 그러자 몸통이 드러났다. 다른 사람 하나가 산강의 두 팔을 잡고 차에서 뛰어내렸다. 두 사람은 마대를 든 것처럼 산강을 들고 건물 안으로 들어갔다.
　의사들은 입구에 서서 계속 잡담을 나눴다. 그들은 산강에게 별로 관심이 없는 듯했다. 그들은 방금 전의 화제에만 관심이 있었다. 그것은 물가에 관한 것이었다. 안으로 들어갔던 두 사람이 밖으로 나왔다. 그들은 종종 마을 병원에 가서 피를 팔곤 했다. 그들은 아직 할 일이 남아 있었기 때문에 그곳을 떠날 수 없었다. 잠시 후에 구덩이를 파서 산강의 시체를 묻어야 했다. 그때의 산강은 약간의 지방과 근육, 머리카락, 치아 등 의사들이 별로 원하지 않는 것들로만 이루어져 있을 것이다. 두 사람은 연못가로 가서 앉았다. 오늘 일은 꽤나 만족스러웠다. 조금만 있으면 누군가의 손에서 돈을 넘겨받아 주머니에 넣을 수 있기 때문이다.
　의사들은 입구에서 좀더 서성대다가 한 사람씩 안으로 들어갔다. 그리고 각자 가져온 가방 쪽으로 걸어가 옷을 갈아입기 시작했다. 수술복으로 갈아입고, 수술 모자와 마스크를 쓰고, 마지막으로 수술 장갑을 꼈다. 이어서 각자의 수술 도구를 정리했다.
　그때 산강은 탁구대 위에 누워 있었다. 옷은 방금 그 두 사람이 홀딱 벗겨버렸다. 실오라기 하나 걸치지 않은 그의 몸뚱어리가 천 와트짜리 전등 아래서 기름을 발라놓은 것처럼 반짝반짝 빛났다.
　제일 먼저 준비를 마친 남자 의사가 산강 쪽으로 걸어가는데, 수술 도구를 하나도 들고 있지 않았다. 그는 산강의 뼈를 꺼내기 위해서 왔다. 다른 사람들이 산강의 피부를 벗겨내고, 안을 완전히 비워야 뼈를 꺼낼 수 있기 때문에 아무것도 신경 쓰지 않는 듯 여유로워 보였다. 그는 산강의 몸을 죽 훑어본 다음 손을 뻗어 팔과 아랫다리를 잡아보더니 몸을 돌려 동료에게 말했다.

"제법 튼튼한걸."

상하이에서 온 서른쯤 되어 보이는 여의사가 두 번째로 산강에게 다가갔다. 바닥의 진흙이 울퉁불퉁 고르지 않아 걸을 때 엉덩이가 씰룩거렸다. 그녀는 산강의 오른쪽에 섰다. 산강의 팔은 만져보지도 않고, 손으로 가슴께의 피부를 쓰다듬어 보았다. 그러고는 고개를 돌려 방금 전의 남자 의사에게 말했다.

"훌륭한데."

그녀는 메스를 들고 턱 밑의 가슴뼈부터 째기 시작해 복부까지 죽 그었다. 자로 잰 듯 잘 그어서 옆에 서 있던 남자 의사가 감탄사를 연발했다. 그녀가 말했다.

"난 학교에서 기하학을 배울 때도 자로 선을 그어본 적이 없다니까."

기다란 절개부가 수박처럼 쫙 벌어지자 속에 있던 지방이 황금색으로 환하게 빛났다. 지방에는 붉은 반점이 골고루 흩어져 있었다. 이어서 그녀는 보검과도 같은 시체 해부용 칼을 피부 아래쪽에 찔러 넣고 온 힘을 다해 위와 아래를 떼어내기 시작했다. 잠시 후 산강의 가슴과 뱃가죽은 몸에서 떨어져 나가 위에 덮어놓은 한 조각 천처럼 보였다. 그녀는 다시 메스를 들어 산강의 팔에 있는 피부를 잘라냈다. 그러고는 어깻죽지에서 손등까지 칼을 죽 내리그었다. 그다음으로 다리에 칼을 댔다. 배 아래쪽의 허리뼈에서 발등까지 죽 내리그은 다음 역시나 절개부의 위와 아래를 떼어냈다. 그리고 잠시 숨을 돌리더니 곁에 있는 남자 의사에게 말했다.

"좀 뒤집어줘요."

남자 의사가 산강을 뒤집었다. 그러자 그녀는 다시 산강의 등에 직선을 긋고 시체 해부용 칼로 도려내기 시작했다. 그때 산강의 모습은 마치 머리에서 발끝까지 천을 몇 장 걸치고 있는 것 같았다. 그녀는 시체 해부용 칼을 내려놓고 메스를 들어 피부와 연결된 부분을 잘라냈다. 그러고는 너덜너덜한 것을 줍기라도 하는 양 산강의 피부를 한 조각 한 조각 주워 담았다. 등가죽을 다 떼어낸 후 산강의 몸은 다시 뒤집혔다. 잠시 후 앞쪽의 피부도 싹 벗겨져 하나도 남지 않게 되었다.

겉을 둘러싼 것이 없어지자 황금색 지방이 서서히 풀어지며 흘러나왔다. 처음에는 솜처럼 조금씩 부풀어 오르더니 곧 물처럼 흐르기 시작했다. 마치 진흙탕처럼 사방으로 퍼져나갔다. 의사들은 조금 전에 입구에서 보았던, 햇빛 아래 출렁이던 유채꽃을 다시 보는 듯한 기분이었다.

여의사가 산강의 피부를 안고 탁구대 한쪽으로 물러나 피부를 한 장 한 장 고르게 펼쳐놓았다. 그러고는 시체 해부용 칼로 옷에 솔질을 하듯이 피부 위의 지방 조직을 긁어냈다. 차바퀴가 모래에 빠져 헛돌 때 같은 소리가 났다.

며칠 후 산강의 피부는 화상을 심하게 입은 환자의 몸에 이식되었는데 사흘 만에 진물이 나면서 괴사하고 말았다. 그래서 결국 쓰레기통에 던져졌다가 나중에는 병원 화장실에 버려지고 말았다.

한쪽에 서 있던 의사 몇 명이 한꺼번에 다가왔다. 오른쪽에 자리가 없어서 두 사람이 왼쪽으로 옮겨갔는데 거기도 자리가 모자라기는 마찬가지였다. 결국 두 사람은 탁구대 위로 올라가 무릎을 꿇고 산강의 몸을 토막 냈다. 흉부외과 의사가 흉근이 교차하는 지점 양쪽에서 연골을 절단하여 가슴의 좌우를 열었다. 그러자 폐가 터져 나왔다. 그다음으로 배 위에 있던 의사가 지방 조직을 도려내고 근육을 잘라내자 그들이 필요로 하는 위, 간, 신장이 눈앞에 쫙 펼쳐졌다. 안과 의사는 이미 산강의 한쪽 눈을 꺼냈다. 치과 의사가 수술용 가위로 산강의 얼굴과 입을 잘게 자르자 위턱뼈와 아래턱뼈가 드러났다. 그는 위턱뼈가 총알에 맞아 부서져 있는 걸 발견하고는 울상이 되어 툴툴거렸다.

"차라리 눈깔을 맞추지."

총알이 조금만 비껴갔더라면 위턱뼈는 멀쩡하고 눈이 상했을 것이다. 나머지 한쪽 눈을 꺼내고 있던 안과 의사가 그 말을 듣고 살짝 웃었다. 그는 치과 의사에게 처형을 집행한 경찰이 안과 의사 아들인 것 같다며 농담을 던졌다. 그렇게 말할 때의 표정이 무척이나 득의양양했다. 그는 두 번째 눈까지 다 빼내고 떠나가면서 치과 의사가 수술용 톱으로 아래턱뼈를 잘라내느라 애쓰는 모습을 보더니 이렇게 말했다.

"목수 양반, 잘 있게나!"

그렇게 안과 의사가 맨 먼저 자리를 떠났다. 그는 그날 오후에 항저우로 돌아가야 했다. 저녁에 각막 이식 수술을 해야 했기 때문이다. 여의사도 피부를 깨끗하게 긁어내 옷처럼 잘 접은 다음 곧바로 그곳을 떠났다.

흉부외과 의사도 벌써 폐를 도려냈다. 이어서 시원시원한 손놀림으로 산강의 폐동맥과 폐정맥을 잘라내고, 심장의 주동맥과 심장 안에서 나오는 모든 혈관과 신경을 끊었다. 그것들을 잘라내면서 무척이나 통쾌한 기분이었다. 살아 있는 사람을 수술할 때는 혈관이나 신경을 조심해서 피하느라 스트레스가 심했기 때문이다. 그런데 지금은 과감하게 쓱쓱 잘라내도 상관없으니 아주 신이 나서 일을 해치웠다. 그가 옆에 있는 의사에게 말했다.

"정말 속이 다 후련해."

그 말을 듣고 옆에 있던 의사는 절묘한 표현이라고 생각했다.

비뇨기과 의사는 끼어들 자리가 없어 그 주위를 빙빙 돌고 있었다. 그의 마스크에는 '오줌'이라는 글자가 씌어 있었다. 그는 탁구대 위에서 의사들이 애쓰는 모습을 보면서 슬며시 걱정이 되기 시작했다. 그래서 산강의 배에서 낑낑대고 있는 의사들에게 여러 차례 경고조로 말했다.

"당신들 내 고환을 망가뜨리면 안돼요."

산강의 가슴이 제일 먼저 비워졌고, 곧이어 배도 텅텅 비게 되었다. 산강의 위와 간, 그리고 폐는 각각 일 년 후 모 지역의 모 인체 전시회에서 포르말린에 푹 잠긴 채 많은 사람들 앞에 전시되었다.

그의 심장과 신장은 다른 사람에게 이식되었다. 심장 이식은 성공적이지 못해 환자가 수술대에서 죽고 말았다. 반면에 신장 이식은 아주 성공적이었다. 환자는 수술을 받은 뒤 이미 일 년을 살았고, 앞으로도 그런대로 잘 살 수 있을 듯했다. 그러나 환자는 뜻밖에도 불만이 가득했다. 이식 비용이 너무 비싸다는 것이었다. 이미 삼만 위안이나 썼기 때문이다.

건물 안에는 이제 의사 세 명만 남았다. 비뇨기과 의사는 고환에 아무 이상이 없다는 걸 확인하고는 마음 놓고 고환을 잘라냈다. 치과 의사는 아직도 아래턱뼈를 잘라내느라 톱질을 하고 있었다. 그러나 그도 곧 일을 끝낼 수 있을 것 같았다. 뼈를 가져간다던 의사가 여전히 옆에서 빙빙 돌고만 있기에 비뇨기과 의사가 그에게 일러주었다.

"이제 시작하셔도 됩니다."

"급할 것 없어요."

치과 의사와 비뇨기과 의사는 동시에 그 방을 나갔다. 그들은 각각 아래턱뼈와 고환을 들고 있었다. 두 사람 다 곧장 이식 수술을 해야 했다. 치과 의사는 살아 있는 사람의 아래턱뼈를 잘라내고 그 자리에 산강의 아래턱뼈를 끼워 넣었다. 그런 종류의 이식 수술에는 누구보다도 자신이 있었다. 산강의 몸에서 가장 봐줄 만한 부분은 단연 고환이었다. 비뇨기과 의사는 교통사고로 고환이 망가진 젊은이에게 산강의 고환을 이식해주었다. 얼마 후 청년은 결혼을 했고, 그의 아내는 곧 임신을 했다. 그리고 열 달 후 건강한 사내아이를 낳았다. 이는 산펑의 아내가 미처 생각지 못한 부분이었다. 결국 그녀는 산강을 도와준 셈이 되어버렸기 때문이다. 산강의 뒤를 이을 아이가 생긴 것이다.

뼈를 가져가겠다던 의사는 두 의사가 아래턱뼈와 고환을 들고 나간 다음에야 작업을 시작했다. 그는 먼저 산강의 발에서 시작해 뼈에 붙어 있는 근육과 근막 조직을 조금씩 잘라냈다. 잘라낸 것들은 한쪽에 가지런히 쌓아두었다. 작업은 매우 천천히 진행되었다. 그러나 그는 충분한 인내심을 발휘하며 일을 해나갔다. 이윽고 대퇴부에 이르렀을 때, 그는 다리의 질긴 근육을 잡고서 산강에게 말했다.

"자네 뼈가 이렇게 튼튼해도 내 연구실에 놓아두면 바람도 못 견딜 정도로 약해 보일 거야."

| 옮긴이의 말 |

분노에 맞서는 유머의 힘

한국 독자들에게 중국 현대 문학은 낯설다. 오히려 《삼국지》나 《서유기》 등의 고전이 심리적으로 훨씬 가까운 거리에 있는 게 사실이다. 예외가 있다면 다이호우잉(戴厚英)의 《사람아, 아, 사람아》 정도일 것이다. 신영복 선생님이 번역한 이 소설은 사실, '이념의 붕괴'가 본격화되는 한국의 1990년대 초입이라는 시간 층이 문혁 사회주의의 파멸을 고발하는 1980년대 중국의 시간 층과 조우한 예외적인 경우이다. 당시 만연했던 좌절감 혹은 허무감은 내용과는 별도로 영탄조의 제목과 공명하는 바가 있었다. 이를 제외하고, 허다한 중국 현대 문학작품이 번역되었지만 한국의 독자가 중국의 작품과 행복하게 만난 적은 드물었던 것 같다. 한국의 역사와 현실이 중국의 그것과 중첩의 고리를 찾지 못한 것, 혹은 현실적으로 중첩되었다고 느끼지 못한 것이 오히려 보편적인 양상이었다. 그럼에도 또 한 권의 소설을 번역하는 건 그러한 단절된 현실 속에서 길을 찾는 모색의 디딤돌이 됐으면 하는 바람이 있기 때문이다.

위화는 1960년생으로, 작가가 되기 전에는 치과 의사(그의 소설의 해부학적인 신체 묘사는 개인 경력과 무관하지 않다)를 지냈으며 1983년부터 작품 활동을 시작했다. 〈십팔 세에 집을 나서 먼 길을 가다〉로 비평계와 독자들의 관심을 모았으며 이후 문제작을 잇달아 발표했다. 최근작으로는 장이머우가 영화화한 《인생》과 대륙에서 베스트셀러가 된 《허삼관 매혈기》가 있다. 일전에 번역된 장편소설과 함께 이번에 단편소설과 중편소설이 동시에 출간되어, 한국 독자들은 위화 작품의 대체적인 윤곽을 그려쥘 수 있게 된 셈이다.

그러나 만약 세 장르의 소설을 일독한 독자라면, 전개되는 내용의 다채로움에 놀라게 될 것이다. 특히 중편소설은 내용과 형식의 의외성이라는 면에서 '전위파(중국에서는 '선봉파先鋒派'라는 이름으로 불리는)'라는 이름값을 충분히 하고 있다('선봉파'라는 명명이 중국에서 유행한 시기는 위화가 중단편 소설을 활발하게 발표하던 1980년대 후반이다). 중편소설에서는 다른 어떤 장르보다 폭력과 피와 죽음이 직접적으로 서술된다. 살점이 너덜너덜해지고 피가 뚝뚝 듣는 장면은 우리 문학에서 좀처럼 보기 드문 광경일 뿐더러, 활자로 하나하나 재현된 묘사는 스크린을 통해 순간적으로 망막에 투사되는 영화의 그것과도 사뭇 다른 심연을 마주하게 한다. 이들은 곧 자극과 흥분을 억제한 지극히 냉정한 시선으로 하나하나 해부하듯이 묘사된다. '죽었다'가 아니라 '어떻게 죽어가는지' 또는 죽게 되는지를 보여주는 것은 '살아가는' 모든 것에 대한 무감각한 신경 줄을 팽팽하게 당겨 독자를 긴장하게 한다.

그러나 위화의 소설에서 이 긴장을 오래 되새김질할 수 있게 하는 것은 폭력이나 죽음이 아니라 오히려 유머이다. 급살이라는 운명을 접한 다음, 운전기사와 6의 딸은 내세에서 결혼식을 올리고(〈세상사는 연기와 같다〉), 죽고 죽이는 난투극 끝에 산강의 신체 기관은 해부된 채 새로운 삶을 얻고(〈어떤 현실〉), 아가씨의 환생은 어처구니없게도 환생을 고대하는 류성에 의해 좌절되고(〈옛사랑 이야기〉), 마저가 광인에게 내린 사형은 도리어 마저가 미쳤다는 판정을 얻는 것으로 귀결된다(〈강가에서 일어난 일〉). 작가 위화가 도처에 몸을 숨기고 있는 불합리에 분노로 맞설 수 있는 힘은 분노의 날을 끝까지 세워 직접 덤벼드는 정공법이 아니다. 오히려 불합리 자체에 대해 판단을 유보하는 것, 또 판단을 유보하는 대신 그 과정을 찬찬히 밟아나갈 때 드러나는 유머를 긴장되는 추적에서도 놓치지 않고 그 정점에 배치해두는 방법이다. 즉 폭발을 통한 해소가 아니라 유머를 통한 일탈로 분노에 기막힌 탄성을 부여하는 것이다.

이렇듯 유머와 분노가 얽히면서 유머는 가벼운 농담으로 치부할 수 없는 무게를 획득하고, 분노는 이를 낳은 현실의 아이러니 속으로 돌진해 아이러니 자체를 도드라지게 한다. 소설 속의 광인, 피피, 점쟁이처럼 '착오'를 저지른 이는 명백히 존재하지만 이들의 잘잘못을 판별할 수 없거나 혹은 이들에게서 잘못의 궁극적인 원인을 찾을 수 없다는 아이러니한 현실에서 분노는 증폭되기 때문이다. 곧 가격한 이는 존재하되 이들이 궁극적인 원인은 아닐 뿐더러 그 원인을 찾을 수도 없고, 이를 판정할 수조차 없다는 데서 기인하는 등장인물(혹은 서술자)의 분노는 바로 그렇기 때문에 무소불위의 공포 혹은 폭력으로 확산되는 것이다. 공포 혹은 폭력에 대한 서사의 심층에 중국 당대사를 재서술하는 무의식과 문화대혁명이라는 '유령'에 대한 일반적인 정서가 어려 있다는 점을 읽어내기란 어렵지 않다.

돌이켜보면 위화의 소설을 위시한 일단의 전위파 소설에는 이러한 폭력과 죽음에 대한 감각을 특정한 형식으로 우회하고 감싸면서 부분적으로 망각의 늪에 빠진 중국 당대사의 기억을 환기하고 발언한다는 특징이 있다. 그리고 이러한 망각을 뛰어넘을 수 있게 하는 기제가 바로 일반적으로 간과하기 쉬운 형식 실험이다. 하위 장르에 대한 도전(추리소설, 고전소설 등)에서 세부적인 묘사에 이르기까지, 위화에게 형식 실험이란 단순한 기교 차원이 아니라 위험한 발언과 환기를 가능하게 하는 일종의 관념이자 상기한 분노에 합리적으로 육체를 덧대주는 자원으로 작용했기 때문이다.

참고로 여기에 실린 작품은 각각 다음과 같은 시기에 발표되었다는 사실을 덧붙인다. 〈어떤 현실〉(1988년 1월), 〈강가에서 일어난 일〉(1988년 1월), 〈세상사는 연기와 같다〉(1988년 5월), 〈옛사랑 이야기〉(1988년 12월). 번역을 권해준 유중하 선생님과 여러모로 수고한 편집자께 감사의 말을 전한다.

2000년 5월
박자영

| 개정판 옮긴이의 말 |

삶과 죽음의 도치

 칠년 전에 번역한 위화의 중편소설집이 개정판을 내게 되었다. 초판에 쓴 옮긴이의 말을 읽어보면 그 사이에 바뀐 세상이 돌연 크게 보인다. 그동안 중국은 한국과 관계가 가장 긴밀한 국가 중의 하나로 바뀌었으며, 위화는 한국에서 가장 유명한 중국 작가이자 가장 많이 읽히는 외국 작가 중의 한 명이 되었다. 또 한국에서 중국 소설에 대한 관심이 전에 없이 높아져 올해 출간을 앞둔 소설이 여럿이라는 소식도 들려온다.
 그렇다면 그와 더불어 중국의 현실과 이를 겪어낸 중국 인민들에 대한 이해와 연대 의식도 높아졌을까? 경제 규모가 세계 상위라는 중국의 수치적인 성장과 무관하게 중국 인민들의 삶은 우리 잣대로 보자면 턱없이 '부족'하고 '불결'한 것으로 보이기 십상이다. 그러나 이해와 연대란 객관적인 수치로 획득하기 힘든 덕목이다. 가령 중국에 대해 쉽게 떠올리는 '부족'하고 '불결'하다는 인상도, 우리가 실감하듯이 '풍족'하고 '위생' 적이라는 판단이 상대적인 것과 마찬가지로, 주관적인 경험과 느낌에 한정된 것일지도 모른다. 때로는 이런 '당연'하고 '익숙'한 잣대가 다른 세상과 사람들을 만나는 데 걸림돌로 작용한다. 중국이 실제로 그러한가 하는 문제와 별도로 '부족'하고 '불결'한 것이 건강에 위협을 가하지 않는 한 주관적인 요소에 불과하며, 어떤 지역에서는 그것이 삶에서 전혀 불편하지 않은 요소일 수 있다는 태도가 필요하지 않을까. 이렇게 이해를 확장한다면 종국에는 이 기준마저 무너뜨리고 중국을 새롭게 바라보는 시선과 행위가 가능해질 것이기 때문이다. 이해와 연대는 오히려 자신과 다르다고 생각했던 상황에서 자라나 세상을 보고 만날 새로운 토대를 마련한다.

낯설고 생경한 위화의 중편소설은 독자의 경험과 상상의 극단을 시험하면서 폭력과 죽음, 허무의 하드보일드한 중국식 풍경을 풀어내고 있다. 위화가 중편소설에서 시뮬레이션한 극한 상황은 초판 옮긴이의 말에서 언급했듯이 1980년대 중국 인민들이 처한 현실에 대한 은유이기도 하지만, 다른 한편으로는 이십일 세기의 개인이 처할 수 있는 극단적인 상황에 대한 일반적인 설정으로도 읽을 수 있다. 위화는 삶이란 필연과 합리적인 일의 연쇄로 이루어졌다기보다 우연과 불합리한 사건으로 맞물려 구성된다는 도저한 인식을 분노를 내포한 냉정한 필치로, 그러나 질풍처럼 풀어냈다. 소설은 이십 대 후반의 청년 위화가 문화대혁명을 겪고 개혁개방 시대라는 대전환을 맞은 1980년대 중국이라는 시공간과 만나 써 내려간 서사이지만, 인간이 경험하고 상상할 수 있는 극한의 최대치를 끌어내는 데 성공했다. 소설의 모든 사건은 위험하고 어두운 뒷골목이나 거리에서가 아니라 평화롭고 안락한 일상에서, 가장 가까운 이들에게서 비롯된다. 인물들은 아주 우연한 사건으로 불안의 그림자가 너울거리는 더없이 끔찍한 일상을 살아간다. 그리하여 . '세상사는 연기와 같다' 라는 표현은 표제작뿐만 아니라 소설 곳곳에서 발언된다.

그러나 여기 등장하는 인물들은 이 부조리한 상황에서 한없이 침착하며 냉정하기까지 하다. 그들은 불합리하고 허무한 삶을 차분하게 받아들이고 견디며 결국에는 넘어선다. 이 현실을 넘어서는 방식은 저항적이거나 폭력적이지 않다. 현실은 인물들에게 철저하게 받아들여진다. 그렇지만 이 속에서 '실행' 하는 인물이 있는가 하면(〈강가에서 일어난 일〉, 〈어떤 현실〉), '포기' 를 선택하는 인물도 있다(〈세상사는 연기와 같다〉, 〈옛사랑 이야기〉). 인물들은 현실을 인정하지만 그 속에서 삶을 죽음과 가장 가깝게 연관시켜 이 지독한 현실을 이겨낸다. 현실 안에서 가장 비관적이고, 가장 수동적인 방식으로 펼치는 복수를 통해 삶의 심연에 다가서는 것이다.

그런 의미에서 이 인물들에게 삶과 죽음은 도치되어 있다. 인물들은 살아서는 죽이거나 죽게 되며, 죽어서는 결혼을 하거나 다른 삶을 얻어 살아간다. 이렇게 삶과 죽음이 철저하게 뒤바뀌어 드러나는 곳에서는 정상과 비정상이 뒤섞여 있고, 광기와 이성이라는 표준도 의문에 부쳐진다. 그러나 〈세상사는 연기와 같다〉의 인물들처럼 그들은 삶과 죽음을 도치시키는 방식을 통해서라도 이 강퍅한 현실을 다르게 연장하는 방법을 알고 있다. 가녀린 그들은 정상과 이성이 의문시되고 부조리가 횡행하는 세계에서 가장 꿋꿋하게 자신의 삶을 살아내는 사람들이다. 물론 여기서 초판 옮긴이의 말에서 언급했던 '유머'가 현실을 비관에서 낙관적인 것으로 반동하게 만들고, 이 삶을 반전할 수 있는 계기를 드러내며, 소설의 저변을 구성하는 더없이 중요한 정서라는 점을 지적해야겠다.

초판 옮긴이의 말에서는 위화 중편소설의 서사에 대해 이야기했다면 이번에는 인물 이야기를 하고 싶었다. 위화가 상상한 최악의 현실보다 의지할 곳 없고 운명론자이기까지 한 이들이 어떻게 이 위악적인 상황을 감당하면서 담담하고 서늘하며 때로는 역설적으로 유머러스하게 마음의 결을 내비치는지를 전하고 싶었다. 번역서를 새롭게 출간하게 해준 도서출판 푸른숲과 편집자에게 감사의 말을 전한다.

2007년 7월
박자영

| 작가 인터뷰 |

위화의 문학 세계

Q (편집자) : 《인생》과 《허삼관 매혈기》 등 이미 번역된 두 권의 작품을 대할 때도 그랬지만 이번에 소개되는 중단편 소설집 원고를 읽으면서 많은 사람들이 당신의 나이를 묻고 또 물었다. 단편소설집 《내게는 이름이 없다》에 발문을 써주신 이문구 선생 같은 분은 이제 막 마흔 살에 접어든 당신을 일컬어 '문림(文林)의 고수'라는 표현까지 아끼지 않으셨다. 그만큼 당신의 소설 속에는 생(生)에 대한 남다른 통찰이 번득이고 있다는 얘긴데, 이에 대한 당신의 견해를 듣고 싶다.

A (위화) : 이 문제는 두 가지로 설명할 수 있을 것이다. 우선 내가 범상치 않은 시대를 경험했다는 점이다. 내 나이 이제 마흔 살이다. 스무 살까지 지속되었던 전체주의 사회는 내게 극도의 공포를 가져다주었다. 초등학교 때 친구 하나가 무심코 마오쩌둥의 사진을 접은 일이 있다. 그는 곧바로 반혁명분자로 몰렸고, 학급에서 줄

곧 비판을 받다가 나중에는 전교생이 모인 자리에서 자아비판을 해야 했다. 스무 살이 넘자 중국은 급속한 개혁개방 정책을 실시했다. 오늘날의 중국은 여러 면에서 이전보다 많은 자유를 얻었다고 할 수 있다. 나는 가끔 사십 년의 시간 동안 내가 두 개의 인생을 산 것 같은 생각이 들 때가 있다. 이전의 이십 년은 극도의 억압과 불안으로 상징되는 삶이고, 나중의 것은 개방과 자유로 차츰차츰 나아가는 삶이다. 물론 이 과정에서 나는 사상과 글쓰기의 자유를 얻었다. 표현과 출판의 자유까지 포함해서……. 그 두 시대는 마치 내가 중세 유럽과 이십 세기 유럽을 각각 스무 해씩 산 것만큼이나 상이한 체험이었다. 이것이 나의 생각과 글쓰기에 많은 도움을 주었다. 인간의 삶과 사회에 대한 이해를 한층 깊이 하게 되었기 때문이다. 어떤 글을 쓰든 글에 담긴 모든 것이 머릿속에서만 나오는 것은 아니다. 그것은 생명의 체험에서 오는 거라고 나는 믿고 있다.

다른 한 가지는, 작가의 생리적 나이만으로는 아무것도 설명할 수 없다는 게 내 생각이다. 중요한 것은 심리적 경험이다. 훌륭한 작가에게는 때때로 한 번의 타종 소리가 옥중 생활보다 더한 충격을 줄 수 있다.

Q: 단편소설집 《내게는 이름이 없다》와 중편소설집 《세상사는 연기와 같다》는 먼저 번역된 두 권의 장편소설과 여러 면에서 확연히 다르다. 발표순으로 보면 이번에 소개되는 중단편 소설집이 앞에 놓이는데, 특히 비교적 초기 작품인 중편들에는 시공간에 대한

구체적인 묘사가 전혀 없다. 작품을 쓸 당시의 정치적 현실을 고려한 장치였는가? 초기 '선봉파' 작가로서 전위적인 작품을 쓰다가 획기적인 변화를 시도한 당신의 문학적 변화에 대해 듣고 싶다.

A : 1990년대 이후에 쓴 소설들에서 중국의 역사적 사건이 등장하는 이유는 푸구이(《인생》의 주인공)와 허삼관(《허삼관 매혈기》의 주인공)이 역사적 사건들을 겪었기 때문이지 나 스스로 중국의 역사를 전면에 드러내려고 했던 것은 아니다. 나는 그저 작가로서 진정한 인간을 그려내야 한다고 자신을 다그치는 일을 즐거움과 책임으로 여길 뿐이다. 좀더 적확하게 얘기하자면 진정한 중국인을 그리고 싶은 것이다. 이 같은 맥락에서 나는 십팔 세기 계몽 운동가이자 사상가였던 포프(Pope)의 말을 좋아한다. "인류가 마땅히 연구해야 할 것은 바로 사람이다." 이 영국 시인의 말이 내 작업의 성격을 제대로 설명한다고 생각한다.

사람들이 나를 '선봉파'로 분류하게 한 작품들은 모두 1980년대에 발표되었다. 이 작품들을 쓸 때 나는 마치 폭군과도 같은 서술자였다. 그때는 소설 속의 인물들이 자기 목소리를 가져서는 안 된다고 여겼고, 소설 속의 부호이자 내 노예인 그들의 운명은 내 손안에 있다고 생각했다. 그래서 당시의 작품들에는 구체적인 시간과 공간에 대한 묘사가 없다. 왜냐하면 이 인물들에게는 특정한 생활환경이 없기 때문이다. 그런데 1990년대 들어 첫 장편소설 《가랑비 속의 외침》을 쓰면서 인물들이 나의 서술에 반항하는 걸 발견했다. 나는 결국 그들에게 굴복했고, 나의 문학 세계는 변하기 시작했다. 민주적인 서술자로 거듭난 것이다. 이후 나의 글쓰기는 인물들의 목소리를 경청하는 방식으로 바뀌었고, 작품 속에 인물들을 배치하는 데서 그치지 않고 그들을 이해하려 애쓰기 시작했다. 푸구이나 허삼관의 말 한마디, 일거수일투족을 이해하면서 그들이 내가 정해놓은 길이 아닌 스스로의 길을 가도록 했다. 이때야 비로소 내가 살아 숨 쉬는 중국인을 그려내는구나 하는 생각이 들었고, 많은 중국 독자들도 내 소설에 귀 기울이기 시작했다.

Q: 《세상사는 연기와 같다》에 대해 묻고 싶다. 여기에 수록된 네 작품을 쓸 때 당신은 이십 대 후반이었다. 그렇지 않은가?
A: 1987년부터 1988년 사이에 쓴 것들이니까 스물일곱 살에서 스물여덟 살 무렵이었다.

Q: 이 소설들을 읽는 동안 얼마나 불편했는지 아는가. 이렇듯 폭력과 죽음을 통해 삶의 끔찍한 양상을 드러내는 일이 힘들지 않았는가? 아니면 젊었기에 가능한 것이었나?
A: 이들 작품을 쓸 때 나는 격정에 휩싸여 있었다. 힘들었다면 그저 체력적인 문제였을 것이다. 나의 중편소설들이 독자에게 가져다줄 불쾌감이나 당혹스러움을 짐작할 수 있다. 이 점에 대해서는 사과드린다. 하지만 그런 이유로 내 글쓰기에 변화가 생기지는 않을 것이다. 문학은 입속의 달콤한 초콜릿이 아니기 때문이다. 나 자신도 한 사람의 독자로서 다른 이들의 작품을 읽을 때 궁극적으

로 기대하는 것은 그 작품이 나의 감수성을 움직이는가 하는 점이지, 재미있다거나 어렵다거나 하는 것들이 아니다.

Q: 세계를 설명하고 감성을 움직이고…… 이러한 문학적 효과를 내는 데 폭력이 가장 유용한 방법이라고 말하고 싶은 것인가?
A: 내가 스물 몇 살이었던 그 당시에는 폭력과 사랑이 우리 삶을 표현하는 일에 가장 적절한 두 가지 통로라고 생각했다.

Q: 사랑을 선택하지 않은 이유는 무엇인가?
A: 그때 난 아직 젊었고 자극이 필요했다. 글을 쓸 때 극도로 흥분한 상태를 유지하기 위해서는 폭력이라는 수단이 적절하다고 선택했다. 왜 사랑을 선택하지 않았는지는 나 자신도 명확하게 설명할 수 없다. 이후 십여 년 동안 한 번도 사랑을 이야기하지 않았다. 이제는 나도 마흔 살이 되었고, 진정한 사랑을 그릴 때가 되었다고 생각한다. 지금 쓰고 있는 장편소설이 바로 비장한 사랑 이야기이다.

Q: 이번에 소개되는 중단편 소설들을 살펴보면 중국의 전통적 소설 양식에 보르헤스와 마르케스 등으로 대표되는 남미 소설 기법을 훨씬 선명하게, 그리고 구체적으로 실험하고 있는 것 같다. 개인적으로 볼 때 흔히 환상적 리얼리즘이라고 하는 양식에서는 당신의 작품이 보르헤스보다 한 수 위라는 생각까지 드는데, 그 무렵에 특별히 영향을 받거나 경도된 작가 혹은 작풍이 있었는가?

A: 맞다. 중국의 고전 필기소설에 많은 애착이 있었다. 그 짧은 작품 안에 가늠할 수 없는 공간이 자리하고 있다. 내 말뜻은 그것이 독자에게 거대한 상상의 공간을 제공한다는 것이다. 마르케스와 보르헤스 역시 내가 대단히 좋아하는 작가들이다. 그들 작품 중 일부는 중국의 필기소설과 매우 흡사하다. 이 모든 것이 내게 영향을 미쳤다.

Q: 그로부터 십여 년이 흐른 지금, 당신의 작품들이 이러한 실험성에서 많이 벗어났다는 생각을 본인도 하는가?
A: 스무 살이 막 넘었을 무렵에는 기교의 문제에 많은 관심을 기울였다. 지금은 마흔 살이고 글을 쓴 지 거의 이십 년이 다 되어간다. 기교는 내게 더 이상 문제가 되지 않는다.

Q: 당신 상상력의 발원은 어디인가? 인물들이 관념 속에 머물지 않고 팔팔하게 살아 움직이는 걸 보면, 캐릭터의 원형이 있을 것 같다. 어린 시절부터 사람을 관찰하기를 즐겼나?
A: 아이들에게는 다른 사람을 관찰하는 게 장점이 될 수 있다. 성장기에는 많은 본보기가 필요하기 때문에 다른 사람을 관찰하면서 그들을 모방하게 된다. 그런 면에서 나도 예외는 아니다. 글쓰기는 어린 시절이 작가에게 얼마나 중요한지를 보여준다. 한 가지 예를 들어보자. 나는 외과 의사 가정에서 태어났다. 어릴 적 내가 사는 집 맞은편에는 병원의 수혈실이 있었다. 그곳에서 매혈이 이루어

졌다. 나에게 매혈은 늘 어린 날의 기억을 불러온다. 그 뿌리 깊은 기억의 연원이 《허삼관 매혈기》를 쓰게 했다. 나는 내가 아는 수많은 중국인의 얼굴을 합쳐 허삼관이라는 인물을 창조했고, 부단히 그를 이해하면서 그가 나의 서술 속에서 스스로 입을 열어 말하게 한 것뿐이다.

　이렇듯 나는 내 글쓰기의 방향이 어린 시절에 이미 결정되었다고 생각한다. 이후의 글쓰기는 그저 길에 불과할 뿐이다. 어린 시절에 결정된 방향을 따라가는 것에 지나지 않는다. 이 말은 작가란 어린 시절의 호기심을 늘 품고 있다가 직업적 습관을 통해 이를 표출하게 된다는 뜻이다. 물론 작가는 타고나는 면도 있어야 한다. 어른의 지혜에서 아이들은 지니지 못한 통찰력이 나온다. 상상력이란 작가들만 타고나는 것이 아니다. 모든 인간에게 주어진 것이다. 하지만 작가들에게만 있는 통찰력이 그들의 상상력을 다른 이들의 상상력과 다르게 한다. 작가들 사이의 차이도 두말할 나위가 없다. 그러므로 작가에게 상상력이란 통찰력과 긴밀한 관계를 이룬다. 둘의 관계는 비상(飛翔)과 방향의 관계와 같다고 할 수 있을 것이다. 통찰은 상상의 미세한 부분까지 장악한다. 통찰력이 없는 상상이란 사실 잡생각에 불과하다. 위에서 언급한 보르헤스를 빌려 상상력과 통찰력의 관계를 정리해보고 싶다. 어느 작품에선가 그는 한 사람이 세상에서 사라지는 것을 이렇게 비유했다. "마치 물이 물속에서 사라지는 것과 같은." 그 어떤 비유가 이보다 말끔하겠는가? 이것이 바로 상상력과 통찰력의 완벽한 결합이다.

Q: 이제는 아니겠지만 얼마 전까지만 해도 당신은 일본의 무라카미 하루키나 요시모토 바나나와 같이 이전 세대의 문인들과 구별되는 '신생대 작가'로 분류되었다. 한국에도 '신세대 작가'라는 이와 비슷한 칭호가 있다. 이들의 특징 중 하나는 정치나 사회적 가치보다는 대중의 소비문화의 조류에 적극적으로 반응한다는 점이다. 중국의 신생대 작가와 이전 세대의 작가들 사이에 존재하는 자아의식은 무엇인가?

A: 나의 입장은 간단하다. 훌륭한 작가라면 정치나 사회적 가치에 당연히 관심을 가져야 한다. 대중 소비의 조류도 마찬가지다. 하지만 이러한 것들은 그다지 중요한 문제가 아니라고 생각한다. 중요한 것은 작가가 진정으로 사람에 관심을 기울이는가 하는 점이다. 그가 정치 사회적 인간이든 대중 소비적 인간이든 진정한 인간이면 족하다. 여기서 '자아의식'의 문제까지 언급하게 되는데, 혹은 사람의 속마음이라고 해도 좋을 것이다. 현재 중국의 많은 작가들이 자신의 '자아의식' 혹은 내적 세계를 표출하고 있다고 공언하지만, 그들은 사람의 속마음이라는 것이 얼마나 광활한 것인가를 모르고 있다고 생각한다.

오래전 프랑스 작가 빅토르 위고의 시 한 편이 중국에서 대단히 유행한 적이 있다. "세상에서 가장 넓은 것이 바다라면 그보다 더 넓은 것은 하늘, 그보다 더 넓은 것은 바로 사람의 속마음이라네"라고 읊은 것이다. 나도 위고의 이 시를 참 좋아한다. 누구도 자신의 속마음을 속속들이 알 수는 없다. 시간이 허락하는 대로 자기 속마음의 구석구석을 조금씩 접하다가 눈을 감고 세상을 떠나는 거다. 한 사람의 속마음이란 바로 모든 사람의 속마음을 축적한 것이고, 우리를 둘러싼 하늘처럼 끝없는 것이다. 이것이 바로 내가 진정한 사람 하나를 그려내는 것이 수많은 군상을 그려내는 것이라 여기는 이유이다. 톨스토이나 카프카, 루쉰 등의 작가들이 자신의 속마음을 표현한 작품에서 우리는 우리의 속마음을 읽을 수 있고, 다른 사람의 속마음도 읽을 수 있다. 다른 작가들의 작품에서는 다른 사람의 속마음을 읽어낼 수 없을 뿐만 아니라, 그저 그의 좁디좁은 자아를 써 내려갔다는 것을 느낄 뿐이다. 십여 년 전에 '자아의식'이라는 말이 중국의 문단에 나타났을 때, 그 말은 적극적이며 진보적인 의미로 수용되었다. 왜냐하면 당시의 중국 문학은 정치적 압박에서 벗어나려고 몸부림치던 중이었으니까. 지금은 글을 쓰는 모든 사람이 '자아의식'에서 출발한다. 문제는 절대 다수가 자신의 폐쇄된 의식에 도취되어 있다는 점이다. 그들의 글쓰기는 그들의 생활보다 더 이기적이고 무료하기 짝이 없다. 이런 작가들이 그려내는 것은 사람의 속마음이 아닌, 그저 분비물에 지나지 않는 것들이다.

Q: 《인생》은 미국, 프랑스, 독일, 이탈리아 등에 소개되었고 장이머우 감독이 영화화해 칸영화제 심사위원 대상까지 수상했다. 이 작품이 유럽에서 거둔 성과는 구체적으로 어느 정도인가?

A : 얼마나 많이 팔렸는가를 묻는 것인가? 《인생》은 프랑스에서 1994년에 출판되어 지금까지 삼만 부가 넘게 판매되었다. 1998년 독일에서 출판된 후에는 첫 달에만 오천 부가 넘었다. 이탈리아에서는, 그곳에서 외국인 작가에게 수여하는 제일 큰 문학상이라고 들었는데, 그린차네 카보우르 문학상을 받았다. 이 상은 우선 이탈리아의 저명 작가와 평론가가 번역 작품 여섯 편을 선정한 다음, 열일곱 개 중학교의 학생 이백삼십 명에게 읽힌 후 투표로 수상작을 선정한다. 《인생》이 백오십육 표를 얻어 압도적인 차이로 선정되었다.

Q : 이후 《허삼관 매혈기》 역시 세계 각국에서 출판돼 격찬을 받았는데, 그들은 당신의 작품을 어떤 코드로 이해하는가?

A : 책이 나오고 나서 유럽에 몇 차례 다녀왔다. 거기서 일반 독자들을 자연스럽게 만날 수 있기는 했지만 대부분 출판사 편집자들이나 기자들이었다. 그들과 중국의 독자들은 작품을 상당히 다르게 읽었다. 1980년대에 발표했던 폭력으로 가득 찬 소설의 경우, 중국의 독자들은 감당키 어려운 아픔을 호소했던 반면, 이탈리아의 한 언론인은 이들 폭력적 작품이 유머로 가득하다는 말을 했다. 어떤 아나운서는 내게 《인생》은 가슴 아픈 이야기지만 읽고 난 후에는 낙관적 정신과 고양된 마음을 얻을 수 있다고 말했고, 한 독일 기자는 이 작품은 한 번 들면 내려놓을 수 없다면서 재미있어서가 아니라 사람을 상심케 하기 때문이라고 말했다. 나를 즐겁게 한 평가는 나폴리의 한 여성 독자가 해준 말이었다. 그는 내게 이렇게

말했다. 허옥란(《허삼관 매혈기》의 여자 주인공) 같은 여자는 나폴리에 널렸다고. 하지만 가장 기분 좋았던 순간은 1995년 프랑스의 한 서점에서 기념 사인회를 할 때 두 꼬마가 흰 종이를 들고 와 사인을 요청했을 때였다. 그 아이들은 한자를 본 적이 없었기 때문이다.

Q: 《인생》으로 세계적 명성을 얻은 후 중국을 대표하는 작가로 급부상하면서 어떤 외적 변화가 있었나?
A: 《인생》은 우선 내게 적지 않은 돈을 안겨주었다. 이는 내가 작품을 쓸 때 전혀 생각하지 못했던 것이다. 그 전까지 나는 내가 쓴 소설들로 많은 돈을 벌 수 없었다. 그러므로 《인생》 이후의 가장 큰 변화로는 당시까지의 생업을 그만두고 전업 작가로 나섰다는 점을 들 수 있을 것 같다. 그리고 생활도 많이 좋아졌다. 나중에 출간한 《허삼관 매혈기》 역시 적지 않은 돈을 안겨주었기 때문이다. 최근 중국에서 이전의 작품들을 새로운 판본으로 재출간했다. 판매 상황도 좋은 편이다. 여기서 한 가지 원칙을 발견했다. 좋은 작품을 쓰기만 하면 돈은 자연스럽게 들어온다는 사실 말이다. 물론 돈 때문에 쓰는 글이라면 절대로 좋은 작품이 될 수 없고 돈도 벌 수 없을 것이다. 이건 참으로 흥미로운 상관관계이다.

Q: 당연히 당신은 중국의 다른 동년배 작가들에 비해 수입도 많을 것이다. 자산가 계층(부르주아)이라고 해도 무방한가? 혹 사회주의 체제에서 거둔 경제적 성공으로 정신적 부담을 느끼지는 않는

가? 한국에서는 작가들이 너무 부유하면 창작 활동에서 치열함을 잃기 쉽다는 의견이 지배적인데…….

A : 중국의 책 가격은 비교적 싸기 때문에 인세도 적은 편이다. 게다가 중국은 생활수준도 높지 않다. 대다수의 중국 작가들과 비교한다면 내 수입이 꽤 많다는 점은 인정한다. 하지만 부유하다고 할 수는 없다. 자산가라는 표현은 말도 안 되고. 게다가 나는 자산 계급을 혐오한다. 현재 중국에는 신흥 자산 계급이 급격히 증가하고 있다. 그들은 경제적인 성공을 거둔 후에도 아무런 정치적 부담이 없다. 유일한 부담이란 돈을 벌지 못하게 되는 것이다. 나는 이런 부류가 싫다. 나 역시 작가들이 지나치게 돈이 많아서는 안 된다고 생각한다. 많은 돈은 작가에게 해가 된다. 하지만 생활에 필요한 최소한의 돈은 있어야 한다. 그들 역시 가족이 있고, 또 그래야 안심하고 글을 쓸 수 있을 테니까.

Q : 어쨌든 당신은 벌써 십 년 가까이 중국 최고의 베스트셀러 작가로 군림하는 행운의 주인공이다. 《허삼관 매혈기》의 경우 출간 이후 사 년 연속 베스트셀러 자리를 지켰으며, 두 권의 에세이집 《나는 나 자신을 믿을 수 있을까(我能否相信自己)》와 《고조(高潮)》 역시 꽤 잘 팔린다고 들었다.

A : 인정한다. 1993년에 출간된 《인생》이 지난해까지 지속적으로 십삼만 부 이상 나갔다. 또 1996년에 출간된 《허삼관 매혈기》는 현재까지 십만 부가량 팔렸다. 중국의 문학 분야에서 내 책은 상당히

많이 팔린 편이다. 하지만 중국의 인구가 얼마인가? 이런 숫자는 그리 대단한 것이 아니다. 루쉰 선생의 저작은 수십 년간 매년 십여 만 부가 팔리는데…….

Q: 고전 음악에도 조예가 깊다고 들었다. 올해 초 출간한 에세이집 《고조》 역시 음악을 테마로 한 것 아닌가? 또 《허삼관 매혈기》의 경우 바흐의 〈마태 수난곡〉을 들으며 집필했다던데……. 음악과 소설 창작의 연관성에 대해 설명해줄 수 있겠는가?
A: 《고조》는 현재 중국에서 가장 영향력이 있는 잡지 〈수확(收穫)〉에 연재했던 고전 음악 칼럼을 묶은 것이다. 고전 음악은 나의 글쓰기 가운데 주로 서술 방법에 영향을 미친다. 예를 들어 서술상의 '고조(클라이맥스, 절정)'에 관한 글을 쓸 때는 쇼스타코비치의 〈교향곡 7번〉과 호손의 《주홍글씨》를 비교 분석했다. 고전 음악의 고조를 서술할 때 아주 좋은 예가 하나 있다. 교향악의 성부가 고조로 치달을 때, 음악이 가장 휘황찬란할 그때, 결말은 늘 짧은 서정으로 가볍게 시작한다. 고조에 또 다른 고조를 덧씌우는 거다. 음악의 서술은 늘 이렇다. 가벼움을 거대한 '침중함' 위에 싣는 것이다. 이때 사람들은 '가벼움'이 '침중함'보다 더 중요하다고 느낀다. 이런 서술이 문학작품에도 자주 등장한다. 호손의 《주홍글씨》가 바로 그렇다.

바흐는 내가 가장 좋아하는 음악가이다. 바흐가 바로 '침중함' 위의 '가벼움' 같은 작곡가이다. 그의 서술은 단순하기 그지없다.

〈마태 수난곡〉은 이 방면의 대표곡이다. 두 시간 남짓한 음악 속에 주선율은 간단한 몇 단락뿐이지만 부단한 반복을 통해 그 풍부함을 드러낸다. 《허삼관 매혈기》의 서술 방식은 바로 이 〈마태 수난곡〉의 영향을 받았다. 이 작품은 대화로 이루어져 있다. 대화는 인물들의 말에 불과하지만, 서술이 진행되면서 리듬과 선율로 변한다. 나는 중국 남방의 월극(越劇, 절강성의 민간에서 발전한 지방극)의 곡조를 이용해 부단히 반복되는 서술로 단순함 속에 풍부함이 드러나게 했다. 미국 학자 한 분이 《허삼관 매혈기》를 읽고 내게 편지를 보내왔다. 편지에는 다음과 같은 말이 있었다. "이 작품은 전지(剪紙, 종이를 오려 여러 가지 모양이나 형상을 만드는 중국의 전통 공예)와 같이 보기에는 간단한 것 같지만 실은 대단히 복잡하다."

Q: 글 쓰고, 음악 듣고 하는 일 외에 다른 취미는 없나?
A: 예전에는 책 읽기가 취미였는데, 이제 문학은 내 직업이 되어 버렸다. 고전 음악에 빠져 있으니, 누군가 취미가 뭐냐고 물으면 그걸 취미라고 해야 할 것이다.

Q: 소설가가 되기 이전에 치과 의사였던 것으로 알고 있다. 의사는 중국에서도 안정된 직업이라고 들었는데, 글 쓰는 일을 부업으로 하고 치과 의사 생활을 계속할 생각은 하지 않았는가?
A: 치과 의사라는 직업이 싫었다. 그때는 젊었고, 일생을 쫙 벌린 남의 입이나 들여다보며 살아야 한다고 생각하니 정말 끔찍했다.

당시 일하던 병원은 큰길에 있었는데 창가에 서서 바깥을 내다보는 일이 많았다. 그럴 때면 문화관에서 일하는 사람들이 왔다 갔다 하는 게 보였다. 한번은 그들 중 한 사람에게 물었다. "일은 안 하고 그렇게 돌아다녀도 돼요?" 그랬더니 그 사람이 대답했다. "이게 일하는 거예요."

그 말에 그 일이 내 입맛에 맞는다고 생각했다. 그래서 글을 쓰기 시작했고, 얼마 후 작품을 발표했다. 그리고 일 년쯤 후에 문화관에서 일하게 되었다. 하지만 거리를 왔다 갔다 하는 경우는 거의 없었고, 지금 나는 집에 숨어서 소설을 쓴다.

Q: 당신의 아내 천훙(陳虹)도 시인인 걸로 안다. 부부가 나란히 글을 쓰면서 서로 상승효과를 보기도 하는가?
A: 아내와는 토론을 자주 한다. 주로 내가 쓰고 있는 작품과 준비 중인 것들에 관해서인데, 그녀가 내게 주는 도움은 통찰이 상상을 불러일으키거나 상상력이 통찰력을 요구하는 것에 비유할 수 있을 것 같다. 아내는 내 글쓰기의 가장 훌륭한 동료이다.

Q: 요즘도 다른 작가들의 작품을 많이 읽는가? 언젠가 보르헤스와 마르케스 외에도 좋아하는 작가가 많다고 했던 것 같은데……
A: 그렇다. 시간이 나면 나는 여러 작가들의 작품을 읽는다. 내가 좋아하는 작가는, 아마 군대를 편성하고도 남을 것이다. 그리고 그 명단은 계속 확대되고 있다. 이게 바로 문학이다. 오늘날의 입장에

서 보면 과거의 위대한 작가들은 이미 숲을 이루고 있고, 그 숲 속의 어떤 나무도 다른 나무를 뛰어넘지 않는다. 나도 그와 같다. 나의 글쓰기는 어느 한 작가를 뛰어넘기 위한 게 아니다. 훌륭한 작가들이 이루는 숲 속에서 한 그루의 새로운 나무로 성장하고 싶을 뿐이다. 물론 묘목은 아니고······.

Q: 언젠가 한국 문학에 대해 알고 있느냐고 물었을 때 당신은 아주 난처해하며 잘 알지 못한다고 대답했는데, 그 사이 공부는 좀 했는가?

A: 진전이 없다. 그 사이 중국에서 출판된 한국 문학작품이 없었기 때문이다. 나는 영어도 못하고 한국어도 못하기 때문에 도리가 없다. 하지만 며칠 전 중국에서 가장 영향력 있는 출판사인 인민문학출판사 사람들과 만난 자리에서 한국 작가들의 소설을 출판하자고 제안했다. 그들은 내 말에 깊은 관심을 보였다. 이 작업을 진행시키기 위해 더 많은 노력을 기울이겠다.

2000년 봄
작가와 편집자의 서면 인터뷰

옮긴이 **박자영**

1971년 대구에서 태어났다. 현재 협성대학교 중어중문학과에 재직 중이다. 논문으로 〈소가족은 어떻게 형성되었는가〉〈상하이 노스텔지어〉〈1990년대 이후 중국에서의 문화 연구〉〈상호주의를 넘어서: 어떤 동아시아론인가〉〈좌익 영화의 멜로드라마 정치: 1930년대 상하이 대중문화 형질〉〈상하이 영화의 포스트 국제성: 냉전 초기 동아시아에서 국제도시의 변용 문제〉 등이 있으며, 번역서로 《중국 소설사》 등이 있다.

세상사는 연기와 같다

첫판 1쇄 펴낸날 2000년 5월 31일
2판 1쇄 펴낸날 2007년 8월 10일
    3쇄 펴낸날 2018년 1월 17일

지은이 위화
옮긴이 박자영
발행인 김혜경
편집인 김수진
편집기획 이은정 김교석 이다희 조한나 최미혜 김수연
디자인 박정민 민희라
경영지원국 안정숙
마케팅 문창운 노현규
회계 임옥희 양여진 김주연

펴 낸 곳 (주)도서출판 푸른숲
출판등록 2003년 12월 17일 제406-2003-000032호
주　　소 경기도 파주시 회동길 57-9, 우편번호 10881
전　　화 031)955-1400(마케팅부), 031)955-1410(편집부)
팩　　스 031)955-1406(마케팅부), 031)955-1424(편집부)
홈페이지 www.prunsoop.co.kr
페이스북 www.facebook.com/prunsoop　　**인스타그램** @prunsoop

ⓒ푸른숲, 2007
ISBN 978-89-7184-726-8 03820

* 잘못된 책은 구입하신 서점에서 바꾸어 드립니다.
* 본서의 반품 기한은 2023년 1월 31일까지입니다.

이 도서의 국립중앙도서관 출판시도서목록(CIP)은 e-CIP 홈페이지(http://www.nl.go.kr/ecip)와 국가자료공동목록시스템(http://www.nl.go.kr/kolisnet)에서 이용하실 수 있습니다. (CIP2007002160)